dtv
premium

Claus Christian Malzahn

Deutschland, Deutschland

Kurze Geschichte
einer geteilten Nation

Mit zwei Karten

Deutscher Taschenbuch Verlag

Der Autor dankt Hans Halter für zwei Geschichten vom 17. Juni sowie stetige Ermunterung – seiner Frau für Geduld und Kritik – und Andrea Wörle für die Idee zu diesem Buch.

Originalausgabe
Oktober 2005
Deutscher Taschenbuch Verlag GmbH & Co. KG,
München
www.dtv.de
© 2005 Claus Christian Malzahn / Deutscher Taschenbuch
Verlag GmbH & Co. KG, München
Das Werk ist urheberrechtlich geschützt.
Sämtliche, auch auszugsweise Verwertungen bleiben vorbehalten.
Umschlagkonzept: Balk & Brumshagen
Umschlagfotos: VOLKSWAGEN AG, www.andyhoppe.com (Trabant)
Satz: Greiner & Reichel, Köln
Gesetzt aus der Aldus (10,5/12,25˙)
und der FF Super Grotesk (VEB Typoart)
Druck und Bindung: Kösel, Krugzell
Gedruckt auf säurefreiem, chlorfrei gebleichtem Papier
Printed in Germany · ISBN 3-423-24486-0

Inhalt

Prolog
13 Minuten, die der Welt gestohlen wurden — Als Demokratie unmodern war — Ein Kunstschreiner und ein Offizier — Was Erinnerung und Politik miteinander zu tun haben 7

Kapitel 1
1945–1949: Der Geist von Weimar und der Horror von Buchenwald — Wer sind die Deutschen? Wie man sich erinnert, so lebt man — Schocktherapie für Leute, die nichts gewusst haben wollen — Die Dritte Welt mitten in Europa — Die große Flucht — Ein Planspiel ohne Mauer — Hunger und Demokratie..................................... 20

Kapitel 2
Zwei Staatsgründungen und Probleme mit dem Personal — Vergangenheitspolitik: Erst Amnestie, dann Amnesie im Westen — Schnellkurse und Agitprop im Osten — Zwei Hymnen, zwei Staaten und ein Schlager von Hans Albers — Ein Rheinländer und ein Sachse — Stalins Angebot, das man nicht ablehnen kann — Ulbricht vor dem Fall — Ein Aufstand kommt Bonn und Berlin nicht sehr gelegen — Tod am Nachmittag — Wer gewinnt den 17. Juni? 46

Kapitel 3
Ein Saarländer hat Heimweh – und mauert sich in Berlin ein — Warum der stärkste Mann der Welt von Bayern nach Thüringen flüchtet — Die Intellektuellen und der »bessere deutsche Staat« — Willy Brandt, Superstar — Kain und Abel in der westdeutschen Fremde: Ein junger Mann aus Luckenwalde legt sich mit der SED an – und will die Mauer einrei-

ßen — Sein Mörder kommt aus dem Erzgebirge — und bringt sich um — Neunzehnhundertachtundsechzig: Träume und Albträume 107

Kapitel 4
In einem anderen Land — Wandel durch Annäherung: Willy schließt den Osten auf — Die Jugend der Welt in Ost-Berlin — Deutsch-deutsche Weltfestspiele in einem Dorf bei Leipzig — Verrat in Bonn — Depression im Hobbykeller — Ein Konzert in Köln — Ausbürgerung und Exodus — Jahn in Jena ... 142

Kapitel 5
Ein junger Mann aus Jena — Tod in Gera — Ausreise und Opposition — Mielkes Firma und 190.000 Mitarbeiter — Raketen in Deutschland — Königskinder in Berlin — Selbstbestimmung in der DDR – Gift für die SED — Deutsch-deutscher Dialog – und späte Einsicht im Bundestag. Die DDR ist pleite — Und es fällt kein einziger Schuss. 165

Zeittafel 195

Personenregister 213

Literatur- und Textnachweise..................... 217

Prolog

13 Minuten, die der Welt gestohlen wurden — Als Demokratie unmodern war — Ein Kunstschreiner und ein Offizier — Was Erinnerung und Politik miteinander zu tun haben.

Warum beginnt ein Buch über die Geschichte des geteilten Deutschland ausgerechnet mit dem Stichwort »13 Minuten«? Wieso nicht »Stunde Null« oder »Fünf nach 12«? Weil diese 13 Minuten die teuersten in der Geschichte des 20. Jahrhunderts gewesen sind. Weil diese 13 Minuten in nicht einmal sechs Jahren, zwischen 1939 und 1945, über 50 Millionen Menschenleben gekostet haben. Und weil vor der Gründung der Bundesrepublik und der DDR und der Wiedervereinigung 1990 eine riesige Katastrophe steht. Denn die beiden deutschen Nachkriegsstaaten wurden auf Asche, Tränen und Trümmern errichtet.

Die 13 Minuten, die der Weltgeschichte einen anderen Verlauf gegeben hätten, gingen am Abend des 8. November 1939 verloren. Weil sich Nebel auf die bayerische Landeshauptstadt gelegt hatte, wurde der Betrieb des Münchner Flughafens eingestellt. Der prominenteste Gast der Stadt musste an diesem Tag deshalb auf seinen Flug von München nach Berlin verzichten und den Zug nehmen: Adolf Hitler, der am 1. September 1939 den Überfall der deutschen Wehrmacht auf Polen veranlasst und damit den Zweiten Weltkrieg begonnen hatte, war an diesem Abend wie schon in den Jahren zuvor am 8. November in den Münchner Bürgerbräukeller gekommen, um vor alten NSDAP-Mitgliedern eine Rede zu halten. Die Nazi-Mitglieder der ersten Stunde trafen sich dort alljährlich, um einen Putschversuch zu feiern. Am 8. November 1923 hatten Hitler und andere Rechtsradikale versucht, die Macht in Deutschland an sich zu reißen. Doch das energische Durchgreifen der bewaffneten bayerischen Polizei ließ den Putsch schon am nächsten Tag zusammenbrechen.

Zehn Jahre später, im Januar 1933, wurde Hitler vom Reichspräsidenten von Hindenburg zum Reichskanzler ernannt. Am 23. März stimmten nur noch die Sozialdemokraten gegen das so genannte »Ermächtigungsgesetz«, das Hitler faktisch zum deutschen Diktator machte. Als Hitler am frühen Abend des 8. November 1939 vor seine alten Kameraden trat, war der gebürtige Österreicher, sechs Jahre nach der so genannten »Machtergreifung«, tatsächlich der unumschränkte »Führer« des von ihm ausgerufenen »Dritten Reichs«. Die politische Konkurrenz war ausgeschaltet, inhaftiert, ermordet, zumindest mundtot gemacht, Hitlers Partei, die NSDAP, die einzige Partei im Land. Hitler begann seine Rede im Hofbräuhaus wegen des Nebels in München 30 Minuten früher als geplant bereits um 20.00 Uhr, um den Nachtzug nach Berlin noch zu erwischen. Der Führer verließ den Bürgerbräukeller etwa um 21.07 Uhr. Das schlechte Wetter rettete ihm das Leben. Um 21.20 Uhr detonierte eine Bombe, die in einer Säule versteckt gewesen war. Die Wucht der Explosion war so groß, dass die Decke teilweise einstürzte. Acht Menschen kamen ums Leben, über 60 wurden zum Teil schwer verletzt. Der, den die Bombe treffen sollte, saß bereits in einer geheizten Limousine und war auf dem Weg zum Bahnhof.

Natürlich weiß man nicht, wie die deutsche Geschichte verlaufen wäre, wenn ein Attentat Hitler im Herbst 1939 aus dieser Welt geworfen hätte. Der Zweite Weltkrieg war schon im Gange; zwar noch nicht im Westen, aber deutsche Panzer rollten bereits durch Warschau. Und weil der deutsche Angriff auf Polen im Verein mit Stalins Roter Armee begonnen wurde, ist nicht einmal sicher, ob sich die Wehrmacht nach Hitlers Tod aus dem eroberten Territorium zurückgezogen hätte. Aber zu einem Weltenbrand mit 50 Millionen Toten wäre es wohl nicht gekommen. Hätten wir diese 13 Minuten im November irgendwie über die Zeit retten können, wäre unser aller Leben, vor allem das unserer Eltern und Großeltern und ihrer Altersgenossen in Europa, glücklicher und friedvoller verlaufen. Ohne Hitler, der die Verwesung im Leibe trug, ist der Holocaust schwer vorstellbar. Auschwitz wäre nach seinem Tod wohl ein weiterhin unbekanntes Städtchen namens Oświęczim im mitteleuropäischen Niemandsland geblieben; polnisch oder deutsch verwaltet, möglicherweise bekannt für seine Schnapsfabrik am Ortseingang, aber mit Sicherheit kein Synonym für das Grauen und den organisierten, millionenfachen Tod unschuldiger Männer, Frauen und Kinder.

Hätte man uns die 13 Minuten gelassen, würde man in diesem Buch eine Menge Abkürzungen vergeblich suchen: Es gäbe keine »BRD« und keine »DDR«; aber auch »SED« und »CDU«, »FDJ« und »ARD« und eine »FU-Berlin« würde man ebenfalls vergeblich suchen, genau wie »VEB« und »FDP«. Das Autokennzeichen »D« wäre die Abkürzung für Dresden und nicht für Düsseldorf. Das Bundesland Sachsen wäre ein Hort der deutschen Autoindustrie, deshalb vermutlich reicher als Baden-Württemberg, und hätte wahrscheinlich zwei oder drei Fußballmannschaften in der ersten Liga zu spielen. Königsberg wäre nicht nur der in seiner Nähe liegenden Sanddünen wegen ein beliebter Ausflugsort in Ostdeutschland. Wenn Hitler am 8. November ums Leben gekommen wäre, hätte kein Mensch auch nur die leiseste Ahnung, was die »deutschdeutsche-Frage« sein könnte. Das Leben wohl fast jeden Europäers wäre anders verlaufen; meines auch, obwohl ich 18 Jahre nach Kriegsende geboren wurde. Ich wäre, wenn überhaupt, nicht in Göttingen, sondern irgendwo zwischen Dresden und Rostock zur Welt gekommen. Meine Eltern, Flüchtlinge aus der DDR, die sich 1960 als Studenten im Westen begegneten und dort heirateten, hätten sich im Osten womöglich nie kennen gelernt. So ist das mit den Zeitläufen; ändert man eine Sache, ändert man alles. Am 8. November 1939 aber geht die Bombe, die den Führer töten sollte, ohne ihn hoch. Europa wird nicht gerettet.

Etwa eine halbe Stunde, bevor sie detonierte, um 20.45 Uhr, wird in Konstanz an der deutschen Grenze zur Schweiz ein 36-jähriger Mann bei dem Versuch festgenommen, die Sperranlagen zu umgehen und am Zollhaus vorbei die Schweiz zu erreichen. Die Grenzer halten ihn für einen Schmuggler. Doch der Mann hat keine Zigaretten, Wurst oder Alkohol bei sich, sondern einige Notizen über Munitionsherstellung, eine Ansichtskarte vom Bürgerbräukeller, ein Abzeichen des Roten Frontkämpferbundes, eine Beißzange sowie einige sehr verdächtig aussehende Metallteile. Die Grenzbeamten können sich keinen Reim auf den Grenzgänger machen. Erst gegen Mitternacht bekommt der Inhalt seines Rucksacks, den er im Zollhaus ausbreiten musste, einen Sinn.

Per Fernschreiber erfahren die Zöllner vom Attentat auf den Führer. Der Mann, den die Grenzer nun für einen Hauptverdächtigen halten, wird nach München überstellt. Noch schweigt der Festgenommene oder leugnet, etwas mit dem Anschlag zu tun zu haben. Doch die Indizienkette schließt sich immer enger. Vor allem seine wunden, eitrigen Knie überführen den Mann, der schwäbischen Dialekt spricht, als Täter: Eine Untersuchung hatte ergeben, dass der Hohlraum der Säule, in dem der Sprengsatz versteckt gewesen war, für den Täter nur auf Knien zu erreichen gewesen ist. Kellnerinnen identifizieren den Mann als häufigen Gast des Bürgerbräukellers. Schließlich gesteht er.

Der Mann, der den Beamten der Münchner Kripo gegenübersitzt, kommt aus kleinen Verhältnissen. Sein Name ist Johann Georg Elser. Er ist schlank, aber kräftig, hat ein freundliches Gesicht und ein gewinnendes Wesen. Johann Georg Elser stammt von der schwäbischen Alb. Er spielt gerne die Zither und gehörte einem konservativen Heimatverein an. Als man noch wählen durfte in Deutschland, hat der Kunstschreiner sein Kreuz immer bei der KPD gemacht, weil die Kommunisten seiner Ansicht nach die Interessen der Arbeiter am besten vertraten. Sonntags geht er oft in die Kirche und betet. Elser ist gläubiger Protestant. Die Teilnahme an den Pseudowahlen des Dritten Reichs lehnt er ab. Ende der 20er Jahre war Elser auf Zureden eines Freundes dem Rotfrontkämpferbund beigetreten, einer den Kommunisten nahe stehenden, militant ausgerichteten Organisation. Aber Elser ist kein Schläger und kein verbissener Ideologe. Er ist musisch sehr begabt und hat

Glück bei den Frauen. Große Worte sind nicht seine Sache: Er wird Mitglied der Holzarbeitergewerkschaft, »weil man Mitglied dieses Verbandes sein sollte«, so sein knapper Bescheid zum Thema Interessensvertretung. Wenn im Volksempfänger eine Rede des Führers übertragen wird, verlässt er das Haus. Den Hitlergruß lehnt er ab. Während immer mehr Deutsche wie Schwämme die nationalsozialistische Propaganda in sich aufsaugen, bleibt Elser trocken. Das Gerede von der Volksgemeinschaft lässt ihn kalt.

Den ganzen völkischen kollektiven Wahnsinn hat dieser Mann, der nun hilflos vor den Schergen des Dritten Reiches sitzt, also nie an sich heran gelassen. Nachdem er in München die Tat gestanden hatte, weil Leugnen angesichts der überwältigenden Indizien keinen Zweck mehr hat, wird er ins Reichssicherheitshauptamt nach Berlin gebracht und dort von der Gestapo schwer gefoltert. Denn Heinrich Himmler ist mit den Ergebnissen seiner Beamten unzufrieden. Elser behauptet, keine Hintermänner gehabt zu haben. Dieser kleine Schwabe, ein Volksschüler und Handwerker, soll es fast geschafft haben, den Führer zu ermorden?

Eine Beteiligung des britischen Geheimdienstes würde den Nazis besser ins Bild passen. Da trifft es sich gut, dass man gerade zwei britische Agenten verhaftet hat. Die beiden Offiziere werden zu Elsers Hintermännern stilisiert. Doch der Kunstschreiner hat die Briten noch nie in seinem Leben gesehen. Der Mann, der Hitler fast umgebracht hätte, ist weder ein Intellektueller noch ein Agent, der in fremdem Auftrag handelt. Elser brauchte nicht erst Außenpolitik zu studieren oder in den diplomatischen Dienst zu gehen, um zu erkennen, dass sich Deutschland und Europa in den späten 30er Jahren auf eine Katastrophe zubewegen. Einem Freund sagt er in dieser Zeit: Wir kriegen keine bessere Regierung, wenn wir diese hier nicht selbst beseitigen. Darauf sein Kumpel: Was redest du denn, das kannst du doch nicht schaffen! Darauf Elser: Doch, ich mach das noch. Und dann, in schwäbischem Idiom: »Aber schwätzat net!« – sag es nicht weiter.

Am Tag nach dem missglückten Anschlag verkündete das

NSDAP-Organ ›Völkischer Beobachter‹ in seiner Schlagzeile »Die wunderbare Errettung des Führers«. Vermutlich traf das Nazi-Blatt damit eine weit verbreitete Stimmung in der deutschen Bevölkerung. Denn die meisten Deutschen, selbst diejenigen, die keine Nazis waren, hatten mit Hitler, dem Kriegsherrn, der gerade in nur 21 Tagen Polen besiegt hatte, ihren Frieden gemacht. Bei den meisten Deutschen, auch vielen, die ihm anfangs skeptisch gegenüberstanden, war Hitler beliebt. Als der ehemalige kleine Frontsoldat 1933 die Macht an sich gerissen hatte, rechneten seine Gegner nicht mit einer langen Hitler-Herrschaft. Viele Menschen glaubten, die Nazi-Regierung werde sich schnell verzetteln und sei zu praktischer Politik gar nicht in der Lage. Ein böser Irrtum, denn Hitler war in den ersten Jahren seiner Regierung erfolgreicher, als seinen Gegnern lieb sein konnte. 1933 waren in Deutschland sechs Millionen Menschen ohne Arbeit gewesen, 1936 herrschte Vollbeschäftigung. Die Wirtschaft lief auf Hochtouren, auch wegen der Rüstungsprogramme, die Hitler aufgelegt hatte. Gewerkschaften, die Unternehmer mit unbequemen Lohnforderungen behelligen konnten, hatte Hitler verbieten lassen. Nach Jahren der Inflation und der Massenarbeitslosigkeit fand in Deutschland plötzlich ein Wirtschaftswunder statt.

In vielen Ländern der Welt, vor allem in den USA, litten die Menschen dagegen unter einer heftigen Wirtschaftskrise. Menschen, die es zu einem bescheidenen Wohlstand gebracht hatten, verloren Hab und Gut, Hof und Haus. Hunderttausende zogen mit ihren paar Habseligkeiten durch das riesige Land, immer auf der Suche nach einem Job. Deutschland wirkte hingegen relativ stabil. Nach anfänglicher Skepsis hatten die meisten Regierungen die Nazi-Herrschaft in Deutschland akzeptiert und sich auch mit Hitlers unverhohlener Aufrüstung abgefunden. 1936 fanden in Berlin die Olympischen Spiele statt – das erste große internationale Sportereignis, das über Rundfunk live in die Welt übertragen worden ist. Die Regisseurin Leni Riefenstahl schuf mit ihren NS-verherrlichenden Propagandastreifen zur Olympiade eine Bildsprache, die noch heute in der Werbung kopiert wird. Sogar Fernsehtechnik wurde ausprobiert. Die Nazis gaben sich modern – und was die Nutzung der Medien anging, waren sie es auch.

Hitlers Wehrmacht war im März 1938 in Österreich einmarschiert. Schon vorher herrschten dort keine demokratischen Verhältnisse mehr. Die vor allem von Deutschen besiedelten Gebiete Tschechiens, das so genannte Sudetenland, hatte Hitler gewaltsam an sich gerissen. Doch der Einzug deutscher Panzer in die Tschechoslowakei führt noch nicht zum Weltkrieg. Um den Frieden zu bewahren, akzeptierten die europäischen Großmächte Hitlers Coup. Auf einer Konferenz in München im September 1938, an der Italien, Frankreich und England teilnehmen, beteuert Hitler, das Sudetenland sei seine letzte Forderung nach zusätzlichem Territorium gewesen. Der französische Ministerpräsident Daladier und der britische Premierminister Chamberlain glauben ihm und stimmen einer Abtretung zu.

Der kleine Schreiner von der schwäbischen Alb glaubt Hitler dagegen kein Wort. Er ahnt, dass der »Führer« die Welt in einen furchtbaren Krieg ziehen will – und dass auf sein Wort kein Verlass ist. Im Sommer 1938 entschließt sich Georg Elser endgültig zum Attentat. Sein Argwohn gegenüber Hitler ist berechtigt. Am 21. Mai 1938 hatte der Führer den Geheimbefehl »zur Zerschlagung der Resttschechei« erlassen. Europas Staatsmänner sind ihm mal wieder auf den Leim gegangen – Georg Elser nicht.

Europa hatte sich in den 30er Jahren in einen dunklen Kontinent verwandelt. Das Licht der Demokratie flackerte bedenklich. Als Elser den Zünder scharf stellte, waren von den 28 europäischen Staaten nur noch 11 demokratisch verfasst. Vor allem die konstitutionellen Monarchien erwiesen sich als standhaft gegenüber totalitären, faschistischen oder rechtsextremistischen Tendenzen. Doch in den meisten Ländern hatten sich autoritäre Regimes und Diktaturen durchgesetzt. Wenn man genau hinsieht, stellt man fest, dass das Prinzip der Volksherrschaft in vielen europäischen Ländern auch von heute aus betrachtet höchstens ein, zwei Generationen alt ist. Die erste Diktatur – von Lenins Sowjetunion abgesehen – errichtete der Faschist Benito Mussolini bereits 1922. Sein Beispiel machte Schule. 1923 kam es in Bulgarien zum Umsturz, ebenso in Spanien und der Türkei, 1925 wurde das demokratische Experiment in Albanien beendet, 1926 in Polen und Portugal und zum ersten Mal in Litauen, 1929 in Jugoslawien, 1930 in Rumänien. In Österreich hatte Bundeskanzler Dollfuß bereits 1933 die parlamentarische Verfassung außer Kraft gesetzt, 1938 stimmten die Österreicher fast zu 100 % für den »Anschluss« an das Deutsche Reich.

Auch im Baltikum hatte die Demokratie keine Chance. Estland, Lettland und Litauen wurden autoritär regiert: In Litauen hatte 1926 ein Putsch die Demokratie beendet. In Estland wurde 1934 nach einem Staatsstreich ein diktatorisches Regierungssystem mit einer Präsidialverfassung eingerichtet. Und in Lettland hatte 1934 ein Bauernführer die Macht an sich gerissen. In Polen hatte man sich ebenfalls längst von demokratischen Verhältnissen verabschiedet. Schon 1926 hatte sich in Warschau Marschall Piłsudski an die Macht geputscht und das Parlament aufgelöst. Nach seinem Tod 1935 wurde General Rydz-Śmigły neuer Armeeführer – und damit faktisch auch Staatschef. In der Sowjetunion waren Ende der 30er Jahre schon Millionen Menschen dem Terror Stalins zum Opfer gefallen. Schauprozesse gegen ehemals führende Kommunisten beherrschten 1937 die russische Hauptstadt; über das Land breitete sich wie ein Krebsgeschwür das System der Straflager, der Gulag, aus. Manch einer landete nur im Gefängnis oder vor einem Erschießungskommando, weil der Geheimdienst bestimmte »Quoten« von Gegnern des Kommunismus vorweisen musste. Um die Kollektivierung der Landwirtschaft durchzusetzen, wurden Hunderttausende Kleinbauern zu Klassenfeinden gestempelt, vertrieben, umgebracht, dem Hungertod ausgeliefert.

Auch der politisch organisierte Antisemitismus blieb in den 30er Jahren nicht auf Deutschland beschränkt. Vorurteile gegen Juden gab es in allen europäischen Ländern, auch in den USA, wo in den 30er Jahren sogar ein Numerus clausus für die Zulassung von Juden an Hochschulen bestand. In Osteuropa kam es immer wieder zu Pogromen gegen die jüdische Bevölkerung. In Ostpolen grassierte ein religiös motivierter Judenhass, den Polens Staatsoberhaupt, Marschall Piłsudski, zunächst im Zaum hielt. Er vertrat die Idee einer multiethnischen Nation. Nach seinem Tod aber kam es an vielen Orten zu einem regelrechten Boykott jüdischer Geschäfte durch polnische Katholiken. Und das Regime, das auf Piłsudski folgte, bezeichnete die Polen jüdischen Glaubens im Jahre 1938 als »extrastaatliche Gruppe mit unabhängigen nationalistischen Zielen, die eine Entwicklung des polnischen Nationalstaats schwächt«. In den späten 30er Jahren waren also Antisemitismus, Diktatur oder doch zumindest eine autoritäre Herrschaft die Regel in Europa – und die Volksherrschaft die Ausnahme. Die Demokratie galt vielen Menschen als nicht praktikabel. Die Missstimmung gegen das »Parteiengezänk« war weit verbreitet.

Europa im Zeichen von Diktaturen – Deutschland im Zeichen des nationalsozialistischen Angriffskrieges – Demokratie? Frieden? Menschenrechte? Keine Chance. Selbst der englische Kriegspremierminister Winston Churchill, dessen politische Standhaftigkeit im Kampf gegen das nationalsozialistische Deutschland *und* gegen verunsicherte Appeasement-Vertreter in den eigenen konservativen Regierungsreihen im Juni 1940 das aufgeklärte Europa letztlich rettete, indem er trotz prekärer militärischer Lage keine Waffenstillstandsverhandlungen mit Berlin anstrebte, war nicht immer frei von antidemokratischen, autoritären politischen Ideen. »Der Sache nach war der Churchill der 20er Jahre ein Faschist; nur seine Nationalität verhinderte, daß er es auch dem Namen nach wurde«, urteilte Sebastian Haffner in seiner Biografie.

Die neue Zeit stand gegen Elser – dennoch verlor er seinen Glauben an den Wert der Freiheit nicht. Johann Georg Elser handelte als mündiger Bürger aus ethischer und politischer Verantwortung heraus, ohne Rückhalt durch irgendeine Organisation oder Bewegung, einem ungeschriebenen Grundgesetz verpflichtet. Und Elser hatte erkannt, dass im Nationalsozialismus entscheidende Rechte abgeschafft worden waren. In dem Geständnis, dass er einige Tage nach seiner Verhaftung ablegte, beklagte er unter anderem, dass die Arbeiterschaft im NS-Staat »unter einem gewissen Zwang« stehe. »Der Arbeiter kann zum Beispiel seinen Arbeitsplatz nicht mehr wechseln, wie er will, er ist heute durch die HJ nicht mehr Herr seiner Kinder und auch in religiöser Hinsicht kann er sich nicht mehr so frei betätigen.« Elser forderte Freizügigkeit, sowie Glaubens- und Gewissensfreiheit; lauter Werte, die später vom Grundgesetz garantiert werden sollten. Elsers Kritik am Nationalsozialismus war vielleicht rhetorisch nicht geschliffen, aber sie war eindeutig: Die Herrschaft der NSDAP greift in völlig unakzeptabler Weise in das Leben der Menschen ein. Also muss man sich wehren. Er widerstand einem Ungeist, der ganz Europa durchwehte und bezahlte mit seinem Leben für seinen Mut.

Johann Georg Elser hatte einen Sohn. Der wusste sein halbes Leben lang nicht, wer sein Vater war. Ich habe Manfred Bühl, einen freundlichen kleinen Herrn, im Herbst 1996, in seinem Haus am Bodensee besucht, etwa ein halbes Jahr vor seinem Tod. Ich fragte ihn, seit wann er eigentlich wisse, dass sein Vater der Mann war, der fast die Weltgeschichte verändert hätte. Bühl atmete tief: »Zwei Uhrwerke hat der Schorsch als Zeitzünder implantiert«, sagte er dann. »Darauf muss man erst mal kommen, das muss man erst mal können.« Schon als Kind sei ihm auf der Kommode seiner Mutter Mathilde das Bild eines jungen Mannes mit dichten schwarzen Haaren und etwas abstehenden Ohren aufgefallen. Es muss Mitte der 30er Jahre gewesen sein, als der Junge seine Mutter in der Konstanzer Wohnung beim Betrachten der Fotografie ertappte. »Wer isch des?«, fragte der kleine Manfred, doch die junge Frau warf ihrem Sohn nur einen missbilligenden Blick zu und zerriss das Bild vor seinen Augen.

Das löste eine Neugier aus, die lange unbefriedigt blieb. Seither suchte Manfred Bühl nach den Bruchstücken der Biografie jenes Fremden, der, wie er erfahren sollte, sein Erzeuger war. Manfred Bühl hat seinen Vater nie gesprochen. Was er über Elser wusste, steckte in zwei Aktenordnern. Er bewahrte sie in der hölzernen Schmucktruhe auf, die der Vater einst geschreinert und seiner Mathilde geschenkt hatte. Den Deckel hatte er mit einem kapitalen »M« verziert.

Bühl war sieben, als ihm die Schulkameraden beim Baden im Bodensee erzählten, dass der Vater die Mutter wegen einer anderen Frau verlassen habe. Drei Jahre später erfuhr er von denselben Jungen, dass sein Vater den Führer hatte umbringen wollen. »Da war es sehr schwer für mich.« Niemand verspottete ihn wegen der Tat des Vaters, aber er hat sich dennoch gegrämt. »Hitler war für uns wie ein Herrgott«, erinnert er sich. Nach dem Attentat wurde sein Vater daheim vollends zur Unperson. Das Schweigen über Elser war in Bühls Elternhaus fortan Gesetz. Die Mutter hatte inzwischen einen Handwerker namens Hans Bühl geheiratet. Mit dem Adoptivvater verstand sich Manfred sehr gut, »aber nach dem Elser hab ich mich ihn nicht zu fragen getraut«. Dabei haben sich Adoptiv- und leiblicher Vater wahrscheinlich gekannt, denn beide spielten Zither im Konstanzer Verein. Bühl zeigte mir jene Zither, die einst Elser gehört hatte. Der Häftling hatte sie auch im Konzentrationslager bei sich gehabt; irgend jemand, wahrscheinlich ein KZ-Aufseher, legte sie nach dem Krieg bei Elsers Bruder Leonhard vor die Haustür. Manfred verlor beide Väter im Frühjahr 1945. Der Soldat Bühl fiel im Januar an der Front. Johann Georg Elser wurde am 9. April im Konzentrationslager Dachau ein paar Wochen vor dessen Befreiung erschossen.

Sowohl Bühl als auch die Geschichtsschreibung der Nachkriegszeit brauchten lange, um zu begreifen, was Elser für einer war.

Nach seiner Ermordung dauerte es Jahrzehnte, bis der Schreiner die Würdigung fand, die ihm zustand. Noch 1946 unterstellte man Elser in der ›Süddeutschen Zeitung‹, er sei Gestapo-Agent gewesen. Die Nazis hätten das Attentat als Propagandatrick inszeniert: Der Flüsterwitz addierte seinerzeit zu den Opfern noch »60 Millionen Verkohlte«. Diese irrwitzige Theorie fand nach dem Krieg selbst in Historikerkreisen Verbreitung. Auch der Nazi-Gegner Martin Niemöller, der im Dritten Reich zur Bekennenden Kirche gehört und wie Elser im KZ Dachau eingesessen hatte, verbreitete noch lange

Jahre nach dem Krieg die Geschichte, Elser, der das Attentat im Auftrag der Nazis verübt habe, sei als »persönlicher Gefangener Hitlers« im Konzentrationslager mit Privilegien ausgestattet worden – wie er, der U-Boot-Kommandant. Man habe Elser dort »ausgezeichnet behandelt«. Erst Jahre später gab Niemöller zu, dass er Gerüchten aufgesessen war.

Dann wurde Elsers Tat schlicht vergessen. Wer sich an Helden erinnert und sie rühmt, der möchte ja, dass auch ein bisschen Glanz auf die eigene Hütte fällt. Wer aber hätte Elser nach dem Krieg historisch adoptieren sollen? In der DDR konnte man mit diesem Einzelgänger, dessen Affinität zum kommunistischen Milieu sich in klaren Grenzen hielt, überhaupt nichts anfangen. Denn Elser hatte ja mit seinem Anschlag nicht im Auftrag der illegalen, aber dennoch angeblich allwissenden Partei, sondern auf eigene Verantwortung gehandelt. Schlimmer noch: Die KPD-Führung hätte ihm das Attentat im Herbst 1939 wahrscheinlich ausgeredet. Moskau lag zu diesem Zeitpunkt nicht an einem Konflikt mit Berlin; immerhin hatte man gerade mit dem Hitler-Stalin-Pakt im August 1939 gemeinsam die Republik Polen geschlachtet. Die Annäherung zwischen Hitler und Stalin ging damals so weit, dass der Herrscher der Sowjetunion kein Problem damit hatte, dem Diktator des Dritten Reiches mehrere hundert Regimegegner, antifaschistische deutsche Kommunisten zumeist, frei Haus zu liefern. Viele wurden dann in deutschen Konzentrationslagern ermordet.

Von solchen ideologischen Verrenkungen des Marxismus-Leninismus hat Elser nichts gewusst. Er hätte sie wohl auch kaum verstanden. Elser dachte lieber, was er wollte. Auch dies wird dazu beigetragen haben, dass ihn die in Moskau geschulte Kamarilla um Walter Ulbricht nicht sonderlich schätzte. Alleingänge mochte man in der DDR-Führung überhaupt nicht, und in den 50er Jahren, als sich die SED mit brutalen Mitteln hunderter so genannter »Abweichler« entledigte, landete man selbst als Kommunist schnell wegen individualistischer Positionen im Gefängnis. Auch als Honecker die Zügel zu Beginn der 70er Jahre für kurze Zeit etwas lockerte, fand Elser keine Gnade vor der leninistischen Geschichtsschreibung. Der Kunstschreiner Johann Georg Elser, Held seiner Klasse, wurde in der DDR ignoriert, solange der so genannte Arbeiter- und Bauernstaat existierte. Auch im Westen war eine Erinnerung an Elser lange nicht erwünscht. Die konservative Adenauer-Republik identifizierte sich, nach anfänglichem Zögern, lieber mit den militärischen Widerstandskämpfern des 20. Juli 1944. Erst am 8. November 1969 erinnerte ein dokumentarischer Spielfilm von Hans Gottschalk in der ARD an die abenteuerliche Geschichte Elsers und würdigte ihn als mutigen Tyrannenmörder. Die Sendung hatten sich Mathilde und Manfred Bühl eher zufällig zusammen angeschaut. Mitten in den Film hinein sagte die Mutter zum Sohn: »Da im Fernsehen, das ist dein Vater.« Seither war Bühl von allen Zweifeln erlöst und »endlich stolz« auf Johann Georg Elser.

In den 70er Jahren geriet Elser wieder in Vergessenheit. In der sozialliberalen Ära wurde der organisierte Widerstand der Arbeiterbewegung herausgestellt und Gruppen wie die »Weiße Rose« oder die »Rote Kapelle« wurden aus der geschichtlichen Versenkung gerettet. Elser, der Einzelgänger, fand in den Zeiten, als man auch in der Bundesrepublik ein Faible fürs Kollektive hatte, keinen Paten. In den 80ern, der Dekade, in der man das Individuum hochhielt und verklärte, entdeckten Historiker und Schriftsteller schließlich wieder diesen merkwürdigen Attentäter von der Schwäbischen Alb. Nun fand auch der bis dahin ohne jeden Kontakt zur Familie Elser lebende Sohn den Mut, sich zu seinem Vater zu bekennen. Im März 1984, bei der Aufführung des Theaterstücks ›Johann Georg Elser. Ein deutsches Drama‹ in Heidenheim, bat er den Autor Peter-Paul Zahl um eine Eintrittskarte: »Ich muß hier rein, ich bin sein Sohn.« In den 90ern fand Elser dann endlich seinen gleichberechtigten Platz neben Graf Stauffenberg, der versucht hatte, Hitler mit einer Bombe zu töten. Insgesamt 42 Attentate waren in den 12 Jahren seiner Schreckensherrschaft auf den Führer geplant; doch nur der Offizier und der Kunstschreiner hätten Hitler beinahe vom Leben zum Tode befördert.

Kapitel 1

1945 – 1949: Der Geist von Weimar und der Horror von Buchenwald — Wer sind die Deutschen? — Wie man sich erinnert, so lebt man — Schocktherapie für Leute, die nichts gewusst haben wollen — Die Dritte Welt mitten in Europa — Die große Flucht — Ein Planspiel ohne Mauer — Hunger und Demokratie

Am Morgen des 16. April 1945 bot sich vor dem Hauptbahnhof in Weimar ein merkwürdiger Anblick. Einige hundert Bürger waren hier an diesem schönen Frühlingsmorgen auf dem Platz zusammengekommen; der Himmel strahlte sein fröhlichstes Blau, die Vögel zwitscherten in den Bäumen und die Menschen hatten sich herausgeputzt, als gäbe es etwas zu feiern. Dieser Aufzug war umso erstaunlicher, als seit einigen Tagen amerikanische Soldaten in der Stadt waren. Sie unterstanden dem Befehl des US-Generals George Patton. Seine Soldaten hatten Thüringen von den Nazis befreit, der Krieg war vorbei – jedenfalls am 16. April in Weimar. Vielleicht herrschte deshalb bei den Weimarern so eine gelöste Stimmung. Sie waren auf direkten Befehl der amerikanischen Militärbehörden zum Bahnhof bestellt worden. Worum es genau ging, war den Versammelten noch nicht ganz klar. Angeblich sollte man zum Lager auf dem Ettersberg marschieren, wahrscheinlich, um dort etwas aufzuräumen. In diesem Lager wurden »Verbrecher umerzogen«, hatte Gisela H. von ihrer Mutter und ihrem Lehrer gehört. Aus jedem Weimarer Haushalt hatten die Amerikaner eine über 17 Jahre alte Person zum Bahnhof bestellt. Und weil die 22-jährige Studentin Gisela H. ihrer Mutter den 10 Kilometer langen Marsch auf den Berg nordwestlich der Stadt nicht zumuten wollte, stand sie nun in einem Frühlingskleid am Bahnhof und beäugte neugierig die amerikanischen Soldaten – es waren auch schwarze GIs darunter.

An diesem 16. April 1945 befand sich Deutschland noch im Kriegszustand mit den Alliierten. Doch die totale Niederlage war längst absehbar und nur noch eine Frage von Tagen. In Berlin wurde gekämpft, die Rote Armee eroberte die Stadt von Nordost her Straße für Straße. Die Wehrmacht in Deutschland war an fast allen Fronten geschlagen oder eingekesselt. Hitlers letztes Aufgebot, der so genannte »Volkssturm« aus alten Männern und kleinen Jungs, stellt sich noch hier und da den amerikanischen oder sowjetischen Panzern in den Weg. Den Deutschen, die lange an den »Endsieg« durch »Wunderwaffen« geglaubt hatten, dämmerte inzwischen, dass das Dritte Reich nicht mehr wie Phönix aus der Asche auferstehen würde. Adolf Hitler hockte an diesem Tag im Führerbunker und schob brüllend Geisterarmeen auf Generalstabskarten hin und her. Am 20. April sollte er 56 Jahre alt werden. Zur Feier des Tages bereitete er seine Hochzeit mit Eva Braun sowie einen anschließenden Doppelselbstmord vor. Am 30. April setzte er den Plan endlich in die Tat um.

Aber davon wussten Gisela H. und die Leute am Bahnhof nichts, und unter anderen Umständen wäre die Bevölkerung von Weimar vermutlich auch damit beschäftigt gewesen, diesen Führer-Geburtstag wie in den Jahren zuvor mit rotbraunem Pomp, Hakenkreuzfahnen und Nazi-Lametta vorzubereiten, anstatt sich am Bahnhof von schwarzen amerikanischen Soldaten herumkommandieren zu lassen. Weimar galt schon Jahre vor der »Machtergreifung« als Hochburg der Nazis; die NSDAP war bereits 1930 an einer Landesregierung in Thüringen beteiligt gewesen und wurde 1932 bei den Reichstags- und Landtagswahlen mit über 42 Prozent der Stimmen sogar stärkste politische Kraft im Land. Auch Gisela H., die am 16. April am Bahnhof stand, war schon 1933 als Zehnjährige in den BDM, »Bund Deutscher Mädel«, eingetreten. Allein zwischen 1926 und 1936 hatte Adolf Hitler Weimar über 40 Mal besucht. Seine Begeisterung folgte politischem Kalkül. Denn die kleine, mitteldeutsche Stadt an der Ilm war und ist das Symbol klassischer deutscher Kultur. Goethes Haus am Frauenplan und sein Gartenhaus im Park zählten neben Wagners Opernhaus in Bayreuth bereits zu Beginn des 20. Jahrhunderts zu den erhabensten Ausflugszielen des deutschen Bürgertums. Auch Friedrich Schiller hatte viele Jahre seines Lebens in Weimar verbracht. Der deutsche Dichter wurde hier ausgestellt wie eine Figur im Wachsfigurenkabinett – um seine Werke ging es längst nicht mehr, den Weimarern genügte der Glanz seiner Schriften, zu dem sie zwar rein gar nichts beigetragen hatten, in dem sie sich aber umso lieber sonnten. Der Philosoph Friedrich Nietzsche, der seine letzten drei Lebensjahre in Weimar verbracht hatte, musste gar als geistiger Wegbereiter der Nazis herhalten. Die anarchische Seite seiner Philosophie wurde unterschlagen, seine Schwester, die Hitler für »ein Wunder« hielt und sich von ihm hofieren ließ, trug erheblich zu diesem Missverständnis bei. Die vorschnelle Annahme, Nietzsche sei ein geistiger Wegbereiter Hitlers gewesen, ist vor allem deshalb noch immer nicht aus der Welt.

Weimar gefiel sich 100 Jahre nach Goethes Tod als Mekka der bürgerlichen Kultur. Doch der Reporter Egon Erwin Kisch, der 1933, von den Nazis angewidert, Deutschland verließ, erkannte in dem betulichen, stramm rechts wählenden Städtchen eher einen »Naturschutzpark der Geistigkeit« als einen Ort, an dem sich Kreativität entfalten könnte. Das so genannte »Bauhaus«, eine Eliteschule, in der Studenten sich mit moderner, damals revolutionärer Theorie und Praxis von Malerei, Architektur und Design beschäftigten, wurde von den rückständigen Weimarer Stadtvätern bereits 1925 aus der Stadt geekelt – ein Vorgeschmack auf die Verfemung moderner, avantgardistischer Kultur durch die Nazis, die alle Kunst, die ihnen nicht passte, als »entartet« brandmarkten und verbaten. Künstler wie Lyonel Feininger, Paul Klee und Wassily Kandinsky kehrten dem hochnäsigen Weimar also den Rücken und errichteten in Dessau die später weltberühmte Bauhaus-Schule. Neue Ideen ließ man im Weimar der 20er Jahre nur gelten, wenn sie in schwarzen Schaftstiefeln daherkamen. Wenn Hitler Weimar besuchte, schaute er sich wie zum Hohn schon mal mit der Schwester Nietzsches ein Theaterstück von Benito Mussolini über Napoleon an. Und zwar ausgerechnet in jenem Theater, in dem 1919 die Nationalversammlung die Verfassung der ersten demokratischen Republik, der so genannten »Weimarer Republik«, beschlossen wurde. Hitler wusste: Wenn er Weimar erobern kann, diese Hochburg der Klassik und der Kultur, dann würde ihm auch bald ganz Deutschland zufallen.

»Ich liebe Weimar«, hatte Hitler einem Parteigenossen bei seinem ersten Weimar-Besuch 1926 gestanden – und die Weimarer liebten ihren Führer. Wenn er, wie gewöhnlich, im Hotel Elephant am Marktplatz abstieg, versammelten sich Tausende auf dem Platz vor der noblen Herberge. Auch Frau H. war manchmal dabei. Dann riefen die Leute: »Lieber Führer, bitte, bitte – lenk auf den Balkon die Schritte! Lieber Führer, komm heraus, aus dem Elephantenhaus!« Und wenn der Führer dann immer noch nicht auf den Balkon heraus trat, skandierte die Menge: »Lieber Führer, sieh doch ein, wir können nicht mehr länger schrein!« Das Affentheater endete gewöhnlich mit dem Ruf: »Lieber Führer, geh nicht fort, bleib an diesem schönen Ort.« Für Führers Auftritte auf dem Balkon hatten sich die Weimarer immer in Schale geworfen. In Schale warfen sie sich auch am Morgen dieses 16. April. »Die Stimmung war sehr gut. Wir machten Scherze und lachten«, erinnert sich Frau H. Nur die Uniformträger fehlten diesmal; es waren keine Nazi-Abzeichen zu sehen, und nach dem Führer wurde auch nicht gerufen. Doch was sie oben auf dem Ettersberg bezeugte, sollte sie ihr ganzes Leben lang nicht mehr vergessen.

Auf dem Ettersberg hatte Goethe einst seine Gespräche mit Eckermann gehalten – doch anstatt von »Glaube und Schönheit« wird Gisela H., nachdem sie das Tor mit der Aufschrift »Jedem das Seine« durchschritten hat, vom Tod angeweht. Schon auf dem Weg lagen Erschossene am Straßenrand in Drillichsachen und Holzpantoffeln, ohne Strümpfe und zu Skeletten abgemagert. Im Lager stapeln sich Hunderte Leichen meterhoch. In den Baracken des KZ sieht sie Häftlinge zu dritt auf einer Pritsche liegen, »die konnten nicht laufen.« Die Amerikaner zwingen die Weimarer, sich diese Hölle auf dem Ettersberg genau anzusehen. Ein paar Stunden bleibt die junge Frau auf dem KZ-Gelände. Diese Stunden, in denen deutsche Zivilisten zum ersten Mal mit der Hölle der Konzentrationslager konfrontiert wurden, haben amerikanische Fotografen im Auftrag der US-Armee festgehalten. Aus amerikanischer Sicht war der Marsch der Weimarer nach Buchenwald eine der ersten Entnazifizierungsmaßnahmen der neuen Besatzungsmacht. Für diese »Schocktherapie« gab es sogar schon einen Fachausdruck: »viewing the atrocities« – die Gräuel anschauen.

Der spanische Schriftsteller Jorge Semprún, der 18 Monate Haft in Buchenwald überlebt hatte, beschreibt die Konfrontation von Weimarer Bürgern mit dem Grauen von Buchenwald in seinem Roman *Schreiben oder Leben*: »Im Hof des Krematoriums sprach an jenem Tag ein amerikanischer Leutnant zu ein paar Dutzend deutschen Frauen, Heranwachsenden beiderlei Geschlechts und Greisen der Stadt Weimar. Die Frauen trugen Frühlingskleider in lebhaften Farben. Der Offizier sprach mit neutraler, unerbittlicher Stimme. Er erklärte, wie der Verbrennungsofen funktionierte, nannte die Sterbeziffern von Buchenwald. Er erinnerte die Zivilisten von Weimar daran, daß sie, teilnahmslos oder als Komplizen, mehr als sieben Jahre unter den Rauchschwaden des Krematoriums gelebt hatten. ... Die Frauen – zumindest viele von ihnen – konnten ihre Tränen nicht zurückhalten, flehten mit theatralischen Gebärden um Vergebung. ... Die Heranwachsenden verschanzten sich in verzweifeltem Schweigen. Die Greise sahen anderswohin, wollten sichtlich nichts hören.« Die Frage, was die Deutschen über die Verbrechen des NS-Regimes wussten und wer dieses Volk, das einen Goethe und einen Goebbels hervorgebracht hat, eigentlich ist, drängt sich nirgendwo so sehr auf wie in Weimar. Von der Antwort hing auch die Identität des künftigen Deutschland ab, von dem seine Bewohner am wenigsten wussten, wie es in Zukunft aussehen sollte. Man konnte diese Fragen bei Goethes Gartenhaus auf einer schattigen Parkbank stellen – oder im Schatten von Leichenbergen im KZ Buchenwald.

Mitte der 90er Jahre habe ich in Weimar mehrere ältere Einwohner zum Thema Buchenwald befragt. Ich wollte wissen, was sie damals gewusst haben. Doch die Recherche brachte kein eindeutiges Ergebnis außer einem: Man weiß über staatlich angeordnete Verbrechen immer so viel, wie man wissen will – das gilt erst recht in Diktaturen. Gisela H., die ich damals kennen lernte, machte auch in hohem Alter einen naiven Eindruck – gepaart mit einer Portion Selbstzufriedenheit. Angeblich war sie nicht in der Lage, zu begreifen, was außerhalb ihrer heilen BDM-Welt vor sich ging. Sie hat sich damit zufrieden gegeben, »da oben« säßen nur Kriminelle – mehr wollte sie auch gar nicht wissen. Die Konfrontation mit den Ermordeten und den »stummen, übergroßen Augen« der überlebenden KZ-Häftlinge erfüllte sie dann mit Entsetzen – doch Schuld und Scham über die in deutschem Namen begangenen Verbrechen empfand sie erst im hohen Alter. Mit Goethe identifiziert es sich eben leichter. Ich fand bemerkenswert, dass viele Weimarer bis heute ohne mit der Wimper zu zucken über den Dichterfürsten sprechen, als sei er ein verstorbener Großonkel gewesen, über Buchenwald aber allenfalls seufzen – und dann schweigen.

Hans Magnus Enzensberger hat den ständigen Verweis der besiegten Deutschen auf die Klassiker nach dem Zweiten Weltkrieg einmal als »verblasenen Idealismus« bezeichnet, der doch nichts anderes sei als »nur eine andere Form der Bewusstlosigkeit«. Besser kann man Frau H.s Haltung zu Weimar/Buchenwald kaum charakterisieren. Im Glanz des Dichterfürsten sonnt es sich gut, mit Entschuldigungen und Verharmlosungen der NS-Zeit war die Dame, die später 25 Jahre lang Kunsterziehung unterrichtete, dagegen schnell bei der Hand. Die »Reichskristallnacht« sei in Weimar, der Stadt der Klassiker, »verhältnismäßig harmlos« verlaufen, behauptete sie, »nur Judensterne, Schmierereien und so«. Es ist zwar richtig, dass in Weimar keine Synagoge brannte – aber nur deshalb, weil es in Weimar gar keine Synagoge gab. Die nächsten Gotteshäuser standen im benachbarten Erfurt. In Weimar lebten nur zwei Dutzend jüdische Familien, die aber von den nationalsozialistischen Stadtvätern schon in das KZ Theresienstadt verfrachtet werden sollten, als Berlin das noch gar nicht angeordnet hatte. Die NSDAP-Mitgliedschaft ihres Vaters entschuldigte sie mit seinem Beruf. »Als Staatsbeamter musste er das«, sagte Frau H. Das stimmt nicht. Kein Mensch »musste« in die NSDAP eintreten. Man musste auch nicht Mitglied im Bund Deutscher Mädel werden. Wahr ist vermutlich, dass sie gerne im BDM war. Die meisten waren begeistert bei der Sache, wenn es ins Zeltlager ging. Am Lagerfeuer hat man dann die Geschichten vom Volk ohne Raum und vom Übermenschen gern geglaubt. Zwang? Man konnte sich auch weigern oder herausmogeln, aber dazu gehörte Mut. Und den hatten die wenigsten Deutschen.

Die Geschichte von Wolfgang Held, der später in der DDR als Schriftsteller vor allem für seine Kinder- und Jugendbücher bekannt wurde, klang wieder ganz anders. Er war von sich aus auf den Ettersberg gewandert, weil er hoffte, dort oben im Lager »meinen Onkel zu finden«. Held war im April 1945 erst 16 Jahre alt, doch er begriff mehr als die meisten Erwachsenen. Sein Onkel war als Kommunist nach Buchenwald verschleppt worden – nun hoffte er, ihn unter den Überlebenden zu finden. Doch er hatte kein Glück. Der Onkel war zwar tatsächlich einige Zeit in Buchenwald inhaftiert, hatte sich aber, um dem KZ zu entgehen, freiwillig für ein so genanntes »Himmelfahrtskommando« der Wehrmacht gemeldet und war in der Sowjetunion von der Truppe desertiert und übergelaufen. Die Russen aber hielten ihn für einen Spion und haben ihn wahrscheinlich erschossen. Vor Kriegsende verliert sich endgültig seine Spur. Der Onkel verschwunden, rings um ihn Leichen, »nackt, kahl, nur noch Haut und Knochen, aufgeschichtet zu einem Stapel«. Held rennt verzweifelt in den Wald, vorbei an frischen Massengräbern. Er weint, bis ein Häftling auf ihn zukommt und mit Blick auf eine Grube voller Leichen sagt: »Da sind Tränen nicht genug, mein Junge.«

Held wollte für sein Leben Konsequenzen ziehen aus dem Erlebnis auf dem Ettersberg. Nicht jeder, der sich mit den Gräueln der Nazis konfrontiert sah, hielt das für nötig. Eine andere Weimarerin, die 1933 schon in die NSDAP eingetreten war und die ich 60 Jahre später befragte, hielt das KZ Buchenwald als junge Frau für ein »verschärftes Zuchthaus für Asoziale«. Mit über 90 Jahren glaubte sie das immer noch. Auch sie war am 16. April mit den Greueln konfrontiert worden. Doch ihr Urteil fiel anders aus als bei Gisela H. und Jorge Semprún: »Das war doch ein Riesenzirkus, den die Amerikaner da veranstaltet haben«, sagte sie mir, »das war alles US-Propaganda.« Massenmord im staatlichen Auftrag habe es im KZ Buchenwald nicht gegeben, auch der Holocaust an sechs Millionen Juden, die in KZs in Polen vergast wurden, sei doch eine Lüge. Die Frau war durch keine Fakten zu beeindrucken – sie hielt an ihren Lebenslügen eisern fest.

Leugnen, abstreiten, vertuschen – der psychologische Entlastungsangriff der Deutschen begann in dem Moment, als die Nazi-Diktatur Stadt für Stadt, Dorf für Dorf, in sich zusammenbrach. Die Deutschen haben sich 1945 nicht selbst von der blutigsten Diktatur ihrer Geschichte befreit, viele haben dem Regime und vor allem ihrem Führer bis zum Zusammenbruch die Treue gehalten. Trotzdem hatte die amerikanische Journalistin Martha Gellhorn, Lebensgefährtin von Ernest Hemingway, im April 1945 im Rheinland das Gefühl, nur auf Unschuldslämmer zu treffen: »Niemand ist ein Nazi. Niemand ist je einer gewesen. Es hat vielleicht ein paar Nazis im nächsten Dorf gegeben, und es stimmt schon, diese Stadt da, zwanzig Kilometer entfernt, war eine regelrechte Brutstätte des Nationalsozialismus. Um die Wahrheit zu sagen, ganz im Vertrauen, es hat hier immer eine Menge Kommunisten gegeben. Wir waren schon immer als Rote verschrien. Oh, die Juden? Tja, es gab eigentlich in dieser Gegend nicht viele Juden. Zwei vielleicht, vielleicht auch sechs. Sie wurden weggebracht. Ich habe sechs Wochen lang einen Juden versteckt. (Ich habe einen Juden versteckt, er hat einen Juden versteckt, alle Kinder Gottes haben einen Juden versteckt.) Wir haben nichts gegen

Juden, wir sind immer gut mit ihnen ausgekommen. Die Nazis sind Schweinehunde. Wir haben von dieser Regierung die Nase voll gehabt. Ach, wie wir gelitten haben. Die Bomben. Wir haben wochenlang im Keller gelebt. Die Amerikaner sind uns willkommen. Wir haben keine Angst vor ihnen; wir haben keinen Grund zur Angst. Wir haben nichts Unrechtes getan; wir sind keine Nazis. Man müsste es vertonen. Dann können die Deutschen diesen Refrain singen, und er wäre noch besser. Sie reden alle so. Man fragt sich, wie die verabscheute Nazi-Regierung, der niemand Gefolgschaft leistete, es fertig brachte, diesen Krieg fünfeinhalb Jahre lang durchzuhalten. Nach allem, was sie so von sich geben, hieß kein Mann, keine Frau und kein Kind den Krieg auch nur einen Augenblick gut. Wir stehen mit fassungslosen und verächtlichen Gesichtern da und hören uns diese Geschichte ohne Wohlwollen an und ganz gewiss ohne Achtung. Ein ganzes Volk, das sich vor der Verantwortung drückt, ist kein erbaulicher Anblick.«

Was die Alliierten in den KZs vorfanden, erschien ihnen so ungeheuerlich, dass sie sofort Kamerateams und Fotografen damit beauftragten, die Verbrechen so minuziös wie möglich zu dokumentieren. Man wollte gar nicht erst den Verdacht aufkommen lassen, hier sei etwas inszeniert worden, um die Deutschen schlecht dastehen zu lassen. Nach dem Ersten Weltkrieg hatten sich viele im Krieg aufgestellte Behauptungen über die Untaten der Feinde als Gräuelpropaganda herausgestellt; doch diesmal war die Realität viel schlimmer als das, was vorher von den Propagandaeinheiten im Rahmen der psychologischen Kriegsführung über den Feind in die Welt gesetzt worden war.

Generell ging man davon aus, dass eine Konfrontation wie in Weimar/Buchenwald zu einer Katharsis bei den verblendeten Besiegten führen würde. Natürlich konnten nur relativ wenige Deutsche direkt in Konzentrationslager geführt werden. Die US-Armee veröffentlichte die Fotos deshalb auch in den ersten deutschen Zeitungen; Dokumentarfilme wurden in Armeekinos gezeigt, zu deren Besuch Deutsche verpflichtet wurden. Das Ziel dieser Massenlektion: Die Deutschen sollte ihre NS-Identität angesichts der Untaten ablegen, um eine neue Identität als schuldige Mittäter oder Mitläufer anzunehmen. Diese ersten Schritte einer Entnazifizierung waren in den USA nicht unumstritten. Der deutschstämmige amerikanische Schriftsteller James Agee hielt es bereits 1945 für falsch, den Deutschen eine kollektive Schuld und den Alliierten, besonders den Amerikanern, eine moralische Überlegenheit zuzuweisen. Man solle Gerechtigkeit nicht mit Rache verwechseln, warnte er in einem Essay in einer US-Zeitschrift – und wurde dafür heftig kritisiert.

Die Dokumentaraufnahmen aus den Konzentrationslagern der Nazis spielten in den kommenden Jahren eine große Rolle bei der Aufarbeitung der NS-Verbrechen und wurden als Beweismittel auch in die Nürnberger Prozesse eingebracht. Die Angeklagten wurden gezwungen, sie sich anzusehen – und reagierten erbärmlich auf die Gräuel, die sie im November 1945 zu sehen bekamen. Erika Mann, die Tochter des Nobelpreisträgers Thomas Mann, war für den Londoner ›Evening Standard‹ aus dem Exil nach Deutschland zurückgekehrt. Über die Nazi-Größen, die hier auf den Anklagebänken saßen und von denen einige ein paar Monate später zum Tod durch den Strang verurteilt wurden, spottete sie: »Nachdem man den wohl vollständigsten und schockierendsten Dokumentarfilm, den es über die deutschen Gräueltaten gibt, im Gerichtssaal vorgeführt hatte, stellte sich heute heraus, daß alle Angeklagten im Nürnberger Justizpalast eigentlich nur ›kleine Mitläufer‹ waren. Wie der Rest ihrer Landsleute haben sie nichts getan, nichts gesehen und nichts gewusst.« Vor allem auf die Verteidiger der Angeklagten, die den Film teilweise mit demonstrativer Gleichgültigkeit ansahen, hätten die Bilder einen niederschmetternden Eindruck gemacht: »Beim gemeinsamen Abendessen gab es keine Unterhaltung, und niemand hatte richtigen Appetit. Man ging bleichen Angesichts nach Hause, wenn auch kaum zum Schlafen, sondern um weiter zu grübeln, wie man etwas verteidigen soll, was nicht zu verteidigen ist.«

Der Ex-Häftling Jorge Semprún, der den Film im Dezember 1945, fast zur selben Zeit wie Göring, Heß, Streicher und

Co. freiwillig in einem Kino sah, konstatierte im Saal »eine Stille des Grauens und Mitgefühls, vermutlich auch eine empörte Stille«. Selbst ihn, der das Grauen an Leib und Seele hatte erfahren müssen, schockierten die Aufnahmen aus seiner Vergangenheit: »Als ich auf der Leinwand des Kinos unter einer so nahen und so fernen Aprilsonne den Appellplatz von Buchenwald auftauchen sah, auf dem Scharen von Deportierten in der Bestürzung der wiedergefundenen Freiheit umherirrten, sah ich mich in die Wirklichkeit zurückversetzt, wieder eingebettet in die Wahrhaftigkeit einer unanfechtbaren Tatsache. Alles war so wahr gewesen, alles blieb wahr: Nichts war ein Traum gewesen.«

»Hier in Kabul liegen die Flüchtlinge auf allen Treppen, und man hat den Eindruck, sie würden nicht aufschauen, wenn mitten auf dem Platz ein Wunder geschähe; so sicher wissen sie, daß keines geschieht. Man könnte ihnen sagen, hinter dem Hindukusch gebe es ein Land, dass sie aufnehmen werde, und sie sammelten ihre Schachteln, ohne dass sie daran glaubten. Ihr Leben ist scheinbar ein Warten ohne Erwartung, sie hängen nicht mehr daran; nur das Leben hängt noch an ihnen, gespensterhaft, ein unsichtbares Tier, das hungert und sie durch zerschossene Straßen schleppt, Tage und Nächte, Sonne und Regen; es atmet aus schlafenden Kindern, die auf dem Schutte liegen, ihren Kopf zwischen den knöchernen Armen, zusammengebückt wie die Frucht im Mutterleib, so, als wollten sie dahin zurück.« Diese Beschreibung des Flüchtlingselends stammt vom Schriftsteller Max Frisch. Sie entspricht Zeile für Zeile seinen Worten, bis auf ein kleines, aber entscheidendes Detail: Die Szene spielt nicht in Kabul, sondern im Mai 1945 in Frankfurt am Main. Als Hans Magnus Enzensberger im Jahre 1990 eine Sammlung von Reportagen, die zwischen 1944 und 1947 in Europa entstanden, in einem Buch herausgab, kam er auf die Idee, ein paar Städtenamen zu vertauschen – und schon lag das Deutschland von 1945 in der Dritten Welt.

Der apathische Blick von Flüchtlingen, die in Ruinen hausen und nicht einmal mehr die Kraft zur Verzweiflung haben, ist mir auf dem Balkan, in Somalia oder Afghanistan ebenfalls begegnet. Frischs Beschreibung ist ebenso präzise wie zeitlos. Ich habe mich in Somalia, auf dem Balkan oder in Afghanistan oft an die Zeilen von Max Frisch erinnert. Aber auch ich brauchte erst Enzensbergers Hinweis, um mir klar zu machen, dass diese Flüchtlingsschicksale sich nicht nur im fernen Asien, in Afrika oder dem ehemaligen Jugoslawien ereignen. Diese traumatischen Ereignisse liegen nur ein oder zwei Generationen von uns entfernt. Meine Großmutter, die im Januar 1945 mit meinem damals 6-jährigen Vater und zwei Schwestern auf dem Bollerwagen vom pommerschen Stargard auf einem mörderischen Umweg über Dresden ins mecklenburgische Bützow zog, über Hunderte Kilometer gefrorene, verstopfte Wege, wird während dieser Flucht vor der Roten Armee nicht fröhlicher ausgesehen haben als die Zigeuner, die mir im Sommer 1999 auf Pferdewagen im Kosovo zwischen Mitrovica und Pristina entgegenkamen. Albaner hatten ihre Häuser angezündet – aus Rache für selbst erlittenes Unrecht. Im Kosovo wurden im Sommer 1999 blitzschnell Täter zu Opfern und ehemalige Opfer zu Tätern. Weil die Serben, unter denen die Albaner gelitten hatten, längst verschwunden waren, ließen sie ihre Wut eben an den Roma aus. Menschen wurden nicht mehr als Individuen wahrgenommen, die als Einzelne entweder schuldig oder schuldlos waren, sondern nur noch als Angehörige einer Gruppe oder Vertreter einer Ideologie. So wird es wohl auch 1945 gewesen sein, als mein Vater auf dem Bollerwagen aus der Gefahrenzone gezogen wurde und seine Mutter sich mit ihm ein paar Mal in den Straßengraben warf, weil er sonst von Tiefliegern getroffen worden wäre. Mein Vater hat nicht zu den Vertriebenen gehört, die über Russen und Polen schimpften. Er hat auch nie ein Recht auf Heimat in Stargard konstruiert – an seine Geburtsstadt konnte er sich kaum erinnern. Der Einzige, den er für den Verlust seines Vaterhauses verantwortlich machte, war Hitler.

Es hat Jahrzehnte gedauert, bis Deutschland mit Polen wieder ins politische Gespräch kam, und bis heute wird die Gegenwart unserer Beziehungen regelmäßig von der Vergangenheit eingeholt. Der Kreislauf von Gewalt und Gegengewalt auf dem Balkan ist bis heute nicht durchbrochen worden, auch nicht nach dem Einmarsch westlicher Truppen im Juni 1999 in den Kosovo. Es grenzt für mich an ein Wunder, dass es der Bundesrepublik und der DDR gelang, nach dem Krieg die deutschen Flüchtlingsmassen aus dem Osten aufzunehmen und schließlich auch zu integrieren, ohne dass es in den Jahren nach ihrer Vertreibung zu wirklich gefährlichen Radikalisierungen der Vertriebenenorganisation gekommen ist.

Es sind immer wieder törichte Worte gesprochen worden, die Vergangenheit mancher Vertriebenenfunktionäre als Nazi-Kader ist belegt. Zu rot-grünen Wählervereinigungen werden diese Gruppen auch heute nicht mehr werden. Doch eines ist klar: Bombenanschläge von militanten deutschen Vertriebenen auf Warschauer oder Prager Behörden hat es nie gegeben, nicht einmal der Hauch von Gewalt lag in der Luft. Das war keineswegs so selbstverständlich, wie es heute manchem scheint. Wenn die Vertriebenenorganisationen inzwischen Veranstaltungen zum Warschauer Aufstand machen und als Hauptredner Ralph Giordano einladen, einen Hamburger, der sich als Jude vor den Nazis verstecken musste, dann zeugt das von einer gründlichen Zivilisierung der Bundesrepublik.

Meine Großmutter hatte auf ihrer Flucht noch großes Glück im Unglück. Sie musste zwar ihr Hab und Gut in Pommern zurücklassen, hatte aber wenigstens eine Adresse von Verwandten, das heißt, sie wusste, wo sie mit ihren Kindern bleiben konnte. Die meisten Flüchtlinge stolperten einfach los, zogen instinktiv in Richtung Berlin, wo es außer Trümmern nichts gab. Zwölf Millionen Deutsche mussten Mitte bis Ende der 40er Jahre ihre Heimat verlassen, weil Churchill, Stalin und Roosevelt und später Truman das so vereinbart hatten. Ein gewisser Größenwahn wohnte auch dieser Entscheidung inne, aber die Deutschen hatten ihn mit ihren Verbrechen ausgelöst.

Für die weitere Entwicklung Deutschlands spielte die plötzliche Anwesenheit von Millionen obdachloser, meist mittelloser Menschen eine entscheidende Rolle. Es war die erste große Herausforderung für beide deutsche Staaten. Jeder vierte Bürger der DDR war als Flüchtling aus dem Osten ins Land gekommen, in Westdeutschland immerhin fast jeder Fünfte. In einigen Bundesländern, vor allem in Schleswig-Holstein und Bayern, wurden überdurchschnittlich viele Vertriebene angesiedelt. Das sorgte vor allem in den ersten Nachkriegsjahren für ein Elend in den zertrümmerten Städten, das man sich heute kaum noch vorstellen kann. »Europa war am Ende des Zweiten Weltkriegs nicht nur physisch ein Trümmerhaufen; auch sein politischer und moralischer Bankrott schien vollkommen«, schreibt Hans Magnus Enzensberger. »Hätte jemand den Höhlenbewohnern von Dresden oder Warschau damals eine Zukunft wie die des Jahres 1990 prophezeit, sie hätten ihn für verrückt gehalten.«

In umgekehrter Zeitrichtung gilt das freilich auch. Ruinen wie die Kaiser-Wilhelm-Gedächtniskirche in Berlin, heute bunt eingebettet zwischen Schuhgeschäften und China-Restaurants, lassen kaum noch ahnen, wie sehr die Bombenangriffe der Alliierten die Städte in Steinwüsten verwandelt hatten. Insgesamt waren 131 Städte in Deutschland massiv bombardiert worden. Der Bombenkrieg der Briten und Amerikaner hatte mehr als eine halbe Million Todesopfer gefordert, allein in Dresden kamen bei einem – in militärischer Hinsicht vollkommen überflüssigen, aber in seiner brennenden Wucht umso furchtbareren Angriff – am 13. Februar 1945 noch mindestens 25.000 Menschen ums Leben, darunter viele Flüchtlinge aus dem Osten. Bei Kriegsende lagen in Deutschland über 2,25 Millionen Wohnungen in Schutt und Asche, noch einmal so viele waren zum Teil stark beschädigt worden.

Über den Sinn und Unsinn der alliierten Kriegsstrategie, den Kriegswillen der Deutschen mit massivem Bombardement ihrer Städte zu brechen, ist in den vergangenen Jahren viel debattiert worden. Das Kalkül der Alliierten, die Einäscherung deutscher Städte und die Vernichtung ihrer Bewohner würde die deutsche Heimatfront zerstören, ging nicht auf. Die Bomben schmiedeten die Deutschen im Krieg zu einer »Schicksalsgemeinschaft« zusammen, an deren Spitze die NSDAP stand. Mit dem Terror aus der Luft hatten nicht die Briten oder Amerikaner, sondern die Deutschen begonnen, als Görings Luftwaffe 1940 die englische Stadt Coventry bombardierte – diese spezielle Form der Zerstörung wurde auch »koventrisieren« genannt. Churchill, ein Kriegsverbrecher? Man darf denen, die das nahe legen, wohl im Abstand von sechs Jahrzehnten die Frage stellen, ob die Deutschen ihre totale militärische und ethisch-moralische Niederlage begriffen hätten, wenn der britische Premier und der amerikanische Präsident aus humanitären Gründen auf die Bombardierung Deutschlands aus der Luft verzichtet und die Maisonne 1945 bei Kriegsende pittoreske Altstädte beschienen hätte.

Manche Orte in Deutschland gab es faktisch nicht mehr: Im hessischen Hanau, einer Stadt in der Nähe Frankfurts, war kein Stein auf dem anderen geblieben. In Köln errechneten Fachleute einen »Wohnungsverlust« von 70 Prozent. Besonders schlimm hatte es auch Berlin getroffen – die Reichshauptstadt war 29 Mal bombardiert worden. Noch im November 1947 notiert Max Frisch während eines Besuchs dort lakonisch: »Ganze Quartiere ohne ein einziges Licht. Nicht abzuschätzen ist die Menge von Schutt; doch die Frage, was jemals mit dieser Menge geschehen soll, gewöhnt man sich einfach ab. Ein Hügelland von Backstein, darunter die Verschütteten, darüber die glimmenden Sterne; das Letzte, was sich da rührt, sind die Ratten. Abends in die *Iphigenie*.«

Die Städte lagen in Trümmern, wer Glück hatte, lebte in einer Kellerwohnung und ernährte sich von wild gepflanzten Kartoffeln mit Wasser. Dass Max Frisch abends auf einer Bühne eine Aufführung von Goethes Drama ›Iphigenie‹ ansehen konnte, klingt fast wie ein Witz. Doch tatsächlich blühte in den Trümmern der Städte das Theaterleben: Neben der ›Iphigenie‹ gehörten Lessings ›Nathan der Weise‹ und Schillers ›Kabale und Liebe‹ zu den Ruinen-Rennern. Gleichzeitig erfroren und verhungerten im bitterkalten Nachkriegswinter 1946/1947 zahllose Menschen. Die Bilder aus dem Deutschland der Nachkriegszeit zeugen von Chaos, Elend und Armut.

Dennoch folgte das scheinbar wirre, ungeordnete Alltagsleben der Menschen einer unsichtbaren politischen Blaupause. Denn das Land war von den Siegern neu vermessen und aufgeteilt worden. Auch die chaotischen Flüchtlingsströme aus den Ostgebieten des Deutschen Reichs – aus Ostpreußen, Pommern, Schlesien und dem Sudetenland – folgten dem Plan der Alliierten, Deutschland in politischer und geografischer Hinsicht umzukrempeln.

Die Briten, Amerikaner und Russen hatten sich darauf verständigt, Deutschland in verschiedene Zonen aufzuteilen, in denen die Siegermächte jeweils verantwortlich waren. Auch Berlin, das komplett von den Russen erobert worden war, sollte in Sektoren zerlegt werden: Neben den USA, der Sowjetunion und Großbritannien würden auch die Franzosen einen Sektor erhalten. Sie hatten sehr verschnupft reagiert, als Charles de Gaulle im Juli nicht zur Konferenz nach Potsdam eingeladen wurde und Churchill, Truman und Stalin die Zukunft Deutschlands unter sich ausmachten. Immerhin wurde den Franzosen eine eigene Besatzungszone in Südwestdeutschland eingeräumt. Das Saarland wurde von Frankreich annektiert, es kehrte erst 1956 zur Bundesrepublik zurück. Voraussetzung für den Abzug der Russen aus den westlichen Bezirken Berlins war der Rückzug der Briten und Amerikaner aus Teilen von Sachsen, Thüringen und Mecklenburg. Die Amerikaner und Briten rückten aus Ost- und Mitteldeutschland wieder ab und erhielten dafür den Westen Berlins einschließlich einiger Exklaven wie »Eiskeller« und »Stemstücken«.

Der Grundschnitt von westlicher und sowjetischer Besatzungszone im Juli 1945 entspricht bereits der politisch-geografischen Gliederung der Bundesrepublik und der DDR. Es ist aber nicht ohne Reiz, zu überlegen, wie Deutschland sich entwickelt hätte, wenn die Truppen da geblieben wären, wo sie am 8. Mai 1945, dem Tag der deutschen Kapitulation, gestanden haben. Eigentlich hatte Generalissimus Stalin ja genau das angekündigt: »Jeder führt sein eigenes System ein, soweit seine Armee vordringen kann.« Nach hundert Tagen ziehen sich die Briten aus Mecklenburg und die Amerikaner aus Sachsen und Thüringen wieder zurück. Dafür bekommen sie West-Berlin. Noch im Frühsommer beginnt ein Prozess in Ostdeutschland, an dem die DDR später – neben anderen Gründen – zu Grunde gehen wird. Die Russen rückten zum Schrecken der Bevölkerung noch im Juni 1945 nach Thüringen ein. Einige Dutzend Weimarer Akademiker, Ärzte, Lehrer und Professoren, verlassen bereits mit dem Konvoi der Amerikaner die Stadt. Manche deutschen Ingenieure werden – wie beispielsweise in Jena – von der US-Armee zwangsverpflichtet. Die meisten Menschen braucht man zur Flucht in den Westen aber nicht zu überreden. Da man in den Nachkriegsjahren selbst als Deutscher kaum aktiv Einfluss auf die politische Wirklichkeit nehmen konnte, weil Wirtschaft, Verwaltung und Politik unter der Kuratel der Sieger stand, konnte man nur eine private Entscheidung über seine Zukunft treffen. Während es Bürgerliche eher in den Westen zog, weil sie sich vom westlichen Lebensmodell größere Zukunftschancen versprachen, die amerikanische Besatzungspolitik für weniger rabiat als die russische hielten und in der östlichen Heimat ohnehin enteignet worden waren, zog es Kommunisten eher in den Osten. Erich Honecker, der im Saarland geboren wurde, hat nach seiner Haftentlassung aus dem Nazi-Gefängnis in Brandenburg an der Havel wohl keine Sekunde an den Gedanken verschwendet, in das Saarland zurückzukehren – das damals unter französischer Besatzung stand.

Dennoch war die Abwanderung von Ost nach West für die sowjetische Besatzungszone, die SBZ und die spätere DDR viel gefährlicher als der Wegzug einiger westdeutscher Kommunisten in das Gelobte Land, wo man den Sozialismus aufbaute. Rasch stellte sich heraus, dass das Leben in der Sowjetzone viel härter war als das unter amerikanischer Besatzung – und viel gefährlicher, vor allem für Frauen. Die Wehrmacht hatte mit der SS im Osten einen Feldzug der verbrannten Erde geführt. Das osteuropäische Judentum, über 5 Millionen Menschen, war von den Nazis systematisch ausgelöscht worden. 20 Millionen Sowjetbürger waren während Hitlers »Unternehmen Barbarossa« ums Leben gekommen. Die Soldaten der Roten Armee brannten auf Rache, die sowjetische Propaganda hatte den Hass auf die Deutschen bis Kriegsende kräftig angeheizt.

Richtete sich die Agitation der Sowjets während des Krieges noch auf die Deutschen im Allgemeinen, unterschied man nach dem Krieg zwischen der »Hitlerclique«, dem deutschen Volk und seinen »fortschrittlichen Kräften«. Viele aufgehetzte Rotarmisten konnten diesen Differenzierungsschwenk nicht nachvollziehen. Sie ließen ihren Rachegefühlen auch nach der Kapitulation freien Lauf. »Die ersten Russen waren noch nett,« schreibt Margret Boveri, eine deutsche Journalistin in ihren bereits 1945 verfassten Erinnerungen an den Einmarsch der Roten Armee in Berlin, »obwohl sie auch plünderten. ... Später kam ein Verbrecher mit einigen anderen auf einem Lastauto. Er wurde schon tätlich. Manholts riefen den Kommissar oder Offizier um Hilfe. Der war sehr anständig und schimpfte den Verbrecher zusammen. Abends kamen dieselben aber wieder, Elsbeth meinte fürs Geschimpftwerden – vorher war sie von anderen dreimal vergewaltigt worden –, die Einzelheiten weiß ich nicht. Manholts flohen ins Haus der befreundeten Familie Giese gegenüber. Dort fielen in einem finstern Gang drei Männer über Elsbeth her. Der eine schlug ihr mit zwei Faustschlägen die Zähne aus; dann schlug er in die Augen. Der andere schlug mit einem Eisen ein Loch in die Stirn. Sie blutete stark, und die Männer waren daran, sie zu erwürgen ... Frau Giese und ihre vier reizenden Töchter und eine Frau v. Sydow und deren Töchter waren erhängt im Keller. Dazwischen lag ein schnarchender Russe. Die Frauen waren aber nicht durch das Erhängen getötet worden, sondern vorher vergewaltigt und übel zugerichtet worden, wohl Lustmord; die Leichen schleiften am Boden – die vier Mädchen zwischen 8 und 14 Jahren hatte ich zuletzt beim Ostereiersuchen gesehen, da waren sie so vergnügt und lebenslustig.«

Solche Ereignisse wie in den westlichen Quartieren Berlins spielten sich im Frühling und Sommer 1945 im gesamten

Besatzungsgebiet der Roten Armee ab. Die massenhafte Vergewaltigung deutscher Frauen war ein Phänomen, das die Führung der Roten Armee lange nicht in den Griff bekam – selbst drakonische Strafen schreckte die Soldaten nicht ab. Während es in der britischen, amerikanischen und französischen Zone nur vereinzelt zu Exzessen kam, wurden in der SBZ in den ersten Nachkriegsmonaten hunderttausende Frauen vergewaltigt. Manche Historiker gehen sogar von zwei Millionen Vergewaltigungen aus.

Diese furchtbaren Erfahrungen mussten die Frauen mit sich selbst abmachen; in der Öffentlichkeit war das Thema nicht erwünscht. Zwar wurden manche Soldaten für ihre Verbrechen sogar erschossen, doch die meisten Täter vertrauten auf die Todesangst ihrer Opfer und kamen ungeschoren davon. Diese furchtbare Angst davor, vom »Russen« abgeholt zu werden und vielleicht nie wiederzukommen, steht in auffälligem Gegensatz zur kommunistischen Propaganda auch später noch, die ein farbenfrohes Bild deutsch-sowjetischer Völkerfreundschaft malte und die Wirklichkeit damit in bestem Orwell'schen Sinne übertünchte. Auch in der Literatur wurde dieses wohl dunkelste Kapitel der Nachkriegsgeschichte lange kaum beschrieben. Vor allem ostdeutsche Schriftsteller machten einen großen Bogen darum. Dieses Tabu-Thema gärte in Ostdeutschland freilich trotzdem in der Bevölkerung und hinterließ – bei manchen Opfern bis heute – eine explosive Mischung aus Scham, Trauer, Wut – und Hass.

Die neuen Straflager der Russen waren ebenfalls ein gefährlicher Gesprächsstoff. Man wusste davon, redete aber nur zu Hause oder gar nicht darüber. Auch diese Erfahrungen waren es wohl, die viele Menschen in den Westen trieben. Die sich später zur Massenflucht steigernde Abwanderung von Ost- nach Westdeutschland, auf Amerikanisch besser »Braindrain« genannt, beginnt zu einem Zeitpunkt, als die vier Jahre später gegründete DDR zumindest in Moskau noch nicht einmal angedacht war. Im Gegenteil. In Moskau stand die deutsche Einheit nach Kriegsende noch nicht zur Disposition. Stalin sollte bis in die 50er Jahre hinein immer wieder mit der Idee eines einigen, aber neutralen Deutschland liebäugeln – ein Gedanke, der den ostdeutschen Kommunisten und den westdeutschen Konservativen um Adenauer, der »lieber das halbe Deutschland ganz als das ganze Deutschland halb« wollte, gar nicht behagte.

Doch obwohl eine deutsche Zweistaatlichkeit von den Siegermächten nicht bewusst forciert wurde, vollzog sie sich faktisch längst. Die Siegermächte gingen ans Werk und suchten ihr jeweiliges Terrain nach ihren Vorstellungen zu formen. Eine gemeinsame Deutschlandpolitik hätte Kompromissbereitschaft in wirtschaftlichen und politischen Fragen vorausgesetzt. Doch angesichts der Blockbildung von Kapitalismus und Kommunismus, die nun auf der Tagesordnung der Geschichte stand, war eine Einigung darüber nicht zu erreichen. Das wurde bald allen Beteiligten klar. Das Fundament der deutschen Teilung wurde spätestens im Juli und August 1945 im Schloss Cäcilienhof auf der so genannten »Konferenz von Potsdam« gegossen. Schon zwei Jahre zuvor hatten sich die USA, die Sowjets und die Briten darauf geeinigt, Deutschlands Ostgebiete bis zur Oder abzutrennen und Polen als Entschädigung für die Kriegsschäden und die von Russland annektierten polnischen Gebiete zu überlassen.

Die »großen Drei« – US-Präsident Truman, der britische Premierminister Winston Churchill und der sowjetische Diktator Stalin – wollten dort eigentlich Grundzüge einer gemeinsamen Deutschlandpolitik beschließen. Doch am Ende der Konferenz war klar geworden, welch großen Dissens es in dieser Frage bereits gab. Jedes Treffen der Siegermächte, das zu gemeinsamen Lösungen führen sollte, ließ das stärker offenbar werden. Zunächst waren bei der Frage der Reparationszahlungen entscheidende Meinungsunterschiede aufgetreten. Während die Amerikaner und Briten in ihren Besatzungszonen einen verhaltenen Kurs einschlugen, ließen die Russen ganze Fabriken abbauen und nach Osten transportieren. Viele Ökonomen sehen in dem massiven Abbau der Industrie in Ostdeutschland einen der wesentlichen Gründe für die spätere wirtschaftliche Misere in der DDR. Die unterschiedliche Politik in der West- und der Ostzone hatte einen simplen Grund: Die Sowjetunion war vom Vernichtungskrieg der Nazis viel härter getroffen worden als die Briten oder die USA, die auf Reparationen nicht in diesem Umfang angewiesen waren. Auch die »Entnazifizierung«, also die Entfernung ehemaliger NSDAP-Aktivisten aus öffentlichen Ämtern, lief in Ost und West nicht nach dem gleichen Schema ab. Während die Sowjets willkürlich und rigoros vorgingen, drosselten die westlichen Alliierten ihr Entnazifizierungsprogramm nach den Nürnberger Prozessen spürbar. »Alles in allem erwies sich die Entnazifizierung als Fehlschlag«, urteilt der Historiker Heinrich August Winkler. »Wer nicht strafrechtlich verurteilt wurde, konnte im Westen Deutschlands nach 1949 meist in seine frühere berufliche Stellung zurückkehren. Nicht nur ›Mitläufer‹ und ›Minderbelastete‹, auch ›Belastete‹ durften nach Ablauf einiger Jahre hoffen, nicht mehr mit ihrer politischen Vergangenheit konfrontiert zu werden.«

Der nachsichtige Umfang der Amerikaner und Briten mit denjenigen, die die Verheerung Europas einige Jahre zuvor noch bejubelt hatten, war im immer deutlicher werdenden Ost-West-Konflikt begründet. Ihren vorläufigen Höhepunkt fand die Auseinandersetzung zwischen den einstigen Verbündeten USA und Sowjetunion 1948 in der Berlin-Blockade, die die Amerikaner und die Bevölkerung West-Berlins nach der Zeit der Fraternisierungsverbote und der Skepsis gegenüber den Bewohnern der »Reichshauptstadt« nachhaltig zusammenschweißte.

Auch die politischen Unterschiede in den Zonen kamen schnell zum Tragen. Zwar gab es anfangs noch identische Parteien in ganz Deutschland – die CDU, die SPD, die KPD und mehrere liberale Parteien. Doch schon 1946 wurde klar, dass die Sowjets in der Ostzone nicht daran dachten, demokratische Verhältnisse einzuführen. Im Herbst 1946 kommt es in Groß-Berlin immerhin noch zu Wahlen. Die SPD erringt einen triumphalen Sieg und wird bis in die 70er Jahre hinein in West-Berlin absolute Mehrheiten einfahren können. Die Zwangsvereinigung von SPD und KPD zur SED im Jahre 1946 zeigte jedoch, dass die Sowjets und die deutschen Kommunisten nicht bereit waren, demokratische Unwägbarkeiten hinzunehmen. »Es muss demokratisch aussehen, aber wir müssen alles in der Hand haben!«, lautet die Regieanweisung des Kommunisten Walter Ulbricht, der mit einer Hand voll Genossen gerade aus dem Moskauer Exil zurückgekehrt ist, um die SBZ mit den Sowjets gemeinsam politisch zu führen. Zehn Jahre später wird er der mächtigste Deutsche seiner Zeit sein.

Eine Urabstimmung über die Fusion der beiden deutschen Arbeiterparteien wird in der SBZ gar nicht erst zugelassen. Vor allem die Konservativen, später aber auch die SED-Nachfolgepartei PDS, haben versucht, aus durchsichtigen politischen Gründen die Entstehungsgeschichte der SED als freiwilligen, politisch von unten gewollten Prozess darzustellen. Die CDU tat das, um die SPD in die Nähe des Kommunismus zu rücken – ein Vorwurf, den sie ihr in fast jedem Wahlkampf der Bundesrepublik gemacht hat. Die PDS, die Nachfolgepartei der SED, behauptete ebenfalls, die SPD sei freiwillig mit ins Boot gekommen. Hätte sie etwas anderes eingestanden, sich gar für die Zwangsvereinigung entschuldigt, wie manche forderten, wäre der antifaschistische Gründungsmythos der DDR zu Staub zerfallen. Umfragen aus den Nachkriegsjahren lassen aber darauf schließen, dass die meisten Sozialdemokraten keine organisatorische Vereinigung beider Parteien wollten. Von einer partnerschaftlichen Zusammenarbeit, bei der man sich auf gleicher Augenhöhe begegnet, hielt man in der SPD nach der niederschmetternden Erfahrung mit dem NS-Regime dagegen sehr viel.

Die SED sollte kein demokratisches Debattenforum für Kommunisten und Sozialdemokraten werden, sondern ein nach leninistischen Prinzipien geführtes Herrschaftsinstrument. Es mag sein, daß sich in den Jahren nach dem Krieg an der Basis der neuen Partei Ex-KPDler und Sozialdemokraten um eine faire Zusammenarbeit mit antifaschistischem Konsens bemühten. Immerhin hatte man als einen der Landesvorsitzenden auch den Sohn des ehemaligen Reichspräsidenten Ebert. Doch die Führung der SED, vor allem der Betonkopf Walter Ulbricht, war fest entschlossen, den Sozialismus auf deutschem Boden aufzubauen. Dazu musste erstens die in seinen Kreisen verhasste Sozialdemokratie domestiziert und zweitens eine Staatspartei aufgebaut werden. Mit der Gründung der SED wurden zwei Fliegen mit einer Klappe erledigt.

Alles weitere verlief nach Plan. Sozialdemokratische Überzeugungen wurden bereits in der SBZ und später natürlich in der DDR als rückständig gegeißelt. Die Kommunisten hatten die Sozialdemokraten in der SED Ende der 40er Jahre aus allen wichtigen Positionen verdrängt. Die Politik der Verstaatlichung von Betrieben, das planmäßige Ausschalten der Sozialdemokratie und die Gleichschaltung der bürgerlichen Parteien zielten eindeutig auf die Gründung eines totalitären Staates. So mancher SPD-Genosse fand sich nach seiner Entlassung aus Buchenwald einige Jahre später genau dort wieder – diesmal hatten ihn nicht die Nazis, sondern die Sowjets interniert. Denn nachdem die Amerikaner das Konzentrationslager befreit hatten, waren die Machthaber der SBZ nicht daran interessiert, es zu schließen. Die Methoden der Entnazifizierung und NSDAP-Mitgliederinternierung unterschieden sich bei Amerikanern und Russen in den ersten Monaten nach Kriegsende zwar nicht sonderlich, später allerdings deutlich voneinander. Die Überlebenschancen in russischer Kriegsgefangenschaft waren erheblich geringer.

Ein im späten April 1945 geführtes Gespräch zwischen Jorge Semprún und dem kommunistischen Mithäftling Anton, der in der Lagerbibliothek arbeitete, zeigt, warum die Befreiung von Buchenwald für Stalinisten nicht das Ende des Lagers sein musste. Semprún äußert in diesem Gespräch eine Hoffnung: »Sobald der Nazismus verschwunden ist, werden auch die Lager verschwinden.« Doch Anton widerspricht mit Leib und Seele: »Eine Art stummes, irres Lachen schüttelte seinen Oberkörper, seine Schultern. Er lacht wie verrückt, aber ohne Freude. Mit einem Schlag hält er inne, belehrt mich. – Das Ende des Nazismus ist nicht das Ende des Klassenkampfs, ruft er, kategorisch und pädagogisch.« Semprún entgegnet daraufhin: »Ich möchte, dass man das Lager der Erosion der Zeit überlässt. Dass der Wald es unter sich begräbt. Er sieht mich an, sprachlos. – Scheiße, nein. Was für eine Verschwendung!«

Als ein Grund für den im Vergleich zu anderen sozialistischen Staaten wie Ungarn oder Polen besonders autoritären Charakter der DDR wurde bisweilen angeführt, dass der deutsche Arbeiter- und Bauern-Staat nicht von ehemaligen kommunistischen Häftlingen, sondern vor allem von Exilkommunisten gegründet worden sei. Während die einen in der brüderlichen Illegalität der Häftlingsgemeinschaft noch gewisse Werte wie Solidarität und Toleranz gegenüber nichtkommunistischen Inhaftierten erlebt hätten, seien die anderen in Moskau durch die Denunziationshölle des Stalinismus marschiert und charakterlich entsprechend verbogen worden.

Die Äußerungen des Kommunisten Anton im April 1945 lassen freilich erhebliche Zweifel an dieser wohl eher romantischen Sicht auf den Kommunismus und seine Protagonisten aufkommen – davon abgesehen, dass auch Erich Honecker den Brandenburger Nazi-Knast 1945 nicht als toleranter Humanist verlassen hat, sondern sich 16 Jahre später mit tödlichem Eifer daranmachte, Sperranlagen durch Berlin zu ziehen. Der Hauptgrund für die im Vergleich zu anderen sozialistischen Staaten besonders doktrinäre und menschenfeindliche Politik der SED liegt wohl eher darin, dass die besiegten Deutschen in ihrem halben Staat der russischen Besatzungsmacht bis zum Schluss stets besonders gefällig sein wollten, im permanenten Konkurrenzkampf mit dem größeren und zunehmend reicheren Westdeutschland ständig Terrain verloren und bis 1961 rund drei Millionen Menschen – vor allem Bürgerliche, Akademiker, aber auch der Adel, viele Künstler und Intellektuelle – nach Westen flüchteten.

Für das Sowjetstraflager in Buchenwald war die SED nicht verantwortlich. Es wurde sogar nach der Gründung der DDR aufgelöst. Doch es zeigt, auf welchem Fundament der Sozialismus in Ostdeutschland aufgebaut werden sollte. Das KZ Buchenwald wurde also tatsächlich nicht »verschwendet«, wie

Anton befürchtete. Wer es heute besucht, findet am nördlichen Hang des Ettersbergs eine zweite Gedenkstätte, in dem an die Opfer des Stalinismus erinnert wird. Unter den Häftlingen, die zwischen 1945 und 1950 dort inhaftiert waren und den Tod fanden, befanden sich NSDAP-Funktionäre wie der vormalige Weimarer Bürgermeister. Aber es wurden auch Unschuldige inhaftiert, Bürgerliche oder Sozialdemokraten, die sich einer stalinistischen Doktrin nicht unterwerfen wollten. Allein in Buchenwald starben mehrere tausend Menschen in stalinistischer Haft. In der gesamten SBZ haben zwischen 1945 und 1950 etwa 120.000 Gefangene in vergleichbaren Lagern gesessen, schätzungsweise 42.000 Menschen kamen dort um. Als der deutsche Exilant und Nobelpreisträger Thomas Mann 1949 Weimar besuchte, um dort im Nationaltheater die Festrede zu Goethes 200. Geburtstag zu halten, konnte er sich nicht dazu durchringen, das neue Unrecht am Ettersberg anzuklagen. Dabei waren es eben nicht nur Nazis, die dort eingesperrt waren. 47 Jahre nach seiner Befreiung kehrte Semprún auf Einladung des ARD-Journalisten Peter Merseburger, der eine Dokumentation drehte, nach Buchenwald zurück. Anschließend notierte er: »Auf der anderen Seite war ein junger Wald auf den Leichenäckern des Kommunismus herangerückt, um deren Spur aus dem bescheidenen und hartnäckigen Gedächtnis zu tilgen, wenn nicht aus dem Gedächtnis des Menschen. Wir waren in diesen Wald junger Bäume gegangen, die den einstigen stalinschen Tod verbargen. Etwas weiter entfernt, in einer Lichtung, hatten einige Familien von Verschwundenen Kreuze mit dem Namen ihrer Angehörigen aufgestellt. Ein paar Dutzend Kreuze für Tausende von Toten, die in den Massengräbern verschwunden waren.«

»(Deutschland) ist das einzige europäische Land, das die verheerenden Auswirkungen der beiden totalitären Unternehmungen des 20. Jahrhunderts hat erleben, durchleiden, auch kritisch auf sich nehmen müssen. Ich überlasse es den gelehrten Doktoren der Staatswissenschaften, die unstreitigen spezifischen Unterschiede zwischen diesen beiden Unternehmungen zu signalisieren oder zu betonen.« Diese Sätze sprach

Semprún im Herbst 1992. Fast ein Menschenleben war vergangen, seit der Spanier Weimar das letzte Mal gesehen hatte. In dieser Zeit waren die Bundesrepublik und die DDR gegründet worden, in Berlin hatte man die Mauer gebaut und wieder eingerissen. Der Kollaps von 1989 hatte einen deutschen Staat von der politischen Landkarte getilgt, das westliche politische System hatte triumphiert. Semprún hätte allen Grund gehabt, sich von diesem Land der Richter und Henker zu verabschieden, doch seinen Glauben an Deutschland ließ er sich auch im hohen Alter nicht nehmen. So hofft er, »dass dieselben politischen Erfahrungen, die die Geschichte Deutschlands zu einer tragischen Geschichte machen, es ihm auch erlauben können, sich an die Spitze einer demokratischen und universalistischen Entfaltung der Europa-Idee zu stellen«. Doch bis dahin ist es von 1949 aus gesehen, dem Jahr der Gründung beider deutschen Staaten, noch ein langer Weg.

Kapitel 2

Zwei Staatsgründungen und Probleme mit dem Personal — Vergangenheitspolitik: Erst Amnestie, dann Amnesie im Westen — Schnellkurse und Agitprop im Osten — Zwei Hymnen, zwei Staaten und ein Schlager von Hans Albers — Ein Rheinländer und ein Sachse — Stalins Angebot, das man nicht ablehnen kann — Ulbricht vor dem Fall — Ein Aufstand kommt Bonn und Berlin nicht sehr gelegen — Tod am Nachmittag — Wer gewinnt den 17. Juni?

Die Bundesrepublik Deutschland und die Deutsche Demokratische Republik wurden im Mai und Oktober 1949 ausgerufen. Die westdeutsche Republik machte den Anfang. Die ostdeutschen Kommunisten behaupteten später, keine andere Wahl gehabt zu haben, als nach der Verabschiedung des Grundgesetzes und der Zusammenkunft des ersten Bundestages nun ebenfalls eine Verfassung zu beschließen, eine Volkskammer zusammentreten zu lassen und schließlich einen eigenen Staat zu konstituieren. Das deutsch-deutsche Scheidungsdrama wurde offiziell vom Westen eröffnet, doch es gehört zu den vielen Nachkriegslegenden, dass der Osten bis zum Schluss verzweifelt die Ehe retten wollte. Die DDR war in ihren diktatorischen Grundzügen mit SED, FDJ, Blockparteien und Polizeistaatstruppen schon längst vorhanden, auch als sie noch SBZ hieß. Spätestens seit der Berlin-Blockade war klar, dass es nun bis auf Weiteres kein einiges, sondern ein gespaltenes Deutschland geben würde. Die Deutsche Demokratische Republik war als politisches Gegenmodell zur Bundesrepublik gegründet worden: antikapitalistisch, antibürgerlich – und, das wurde in der DDR-Propaganda besonders betont – antifaschistisch. Mit der Gründung beider deutscher Staaten war die Teilung der Nation vier Jahre nach Ende des

Zweiten Weltkriegs perfekt. Deutschland hatte ein Drittel seines Territoriums verloren, Ostpreußen, Schlesien, Pommern und Danzig gehörten nun zu Polen und Russland. Noch konnten sich sowohl in der DDR als auch in der Bundesrepublik die meisten Menschen nicht vorstellen, dass dieser Gebietsverlust und die deutsche Teilung von Dauer sein könnten.

Die Regie in den beiden Deutschländern führten bis in die 60er Jahre hinein zwei deutsche Politiker, die auch ohne direkte Vorgaben der jeweiligen Schutzmacht sehr klare Vorstellungen von der Ausrichtung und Ausgestaltung ihres Teilstaates hatten. Konrad Adenauer und Walter Ulbricht waren beide noch im 19. Jahrhundert geboren worden. Ihre prägenden politischen Erfahrungen hatten sie in der Weimarer Republik gemacht – der eine als konservativer Kölner Oberbürgermeister, der andere als kommunistischer Kader, der schon in den 20er Jahren über exzellente Verbindungen in die Schaltzentrale des Weltkommunismus, nach Moskau, verfügte. Von den Nazis wurden beide verfolgt. Trotzdem war die gemeinsame politische Schnittmenge der beiden deutschen Staatsgründer gleich null. Es ist nicht bekannt, ob sie sich je begegnet sind – weil beide schon in den 20er Jahren in der zweiten Reihe der nationalen Politik mitmischten, wäre das aber durchaus möglich. Für die Nachkriegszeit und den Rest ihres Lebens darf man herzliche gegenseitige Abneigung voraussetzen: Verachtung auf der einen und so genannter »Klassenhass« auf der anderen Seite.

Konrad Adenauer und Walter Ulbricht sollten die Geschichte der Bundesrepublik und der DDR entscheidend prägen – und mit ihrer Politik gleichzeitig auch den Keim für Erfolg und Probleme der jeweiligen Staatsmodelle legen. Anderthalb Jahrzehnte lang standen sich die beiden Deutschen als Protagonisten zweier Weltanschauungen und Systeme erst feindlich, dann sogar bewaffnet gegenüber. Eine kriegerische Auseinandersetzung zwischen der Bundesrepublik und der DDR ist insgesamt vier Mal in den Bereich des konkret Vorstellbaren gerückt: Drei dieser Krisen fallen in die Zeit von Ulbricht und Adenauer. Nach dem Ausbruch des Kalten Krieges mit der Abriegelung der Zufahrtswege nach West-Berlin, die beide

Politiker 1948 schon als aktive Protagonisten der in Gründung befindlichen Teilstaaten erlebten, folgte die nächste Konfrontation während des Baus der Berliner Mauer im Spätsommer 1961. Russische und amerikanische Panzer standen sich am Checkpoint Charly gegenüber. In der sich im Oktober 1962 zuspitzenden Kuba-Krise schien ein Dritter Weltkrieg noch wahrscheinlicher als während der späteren Konfrontation von Ost und West in der Zeit der Nachrüstung von Mittelstreckenraketen zu Beginn der 80er Jahre. Ein atomarer Konflikt zwischen Ost und West und damit auch zwischen der DDR und der Bundesrepublik schien zu Adenauers Zeiten ein durchaus vorstellbares, an manchen Tagen unvermeidliches Mittel der Politik zu sein. Der erste deutsche Bundeskanzler rechnete immer wieder ernstlich mit einer solchen Katastrophe. Deutschland wäre der Schauplatz dieses Weltanschauungskrieges gewesen und Adenauer und Ulbricht hätten mit der Nationalen Volksarmee und der Bundeswehr ihre Mitte der Fünfziger Jahre etablierten Hilfstruppen in die Schlacht der Supermächte geschickt.

Doch zu diesem Krieg, bei dem Deutsche auf Deutsche hätten schießen müssen, ist es glücklicherweise nicht gekommen. Vom Krieg hatte das Volk sowieso genug, was man auch am massiven Protest gegen die Wiederbewaffnung Mitte der 50er Jahre ablesen kann, als Zehntausende gegen die Gründung der Bundeswehr demonstrierten. Viele sahen im Aufbau einer westdeutschen Armee ein Hemmnis bei einer möglichen Wiedervereinigung in der Zukunft. Wie aber sahen die Deutschen damals ihre Vergangenheit? Der Blick aus den 50ern auf die NS-Zeit hat wenig mit der historischen Retrospektive auf die 30er und 40er Jahre zu tun, die sich heute durchgesetzt hat. Zwar war unbestreitbar, dass man den Krieg verloren hatte und es zu schrecklichen Verbrechen in deutschem Namen gekommen war. Doch darüber sprach man kaum.

In der ersten Ausgabe des Nachrichtenmagazin ›Der Spiegel‹ vom 4. Januar 1947 findet man eine Geschichte über die ›Polnische Wirtschaft hinter der Oder‹ und den Streit um den Abtreibungsparagrafen 218. Der Name Adolf Hitlers taucht auf Seite 3 nur ganz am Rande auf, und das sollte in den meisten deutschen Medien in den 50er Jahren so bleiben und sich erst in den 60er Jahren nach und nach ändern. Heutzutage gehören Titelgeschichten über die NS-Zeit zu den Auflagenknüllern der Magazine. Damals war das ganz und gar nicht so – mit den Verbrechen der Nazis wollten sich die Deutschen erst aus sicherer Generationendistanz eingehender befassen.

Das deutsche Volk war in jeder Hinsicht noch viel zu nah dran an der braunen Epoche. Hitlers Drittes Reich wurde massiv beschwiegen; eine Unperson war der Führer freilich nicht. Auf die seit Gründung der Republik alljährlich gestellte Frage des Meinungsforschungsinstituts Allensbach, »welcher große Deutsche am meisten für Deutschland geleistet« habe, nennen 1950 noch satte zehn Prozent Adolf Hitler. 1956 sind es noch acht Prozent, 1963 immerhin noch fünf. So gesehen saß der Führer noch bis in die 60er Jahre mit im virtuellen deutschen Parlament – den Sprung über die Fünfprozentmarke hatte er ja geschafft. Seit den 70er Jahren liegt Hitler weit abgeschlagen bei ein bis zwei Prozent. Adenauer führt die Liste großer Deutscher seit 1957 – also schon zu Lebzeiten – in einsamer Höhe an.

Während wir heute den Nationalsozialismus von der Machtergreifung 1933 bis zur Niederlage und der Befreiung 1945 betrachten, unterschieden viele Menschen damals die »guten Jahre«, die von Mitte der 30er bis Anfang der 40er dauerten, und die »schlechten Jahre«, die mit dem Einsetzen des alliierten Bombenkrieges begannen und etwa bis zur Gründung beider deutscher Staaten dauerten. Die Kapitulation nannte man auch in Ostdeutschland nicht »Befreiung«, auch wenn sie in der SBZ bald offiziell so bezeichnet wurde – weil man sie vor allem dort nicht als Befreiung empfand. Stattdessen sprach man vom »Zusammenbruch«.

Die mörderische jüngste Vergangenheit wurde im Westen bereits im ersten Jahr weitgehend entsorgt, im Osten dagegen instrumentalisiert. Eine ehrliche Auseinandersetzung mit der NS-Geschichte war auch dort nicht vorgesehen. Der Historiker Norbert Frei hat in seinem Buch ›Vergangenheitspolitik‹

beschrieben, wie in der Gesellschaft der jungen Bundesrepublik eine Konfrontation mit der NS-Zeit tunlichst vermieden wird. Die Ära Adenauer gleicht in dieser Hinsicht einem Slalomfahrer, immer scharf vorbei an den Pflöcken der Vergangenheit. Unter Adenauer kamen die Bemühungen, mit den Verantwortlichen der Diktatur abzurechnen, fast vollständig zum Erliegen. Die als Nationalsozialisten entlassenen Beamten werden schnell wieder eingestellt, verurteilte Kriegsverbrecher großzügig amnestiert. Die Richter des Nationalsozialismus wurden sogar ausnahmslos in den Staatsdienst übernommen, ein Skandal, der die Rechtsgeschichte der Bundesrepublik bis in die 70er Jahre prägen sollte. Viele Gerichte in der Bundesrepublik bestanden bis in die 60er Jahre ausschließlich aus Ex-NSDAP-Juristen oder ehemaligen NSDAP-Mitgliedern. Keiner der Ärzte, die im Rahmen der mörderischen Euthanasie-Programme Patienten und Schutzbefohlene ermordet hatten, war entlassen, geschweige denn vor Gericht gestellt worden. Viele SS-Offiziere gingen in die Industrie. In seiner Regierungserklärung am 20. September 1949 brachte Adenauer sein innenpolitisches Konzept auf den Punkt: Die Bundesregierung habe beschlossen, »Vergangenes vergangen sein zu lassen«. Hinter Adenauers Politik steckte keine Vorliebe für Altnazis und hinter Ulbrichts forciertem Antifaschismus steckten keine ehrenwerten Motive. Der eine setzte auf langsame demokratische Transformation unter Beibehaltung alter Eliten, der andere auf Elitenwechsel, das war die Antwort auf die Klassenfrage. Der eine steuerte seine Republik mit altem Personal in eine westliche Demokratielandschaft, der andere erklärte alte Nazis einfach zu »neuen Menschen« und verwandelte den Staatsapparat mit übrigens auch nicht immer taufrischer Besatzung in eine neue Diktatur alter Prägung.

Der erste deutsche Kanzler, der nach dem Attentat auf Hitler am 20. Juli 1944 selbst in Gestapo-Haft saß, ist für seine Politik des Vergebens, Vergessens und Verdrängens vor allem von der Linken nach 1968 ausgiebig gescholten worden. Die Adenauer-Ära wurde von manchen mit einer Phase politischer Restauration gleichgesetzt. Frei hat diese Vergangenheitspolitik der ersten zehn Jahre der Bundesrepublik in die Elemente »Amnestie, Integration und Abgrenzung« eingeteilt. Amnestie für die Nazis bei gleichzeitiger Integration in die Demokratie und Abgrenzung gegenüber den politischen Zielen des NS-Systems. Leider folgte der Amnestie schnell die Amnesie – der Gedächtnisverlust. An die Abgrenzung musste der britische Hohe Kommissar, der noch bis 1954 Hoheitsrechte ausüben konnte, die Bundesregierung ab und zu erinnern. So flog am 15. Februar 1953 in der nordrheinwestfälischen FDP der so genannte Gauleiter-Kreis auf. Viele Funktionäre der Freien Demokraten, die damals wesentlich nationalistischer ausgerichtet waren als heute, hatten sich heimlich um Werner Naumann, einen ehemaligen Staatssekretär von Joseph Goebbels geschart. Der Hohe Kommissar ließ den Mann verhaften und ermahnte die Adenauer-Regierung, in ihrer Abgrenzung gegen Rechts künftig besser aufzupassen. Im politischen Tagesgeschäft schien die Wachsamkeit nicht immer sehr ausgeprägt, denn FDP und auch der rechtsgerichtete Bund der Heimatvertriebenen und Entrechteten waren ja auch Koalitionspartner der CDU.

Natürlich wäre die Bundesrepublik nicht untergegangen, wenn die NS-Kriegsverbrecher ein paar Jahre länger hinter Gittern gesessen hätten. Die in den letzten Jahren in Mode gekommene These, Adenauers Politik des »Beschweigens« habe die junge Republik erst erfolgreich gemacht, ist eine wohlfeile Theorie. Denn etwas anderes als Adenauers Versenken der Vergangenheit wurde ja staatlicherseits gar nicht versucht. Zu Adenauers Verteidigung muss man anführen, dass es zu seiner Entlastungsoffensive in der frühen Bundesrepublik nur sehr unbequeme Alternativen gab. Was soll man bitte mit einem Volk machen, das fast komplett in einem faschistischen Wahnsystem gelebt hatte und diesem weitgehend erlegen war? Die Gesellschaft der Bundesrepublik bestand aus ehemaligen Nazis, Soldaten, Männern, die den Tod über Europa gebracht und selbst Todesängste ausgestanden hatten. Hinzu kamen Trümmerfrauen, Kriegerwitwen, Waisenkinder. Millionen traumatisierte Flüchtlinge irrlichterten durch die deutsche Fremde. In mentaler Hinsicht war das Deutschland der 50er Jahre ein in der Mitte geteiltes Irrenhaus, und Adenauer und Ulbricht waren die Chefärzte – mit durchaus unterschiedlichen Methoden: Adenauer verschrieb gegen die NS-Zeit großzügig Valium, Ulbricht verabreichte grinsend Elektroschocks.

Nach dem Krieg wollten die Deutschen zwar keine Nazis mehr sein, aber darüber reden, dass sie bis vor kurzem noch dem Führer hinterhergeblökt hatten, wollten sie auch nicht. Adenauer vollzog mit seiner Politik also, was die Mehrheit wollte. Immerhin gab es den Persilschein, der aus Braunhemden Demokraten machte, nicht umsonst. Wer immer auch ein Nazi gewesen sein mochte und nun auf seinen alten Posten zurückgekehrt war, sollte gefälligst auf die alten, hetzerischen Parolen verzichten. Ob das ein besonders gutes Tauschgeschäft war – und ob es tatsächlich gelungen ist –, bleibt bis heute umstritten.

Die Tatsache, dass über die NS-Vergangenheit wenig gesprochen wurde, verstellte schnell den Blick auf die Realitäten. Die Deutschen sahen sich nicht etwa als Täter, die nach dem Krieg ebenfalls zu leiden hatten – sondern zuallererst als Opfer und vor allem als »Schicksalsgemeinschaft«. Der Hauptvorwurf der Konservativen und Rechten gegenüber dem späteren sozialdemokratischen Bundeskanzler Willy Brandt lautete übrigens, sich dieser »Schicksalsgemeinschaft« durch sein skandinavisches Exil während des Krieges entzogen zu haben. Eine merkwürdige Anklage, doch sie lässt tief blicken. Einer Schicksalsgemeinschaft kann man nämlich eigentlich nicht entfliehen, wie der Name schon sagt. Und in einer Schicksalsgemeinschaft sind irgendwie auch alle gleich: Täter und Opfer, Nazis und Juden, Fabrikherren und Arbeiter. Das treudeutsche Märchen von der »Schicksalsgemeinschaft« verschwand erst in der Versenkung, als Studenten 1967 auf die Straße gingen und zwei Jahre später der Widerstandskämpfer Willy Brandt in das Kanzleramt einzog.

In der Republik Konrad Adenauers wurde bei Gedenkfeiern noch der »Opfer 1933–1945« gedacht, wobei unklar blieb, ob hier die hingemordete europäische Judenheit gemeint war, ihre auf den Schlachtfeldern verbliebenen Henker oder die deutschen Opfer von Flucht und Vertreibung. Ganz oben auf der Prioritätenliste von Bundeskanzler Adenauer standen die Vertriebenen. Das Statistische Bundesamt hatte zu Beginn der 50er Jahre ausgerechnet, zwei Millionen Deutsche seien bei Flucht und Vertreibung umgekommen. Die Zahl ist heute nicht mehr haltbar, doch von mehreren hunderttausend Opfern muss man ausgehen.

1953, im Jahr seiner ersten Wiederwahl, nahm Adenauer die Kriegsgefangenen in den Blick. Die Bundesregierung finanzierte die Wanderausstellung »Wir mahnen«, die das Schicksal der deutschen Kriegsgefangenen in den sowjetischen Lagern dokumentierte. Das Ausstellungsplakat zeigte einen kahl geschorenen Kriegsgefangenen hinter Stacheldraht, ein Motiv, das sich auch auf einer zum Muttertag erstmals ausgegebenen Sonderbriefmarke wiederfand. Adenauer setzte das sowjetische Vorgehen gegen die deutschen Kriegsgefangenen ganz ausdrücklich mit den Verbrechen des Dritten Reiches gleich. Historisch war das schon damals umstritten – doch es brachte dem Rheinländer die nötigen Stimmen. Die Vergangenheitspolitik der SPD unterschied sich nur in Nuancen von Adenauers »Schwamm drüber«-Politik und seinen Kampagnen, in denen die Deutschen stets nur als Opfer, nie aber als Täter vorkamen. Insgesamt blieb der Elitenwechsel nach 1945 im Westen aus.

In der DDR wurde der Elitenaustausch hingegen politisch forciert. Man ging sehr viel rigider gegen Altnazis vor. In der Justiz beispielsweise blieb von NS-Parteigenossen nicht viel übrig. Stattdessen wurden SEDler oder SED-nahe Ostdeutsche in Schnellkursen zu Richtern ausgebildet. Doch deshalb haben sie nicht gerechter geurteilt als ihre westdeutschen Kollegen – im Gegenteil. Vor allem in ihren ersten Jahren erlebte die DDR eine Zeit der Terrorjustiz. Das schwerste Justizverbrechen, das Richter und Staatsanwälte gemeinsam mit der Volkspolizei verübten, wurde vom 26. April bis zum

14. Juli 1950 in Waldheim verübt, wo die Sonderstrafkammern des Landgerichts Chemnitz, unter dem Vorwand, Kriegs- und Naziverbrechen zu ahnden, die Verurteilung von 3300 Männern und Frauen durchpeitschten. Diese Praxis hatte ihren Ursprung in der Instrumentalisierung des Rechts in den stalinistischen Schauprozessen der 30er Jahre. Die Justiz wurde von den Kommunisten als Instrument des Klassenkampfs verstanden. Die Missachtung rechtsstaatlicher Prinzipien – durch Folter und das Erzwingen von Geständnissen in qualvollen »Spezialbehandlungen« – hielt die SED-Spitze für politisch legitim. Die Unschuldsvermutung wurde als abstraktes Prinzip bürgerlicher Theorie des Verfahrensrechts gebrandmarkt. Bürgerliche Rechtswissenschaft galt als Hindernis beim Aufbau des Sozialismus und die Vernichtung des Klassengegners unter Umständen auch ohne Verhandlung als gerechtfertigt.

Dem Terror in den Gerichtssälen der DDR fielen allein in den 50er Jahren Zehntausende zum Opfer; darunter viele Sozialdemokraten und bekennende Christen aus der »Jungen Gemeinde«, die es wagten, den Alleinherrschaftsanspruch der SED in Frage zu stellen. Ihre brutale Verfolgung und rücksichtslose Verurteilung sollte potenzielle Sympathisanten einschüchtern. Doch die grotesken Urteile erschreckten die Ostdeutschen nicht nur, sie sorgten auch für Empörung. Als am 10. Januar 1951 der 19-jährige Oberschüler Hermann Joseph Flade vom Landgericht Dresden zum Tode verurteilt wurde, weil er Flugblätter gegen die Einheitswahlen zur Volkskammer verteilt und sich seiner Verhaftung mit einem Taschenmesser widersetzt hatte, zwangen landesweite Proteste das Regime, in zweiter Instanz auf 15 Jahre Zuchthaus zu erkennen. Die politische Justiz wurde dennoch zu einem der wichtigsten Herrschaftsinstrumente der SED. Hunderte bezahlten das mit ihrem Leben, mehr als Hunderttausend Menschen zumindest mit langer Haft hinter Gittern.

In vergleichenden Werken zur Geschichte der DDR und der BRD wird spätestens an dieser Stelle auf das 1956 in der Bundesrepublik ausgesprochene KPD-Verbot hingewiesen, nach dem Motto: Auch im Westen mussten Menschen für ihre politische Überzeugung in den Knast. Nachdem die Kommunistische Partei Deutschlands bei der ersten Bundestagswahl noch 5,7 % erhalten hatte, verfolgte sie später einen von der stalinistischen SED-Führung aus der DDR vorgegebenen Kurs, in dem sich klassenkämpferisches Vokabular mit nationalistischer Agitation gegen die Bindung der Bundesrepublik an den Westen mischte. Die Adenauer-Regierung hatte 1951 das Verbot der Partei beim Bundesverfassungsgericht beantragt. Bei der nächsten Bundestagswahl 1953 erhielt die KPD nur noch 2,2 Prozent der Stimmen. Ihre Mitgliederzahl sank – nach allerdings unsicheren Angaben – von etwa 300.000 im Juni 1948 auf 78.000 im August 1956, dem Monat ihres Verbots. Zu diesem Zeitpunkt waren die Kommunisten auch in der Arbeiterschaft und in den Gewerkschaften politisch nahezu gänzlich isoliert.

Das Verbot der KPD zog rund 3.000 Verfahren gegen westdeutsche Kommunisten nach sich. Die meisten von ihnen wurden aber nicht verurteilt. Die Besitztümer der KPD wurden allerdings eingezogen, auch die Güter von KPD-nahen Firmen, die ihren Sitz im Ausland hatten. Alle Zeitungen der KPD wurden verboten, Landtagsmandate kassiert und viele Mitglieder der Partei sofort verhaftet. Die KPD-Führung agierte und agitierte von ihrem Exil in der DDR aus noch bis in die 60er Jahre. Erst 1968 wurde mit der DKP wieder eine kommunistische Partei in der Bundesrepublik zugelassen.

War das KPD-Verbot undemokratisch? Schließlich war sie eine von den Alliierten zugelassene Partei. Die Forderung der KPD nach einem wiedervereinigten Deutschland zog das Bundesverfassungsgericht (BUG) übrigens ausdrücklich als Verbotsgrund mit heran. Die KPD wollte ein »blockfreies« Deutschland. Die Vorlage zu dieser Idee hatte Stalin im Jahre 1953 geliefert. Davon wird später noch zu berichten sein. Das Bundesverfassungsgericht erkannte darin jedenfalls nicht den frommen Wunsch nach deutscher Einheit, sondern die Forderung nach einem Anschluss an den Machtbereich der Sowjetunion. Fest steht: Die KPD war ebenso wenig eine demokratische Partei wie die bereits 1952 auf Beschluss des

Bundesverfassungsgerichts verbotene »Sozialistische Reichspartei«, die der NSDAP nachgeeifert hatte. Ihr Verbot diente dem Gericht 1956 als Blaupause für das Ende der KPD, die mit ihren linksradikalen Forderungen nach einer Diktatur des Proletariats und der Verstaatlichung aller Produktionsmittel nicht gerade auf dem Boden der freiheitlich-demokratischen Grundordnung stand. Noch mehr als die nicht gerade mehrheitsfähigen Forderungen der KPD aber fürchtete Adenauer und wohl auch die Richter nicht zu Unrecht, mit der KPD eine »fünfte Kolonne« im Lande zu haben, die im Falle eines bewaffneten Konfliktes mit der DDR – zum Beispiel bei einer Auseinandersetzung um West-Berlin – vor Bürgerkriegsszenarien nicht zurückschrecken würde.

Ob das Verbot der KPD, die im Adenauerland 1956 als Splitterpartei dahinsiechte, politisch klug gewesen ist, das ist eine andere Frage. Viele Menschen interpretierten das Bundesverfassungsgerichtsurteil als Kampfansage an die politische Linke im Allgemeinen und solidarisierten sich mit den Genossen. Noch zehn Jahre später spielte das KPD-Verbot in der linken, außerparlamentarischen Opposition eine große Rolle. Seine Rücknahme galt als notwendig, um linker Politik in der Bundesrepublik generell mehr Bewegungsfreiheit zu verschaffen. Auch wer die DDR nicht mochte oder ablehnte, muss kein Freund dieses Urteils gewesen sein. Die Tatsache, dass auch ehemalige NS-Richter an der Urteilsfindung und -verkündung beteiligt waren, machte die Sache nur schlimmer.

Doch so problematisch das Personal der jungen Bundesrepublik gewesen sein mag: Der Westen war im Begriff, ein Rechtsstaat mit entsprechenden Garantien für den einzelnen Bürger zu werden. Im Osten marschierte man mit antifaschistischem Brimborium in die nächste deutsche Diktatur. Die DDR-Führung ließ kaum eine Gelegenheit aus, das Wiederauftauchen echter und vermeintlicher Ex-Nazis in Adenauers Umgebung politisch anzuprangern und gegen Bonn zu benutzen. Die Ablehnung des Nationalsozialismus durch die SED war vor allem bei den ehemaligen Antifaschisten, die die NS-Zeit in der Illegalität oder im KZ verbracht hatten, echter Empörung geschuldet. Allerdings wurde der Zorn über das Wiederauftauchen alter NS-Seilschaften im Westen von der SED sehr kühl für ihre Zwecke instrumentalisiert. Kein Fall zeigt das besser als die Auseinandersetzung um den bundesdeutschen Vertriebenenminister Theodor Oberländer. Im Westen wehrte man Vorwürfe aus Ost-Berlin, in der Bundesregierung säßen alte Nazis, schnell als kommunistische Propaganda ab. Das geschah zunächst auch, als die SED in einer beispiellosen Medienkampagne in den 50er Jahren Oberländer beschuldigte, als Mitglied des deutsch-ukrainischen Heeresbataillons »Nachtigall« an einem Pogrom ukrainischer Nationalisten gegen Juden in Lemberg beteiligt gewesen zu sein.

Oberländer eignete sich als Zielscheibe. Er war bereits 1923 als 18-Jähriger am Hitler-Putsch gegen die Weimarer Demokratie beteiligt gewesen und 1933 in die NSDAP eingetreten. In Abwesenheit wurde der in Meiningen geborene Agrarökonom in Ost-Berlin schließlich »wegen fortgesetzt begangenen Mordes« und »fortgesetzter Anstiftung zum Mord« zu lebenslangem Zuchthaus verurteilt. Anfangs hatte sich Adenauer noch geweigert, »einem Mann den Kopf abzuschlagen, nur weil die SED es will«. Doch 1960 musste Oberländer zurücktreten, weil der politische Druck auf das Kabinett Adenauer zu groß geworden war. Oberländer war ein Nazi gewesen – ob er auch ein Kriegsverbrecher war, ist nie bewiesen worden. Im Rückblick scheint es allerdings, als ob das damals niemand so ganz genau wissen wollte. Der Mann stand im Zentrum einer Kampagne, bei der die SED »die Wesensgleichheit des Bonner Systems mit dem Hitlerfaschismus beweisen« wollte, wie es in einer Politbürovorlage hieß.

Alle Beteiligten in Ost und West, so zeigen Stasi-Akten und andere Dokumente, haben im Fall Oberländer mit falschen Karten gespielt. Dutzende Aktenordner in der Gauck-Behörde belegen heute, wie im Ost-Berliner Prozess Zeugenaussagen gefälscht, Verteidigungsrechte beschnitten und Weggefährten des Angeklagten unter Druck gesetzt wurden. Kein Wunder – das Urteil stand ja schon vor dem Prozessbeginn fest.

Doch auch im Westen wurde manipuliert. In der Bundesrepublik wurde eine internationale Kommission beauftragt, die SED-Vorwürfe zu klären. Heute weiß man, dass Oberländer diese Kommission finanzierte. Als westdeutsche Staatsanwälte über das Pogrom in Lemberg ermittelten, sprachen Zeugen ihre Aussagen miteinander ab. Zu einem Prozess ist es nie gekommen. Aktenfunde aus jüngerer Zeit scheinen den am 3. Mai 1960 zurückgetretenen Minister vom Vorwurf, Gräueltaten begangen zu haben, weiterhin zu entlasten. Adenauer selbst urteilte später über seinen Vertriebenenminister, er sei »einer von den Anständigeren, nicht von den Anständigen« gewesen. Solche Einsichten gönnte er sich im Rückblick, als Gegenspieler zu Ost-Berlin blieb er ein kalter Machtpolitiker. Übrigens wurde Oberländer, wohl versorgt mit einer Ministerpension, uralt. Er starb 1998, 93-jährig, friedlich im Bett.

Unstrittig sind hingegen die NS-Verstrickungen von Adenauers Staatssekretärs Hans Globke, der sich als beflissener Kommentator der nationalsozialistischen Rassengesetze hervorgetan hatte. Sein Wirken im Kanzleramt empfanden nicht nur Kommunisten als Skandal. Aber auch Globkes Tätigkeit wurde meist unter der Überschrift »cui bono« – wem nützt es – bewertet. Als in der SPD der frühen 90er ein Streit um die Aufnahme alter SED-Mitglieder ausbrach, entdeckte plötzlich sogar der machtorientierte Flügel der Partei sein Herz für Adenauers Watschenmann. Die Aufnahme Globkes in den Staatsdienst an so prononcierter Stelle sei eine Meisterleistung »gelungener Integration« gewesen, lobte damals Egon Bahr, der lange Jahre einer der engsten Vertrauten des ersten sozialdemokratischen Bundeskanzlers Willy Brandt gewesen war. Die Politik der SPD unterschied sich in den 50ern nur graduell von Adenauers Amnestiekonzept: Schon Kurt Schumacher, erster SPD-Chef nach dem Krieg, wollte Mitglieder der Waffen-SS in seine Partei aufnehmen, wenn sie keine Verbrechen begangen hatten.

Die Auseinandersetzung um die NS-Vergangenheit wurde von der DDR-Führung zur entscheidenden Auseinandersetzung zwischen beiden deutschen Staaten erklärt, aber letztlich war dieser Konflikt eine politische Fiktion. Auch in der DDR fanden Ex-Nazis in den Blockparteien und vor allem in der Volksarmee, die im Gegensatz zur Bundeswehr den preußischen Stechschritt übte, ihre Heimat. Wie lange der Zustand der staatlichen Verdopplung währen sollte, hing im Wesentlichen von der Politik der Siegermächte ab, die sowohl in West- wie in Ostdeutschland zum Teil massiven Einfluss auf politische Entscheidungen nehmen konnten. Die Bundesrepublik erhielt ihre Souveränität erst mit dem Deutschlandvertrag, der an den Beitritt zur NATO und zur Westeuropäischen Union gebunden war, im Jahre 1955 weitgehend zurück und die volle Eigenständigkeit erst mit dem Souveränitätsvertrag für das vereinte Deutschland von 1990 und der Herstellung der deutschen Einheit am 3. Oktober.

Die DDR gab sich alle Mühe, nach außen wie ein selbstbestimmtes, modernes Staatswesen zu erscheinen. Ihre Gründer verstanden den Staat jenseits der Elbe als wirtschaftliches und politisches Gegenmodell zur Bundesrepublik. Die Verfassung der Deutschen Demokratischen Republik garantierte ihren Bürgern die Gleichberechtigung von Mann und Frau, das »gleiche Recht auf Bildung« und freie Berufswahl, eine »gesunde Wohnung« und vor allem: »Das Recht auf Arbeit«. Der Staat, so hieß es in Artikel 15, »sichert durch Wirtschaftslenkung jedem Bürger Arbeit und Lebensunterhalt. Soweit dem Bürger angemessene Arbeitsgelegenheit nicht nachgewiesen werden kann, wird für seinen notwendigen Unterhalt gesorgt.« Dieselbe Verfassung droht ihren Bürgern in Artikel 6 drakonische Strafen und den Verlust der Ehrenrechte für »Boykotthetze« sowie die Bekundung von »Glaubens-, Rassen- und Völkerhass« an. Was man darunter zu verstehen hatte, entschieden meist in Schnellkursen ausgebildete »Volksrichter«, die in der DDR ein Willkürregiment politischer Justiz errichteten. Dieses schon in die Verfassung eingebrannte Spannungsfeld von staatlicher Vollversorgung einerseits und totaler politischer Kontrolle andererseits zeichnete die DDR 40 Jahre lang aus. An diesem Geburtsfehler sollte sie später auch zugrunde gehen.

Doch vor allem in der Zeit des ersten Zweijahresplans von

1949 bis 1951 konstatieren Historiker für die DDR auch eine gewisse »Euphorie der Aufbaugeneration«. Der Wunschglaube an ein neues, gerechtes Deutschland, das mit den Verbrechen der Nazi-Zeit gewissenhaft abrechnen würde, war sicher eine der Ursachen für diese frühe Zuversicht, die allerdings bald in Frustration umschlagen und im Juni 1953 in einen Volksaufstand münden sollte. Ebenso wichtig wie die von der SED geschickt verwaltete und instrumentalisierte Wut auf das katastrophale Erbe des NS-Regimes war zu Anfang der DDR aber auch das Vertrauen in die Planwirtschaft. Die Idee, wirtschaftliche Prozesse zu planen und damit einer in jeder Hinsicht hungrigen Bevölkerung gerecht zu werden, leuchtete nicht nur Marxisten ein. Am grünen Tisch nahmen sich solche Pläne so attraktiv aus wie die ersten Planungen für Weltraumfahrten. Selbst in der westdeutschen CDU hatte es in den Nachkriegsjahren sozialistische Anwandlungen gegeben. Die Begeisterung speiste sich aus der Überzeugung, eine umfassende wirtschaftliche Planung auf wissenschaftlicher Basis garantiere bereits den Erfolg. Doch schon nach kurzer Zeit entpuppte sich diese Theorie als kommunistische Kopfgeburt. Die Wirklichkeit in der DDR sah wenige Jahre später ganz anders aus. Während die kapitalistische Warenwelt im Westen aus allen Nähten platzte, fehlte es im Osten oft sogar an den wichtigsten Grundnahrungsmitteln.

An der Spitze der DDR stand offiziell ihr Präsident. Dieses Amt wurde von 1949 bis 1960 von Wilhelm Pieck ausgeübt, der als Kommunist während der NS-Herrschaft in Moskau gelebt hatte. In Ost-Berlin regierte Ministerpräsident Otto Grotewohl, der einem Kabinett vorstand und sich gegenüber der Volkskammer, dem Parlament, verantworten musste. Bei Auslandsreisen wurde die Nationalhymne der DDR gespielt, eine Komposition des Musikers und Brecht-Freundes Hanns Eisler. Allein anhand der Geschichte der west- und der ostdeutschen Hymne lässt sich die Geschichte der deutschen Teilung erzählen. In der DDR hatte der erste (und letzte) Staatspräsident Wilhelm Pieck seinen alten Freund und Genossen Johannes R. Becher mit der Abfassung einer »neuen deutschen

Nationalhymne« beauftragt. Becher und Pieck kannten sich aus dem Exil in Moskau, wo sie zusammen mit Walter Ulbricht den stalinistischen Terror unbeschadet überstanden hatten, dem seinerzeit auch viele deutsche Kommunisten zum Opfer gefallen waren. Becher war ein glühender Kommunist, der die taktischen Wendungen der KPdSU ohne mit der Wimper zu zucken nachvollzogen und ins Lyrische übersetzt hatte – selbst die Nachricht von dem berüchtigten Hitler-Stalin-Pakt. Nach dem Vertrag zwischen Berlin und Moskau im August 1939, der in einem geheimen Zusatzprotokoll die Zerschlagung und Aufteilung Polens vorsah, verfiel Becher nicht etwa, wie die meisten deutschen Kommunisten, in Depression. Er griff beherzt zur Feder:

An Stalin.

Du schützt mit deiner starken Hand
den Garten der Sowjetunion.
Und jedes Unkraut reißt du aus.
Du, Mutter Rußlands größter Sohn,
nimm diesen Strauß mit Akelei
zum Zeichen für das Friedensband,
das fest sich spannt zur Reichskanzlei.

Der 1949 verfasste Text zur getragen-melancholischen, vom Brecht-Freund Hanns Eisler komponierten DDR-Hymnenmelodie geriet dem Stalinisten Becher weniger peinlich. Das dreistrophige Werk war mit Bedacht in die Nachkriegszeit hinein geschrieben worden:

Auferstanden aus Ruinen und der Zukunft zugewandt,
laßt uns dir zum Guten dienen,
Deutschland, einig Vaterland.
Alte Not gilt es zu zwingen, und wir zwingen sie vereint,
denn es muß uns doch gelingen,
daß die Sonne schön wie nie
über Deutschland scheint, über Deutschland scheint.

*Glück und Friede sei beschieden
Deutschland, unserm Vaterland.
Alle Welt sehnt sich nach Frieden,
reicht den Völkern eure Hand.
Wenn wir brüderlich uns einen,
schlagen wir des Volkes Feind.
Laßt das Licht des Friedens scheinen,
daß nie eine Mutter mehr
ihren Sohn beweint, ihren Sohn beweint.*

*Laßt uns pflügen, laßt uns bauen,
lernt und schafft wie nie zuvor,
und der eignen Kraft vertrauend
steigt ein frei Geschlecht empor.
Deutsche Jugend, bestes Streben
unsres Volks in dir vereint,
wirst du Deutschlands neues Leben.
Und die Sonne schön wie nie
über Deutschland scheint, über Deutschland scheint.*

Die Zeilen waren, was das Versmaß angeht, mit der alten deutschen Hymne von Hoffmann von Fallersleben absolut kompatibel. Wie die Politiker in der Bundesrepublik bekannte sich die Staatsführung der SED zunächst zur deutschen Einheit. Sogar die schwarz-rot-goldene Flagge war in West und Ost noch identisch; das Hammer- und Zirkel-Symbol der DDR wurde erst 1959 eingeführt.

Bei genauer Lektüre des DDR-Hymnentextes fällt auf, dass er völlig frei von marxistischem Pathos ist. Kein Wort über Klassenkampf, keine Arbeiter und Bauern, die mit roten Fahnen durch die Fünfzeiler marschieren. Der »Aufbau des Sozialismus« wurde von der SED erst auf ihrer 2. Parteikonferenz im Jahre 1952 beschlossen. Bechers lyrisches Bekenntnis zur deutschen Einheit passte der SED in den 50er Jahren noch gut ins propagandistische Konzept, für die deutsche Teilung wurde stets der imperialistische Westen im Allgemeinen und Konrad Adenauer im Besonderen verantwortlich gemacht.

Doch spätestens nach dem Bau der Berliner Mauer im August 1961 war der Text ein Klotz am Bein des deutschen Kommunismus. Nachdem Erich Honecker 1971 die Macht in der DDR übernommen hatte, wurde bei staatlichen Anlässen nur noch die schöne Melodie gespielt – der Text war wegen seines Einheitsgedankens politisch unkorrekt geworden. Der letzte – und erste frei gewählte – DDR-Ministerpräsident Lothar de Maizière schlug 1990 während der Verhandlungen zur deutschen Einheit vor, Bechers Text zu der von Joseph Haydn komponierten und von Westdeutschland benutzten Hymne zu singen. Er scheiterte mit seinem Vorschlag an westdeutschen Einwänden.

Vielleicht war das ganz gut so, denn bis heute hält sich hartnäckig das Gerücht, Hanns Eisler habe die Melodie seiner Hymne geklaut. Der österreichische Schlagerkomponist Peter Kreuder hatte 1936 einen Song für den Starschauspieler Hans Albers geschrieben, der in dem 1936 gedrehten Film ›Wasser für Canitoga‹ ein Lied sang, dessen Melodie zumindest frappant an die von Eisler erinnert. Der Text stammt vom Schlagerdichter Hans Fritz Beckmann:

Good bye Johnny, Good bye Johnny!
Warst mein bester Freund.
Eines Tages, eines Tages,
mag's im Himmel sein,
mag's beim Teufel sein,
sind wir wieder vereint.

Kreuder, der in Eislers DDR-Hymne sein geistiges Eigentum erkannte, klagte sich nach dem Krieg durch die Instanzen, trug seinen Fall sogar der Urheberrechtskommission der UNO vor – ohne Erfolg. In den 70ern bekam er dann trotzdem Genugtuung – und zwar ausgerechnet in der DDR. Während einer Tournee durch den Arbeiter- und Bauernstaat, als die DDR-Hymne nicht mehr gesungen, sondern nur noch intoniert wurde, stimmte Kreuders Orchester eines Abends ›Good bye Johnny‹ an – und das Publikum erhob sich von den Sitzen.

Die ersten zehn Töne der Nationalhymne und des Schlagers sind tatsächlich völlig identisch. Aber vielleicht hatte Eisler gar keine unehrenhaften Absichten, als er sein Werk komponierte. Kreuders Schlager wird er wahrscheinlich gekannt haben, deshalb war sein musikalisches Zitat möglicherweise ein Wink mit dem Zaunpfahl. Denn die letzte Zeilen, »mag's im Himmel sein, mag's beim Teufel sein, sind wir wieder vereint«, können auch sein heimlicher, ironischer Kommentar auf das geteilte Deutschland gewesen sein. Der aus Mecklenburg stammende Schriftsteller Uwe Johnson beschreibt diese Irrungen und Wirrungen um die DDR-Hymne übrigens im vierten Band seiner ›Jahrestage‹ – wohl der bisher wichtigste Roman zum geteilten Deutschland. Ein ostdeutscher Musiklehrer konfrontiert darin seine Studenten mit der Ähnlichkeit des Albers-Schlagers und der DDR-Hymne – und ein paar Tage nach der gesamtdeutschen Musikstunde klopft die Stasi an die Tür. Der Musiklehrer verschwindet im Knast, denn den Nationalkomponisten Hanns Eisler verdächtigt man nicht ungestraft des geistigen Diebstahls. Ob Johnson bei dieser Schilderung einen authentischen Fall im Blick hatte, ist nicht bekannt – vorstellbar wäre es.

Die Bundesrepublik stand in ihren ersten Jahren im Gegensatz zur DDR ohne offizielle Hymne da. Das alte, von August Heinrich Hoffmann von Fallersleben 1841 auf Helgoland komponierte Deutschlandlied war nach dem kriegerischen Größenwahn der Nazis vor allem wegen seiner ersten Strophe in Verruf geraten:

Deutschland, Deutschland über alles,
Über alles in der Welt,
wenn es nur zum Schutz und Trutze
brüderlich zusammenhält.
Von der Maas bis an die Memel,
von der Etsch bis an den Belt.
Deutschland, Deutschland über alles,
über alles in der Welt.

*Deutsche Frauen, deutsche Treue,
deutscher Wein und deutscher Sang
sollen in der Welt behalten
ihren alten guten Klang,
uns zu edler Tat begeistern
unser ganzes Leben lang.
Deutsche Frauen, deutsche Treue,
deutscher Wein und deutscher Sang.*

*Einigkeit und Recht und Freiheit
für das deutsche Vaterland,
danach laßt uns alle streben
brüderlich mit Herz und Hand!
Einigkeit und Recht und Freiheit
sind des Glückes Unterpfand.
Blüh' im Glanze dieses Glückes
blühe deutsches Vaterland.*

Der erste deutsche Reichspräsident, der Sozialdemokrat Friedrich Ebert, hatte »das Lied der Deutschen« nach dem Ersten Weltkrieg zur Nationalhymne gemacht. Gesungen wurde es nach der Melodie »Gott erhalte Franz den Kaiser«, die Joseph Haydn 1797 komponiert hatte. Umstritten ist das Deutschlandlied seit seiner ersten Veröffentlichung. Der Philosoph Friedrich Nietzsche bezeichnete die erste Strophe, in der Deutschland »über alles« gesetzt wurde, schon 1884 als »blödsinnigste Parole der Welt«. Dem Dichter und Satiriker Kurt Tucholsky erschien die Zeile 1929 vor allem als »ein törichter Vers eines großmäuligen Gedichts«. Adolf Hitler hingegen verteidigte das Nationalwerk 1937 scheinheilig als ein »großes Lied der Sehnsucht« und wies, zwei Jahre, bevor er den Zweiten Weltkrieg vom Zaun brach, entrüstet Anschuldigungen zurück, man könne in den Versen »etwas Imperialistisches erblicken«.

Durfte man ein Lied, das von den Nazis so missbraucht worden war, wieder in den Rang eines nationalen Symbols erheben? Die DDR-Granden hatten Hoffmann von Fallerslebens Lied genau deshalb abgelehnt. In Westdeutschland war die Frage von den Verfassern des Grundgesetzes nicht entschieden worden. Die Bundesrepublik verfügte über keine Hymne – doch die brauchte man dringend. Wie sollte man schließlich Staatsgäste am Flughafen empfangen, wenn sie die junge Republik besuchten? Eine Hymne gehörte zur diplomatischen Grundausstattung wie eine Flagge und ein roter Teppich. Weil aber in dieser Hinsicht nichts klar und vieles umstritten war, erlebte die knapp ein Jahr junge Bundesrepublik im April 1950 ihren ersten Eklat.

Bundeskanzler Konrad Adenauer löste auf einer von mehreren tausend Menschen besuchten Veranstaltung in Berlin den so genannten Hymnenstreit aus, indem er zum Abschluss der Veranstaltung die Gäste aufforderte, die dritte Strophe des Fallersleben-Liedes zu singen. Sie ist bis heute offizielle Nationalhymne der Bundesrepublik geblieben.

Doch was heute selbstverständlich scheint, empfanden damals viele Deutsche, die unter den Nazis gelitten hatten, als Affront. Mehrere sozialdemokratische Politiker verließen den Saal, als der Kanzler den Vorschlag machte; der West-Berliner Oberbürgermeister Ernst Reuter sang wie die meisten Anwesenden mit – freilich ohne rechte Begeisterung, weil der Sozialdemokrat ahnte, was nun kommen würde: ein Streit, der erst zwei Jahre später mit einem Briefwechsel zwischen Kanzler Adenauer und Theodor Heuss, dem ersten Bundespräsidenten, beigelegt wurde.

Der Liberale Heuss hatte die politische Problematik des Deutschlandliedes wohl gesehen und in seiner Silvesteransprache 1950 einen Gegenvorschlag gemacht. Er brachte die Idee einer neuen Hymne ins Spiel, die er bei Hermann Reutter (Musik) und Rudolf Alexander Schröder (Text) bestellt hatte:

Land des Glaubens, deutsches Land,
Land der Väter und der Erben,

*Uns im Leben und im Sterben
Haus und Herberg', Trost und Pfand,
Sei den Toten zum Gedächtnis,
Den Lebend'gen zum Vermächtnis,
Freudig vor der Welt bekannt,
Land des Glaubens, deutsches Land!*

*Land der Hoffnung, Heimatland,
Ob die Wetter, ob die Wogen
Über dich hinweggezogen,
Ob die Feuer dich verbrannt,
Du hast Hände, die da bauen,
Du hast Herzen, die vertrauen,
Lieb' und Treue halten stand,
Land der Hoffnung, Heimatland!*

*Land der Liebe, Vaterland,
Heil'ger Grund, auf den sich gründet,
Was in Lieb' und Leid verbündet
Herz mit Herzen, Hand mit Hand.
Frei, wie wir dir angehören
Und uns dir zu eigen schwören,
Schling um uns dein Friedensband,
Land der Liebe, Vaterland!*

Der Vorschlag riss die Nation nicht gerade vom Hocker. Adenauer war wieder in der Vorhand. »Die Frage einer ›Nationalhymne‹ ist in den vergangenen zwei Jahren wiederholt zwischen uns besprochen worden«, schrieb er im April 1952 schließlich mahnend an den Bundespräsidenten. Auf dessen Kooperation war der Kanzler dringend angewiesen – Heuss musste die Hymne schließlich als Präsident mit seiner Unterschrift absegnen. Adenauer vermied in seinem Brief nationale Töne – die lagen ihm ohnehin nicht – und betonte den diplomatischen Befehlsnotstand, in dem sich vor allem die Botschaften befänden: »Inzwischen ist nun die Frage dringend geworden, und ich muß den Wunsch der Bundesregierung darum pflichtgemäß wiederholen. Sie wissen selber um die Lage, in der bei amtlichen Veranstaltungen unsere ausländischen Vertretungen sich befinden.«

Heuss schrieb in desillusioniertem Ton zurück, er habe in Deutschland den »Traditionalismus und sein Beharrungsbedürfnis unterschätzt«. Der Bundespräsident gab klein bei, aber nicht ohne zu betonen: »Wenn ich also der Bitte der Bundesregierung nachkomme, so geschieht das in der Anerkennung des Tatbestandes.« Das westdeutsche Staatsoberhaupt fügte sich seufzend in die Macht des Faktischen – Adenauer hatte gewonnen.

Vielleicht wurde damals eine historische Chance vertan, denn die von Hoffmann von Fallersleben in redlicher Absicht gedichteten Verse funktionieren heute nicht mehr. Natürlich lässt sich die dritte Strophe gut singen; der Text passt nach der Wiedervereinigung leidlich gut in die Zeit – aber jeder, der »Einigkeit und Recht und Freiheit« anstimmt, weiß, das es auch noch zwei andere, unerwünschte Strophen gibt. Und die nehmen sich im Deutschland von heute ungefähr so modern aus wie ein Lehrer mit Rohrstock in der Oberstufe. Deutschlands Nationalhymne bleibt ein vernarbtes Konstrukt – aber vielleicht muss das angesichts unserer Geschichte so sein.

Man mag Adenauers List in dieser Sache verurteilen – undemokratische Methoden kann man ihm nicht vorwerfen, denn in Berlin war niemand gezwungen mitzusingen. Er hatte offenbar die Mehrheit auf seiner Seite. Außerdem hatte es im Gegensatz zur DDR im Westen immerhin eine Debatte gegeben; es tobte öffentlicher Streit, der damals nicht nur in den Feuilletons, sondern auch in den Eckkneipen ausgetragen wurde. Dorthin ging man in den 50ern nicht nur, um ein Bier zu trinken, sondern auch, um Fernsehen zu gucken – zu Hause hatte man höchstens ein Radio.

Wenn dann die deutsche Nationalhymne, beispielsweise bei Fußballländerspielen, übertragen wurde, erhob man sich auch in alkoholisiertem Zustand von den Stühlen – das galt als Ehrensache. Und als die deutsche Mannschaft 1954 unerwartet das WM-Endspiel mit 3:2 gegen Ungarn für sich entscheiden konnte, wurde fast überall die erste Strophe des Deutschlandliedes angestimmt – nicht nur im Westen übrigens. Die DDR war gar nicht mit einer eigenen Auswahl angetreten. In ostdeutschen Zuchthäusern wie Brandenburg und Bautzen, wo viele politische Gefangene eingesperrt waren, hatten die Wärter in einem Anfall klarer ideologischer Fehleinschätzung den Insassen gestattet, das Spiel live im Radio zu verfolgen. Die SED ging davon aus, dass die als Außenseiter gehandelte deutsche Elf das Spiel gegen die Favoriten aus Ungarn wie bereits das in der Vorrunde haushoch verlieren werde. Nun wollten die Wachmannschaften den Gefangenen live die Überlegenheit der sozialistischen Brüder aus Ungarn vorführen. »Als es anders kam«, erinnert sich der ehemalige Brandenburger Gefangene Oliver Merz, »sang man das, was man eben damals sang, wenn man sich freute: die deutsche Nationalhymne.«

Über den Sieg der deutschen Elf im Spiel gegen Ungarn ist seither viel geschrieben und gesendet worden. Unter Fußballfreunden kommt es regelmäßig zu Imitationswettbewerben des Radioreporters Herbert Zimmermann, der mit seinem »Aus! Aus! Aus! Das Spiel ist aus! Deutschland ist Weltmeister!« in die Mediengeschichte der Bundesrepublik eingegangen ist. Die Geschichte wurde als »Wunder von Bern« erfolgreich verfilmt. Bundeskanzler Gerhard Schröder, 1954 noch ein Steppke, hat bei der Uraufführung 2004 geweint, so nah ging ihm das Wiedersehen mit den Idolen seiner Jugend. Damals wie heute scheint das Tor von Helmut Rahn, der in der 85. Minute in der Schweiz alles klar machte, bei den Deutschen eine Saite in der Seele zum Klingen zu bringen.

Manche Historiker, wie Joachim Fest, haben den 4. Juli 1954 sogar als »eigentliches Gründungsdatum der Bundesrepublik« bezeichnet. Tatsächlich sorgte der Sieg für einen unerwarteten Gutelauneschub im Land. Neun Jahre nach Kriegsende wollten die Deutschen sich vor der Welt nicht mehr verstecken. Und schließlich hatte man ja auf neutralem Boden in der Schweiz und nicht im Olympiastadion in Berlin gewonnen. Ein deutscher Sieg in jener Arena, die anlässlich der von Hitler eröffneten Olympischen Spiele 1936 gebaut worden war, wäre in Deutschland und in der Welt wohl nicht nur als sportliches Ereignis wahrgenommen worden. Adenauer telegrafierte noch am Abend als erster Politiker nach Bern und beglückwünschte die deutsche Mannschaft. Es folgten Bundespräsident Heuss, Innenminister Gerhard Schröder, SPD-Chef Erich Ollenhauer und der FDP-Vorsitzende Thomas Dehler. Aus dem Osten hörte man erst einmal nichts. Drei Tage später aber meldete sich Ost-Berlin dann doch. Ulbrichts Mann fürs Grobe, der Journalist Karl Eduard von Schnitzler, der später für seine TV-Sendung ›Der schwarze Kanal‹ so berühmt wie berüchtigt wurde, sprach am 7. Juli den Kommentar des Tages im (Ost-)Berliner Rundfunk. Überschrift des Textes: »Missbrauchte Sportbegeisterung«.

Zunächst rang sich der adelige Salonkommunist ein paar Komplimente ab – und machte gleichzeitig laut erhaltenem Sendemanuskript einen peinlichen Fehler. »Welchen Deutschen erfüllt es nicht mit ehrlicher Freude, dass es einer deutschen Mannschaft gelungen ist, in Genf den Sieg davonzutragen«, erklärte er. Das Endspiel zwischen Deutschland und Ungarn war aber in Bern ausgetragen worden. Sein Hinweis auf die »deutsche Mannschaft« war hingegen ganz auf offizieller gesamtdeutscher Parteilinie. Die Ungarn seien zwar die besseren Fußballer und außerdem geschwächt gewesen, schob er etwas knatschig nach, aber »der überraschende Sieg der westdeutschen Mannschaft war verdient, im Sport ist nicht immer der Bessere auch der Erfolgreichere, im Sport gibt es nicht nur Siege, man muss auch Niederlagen erleiden können, und die Ungarn haben gezeigt, daß sie nicht nur gute Fußballspieler, sondern auch gute Verlierer sind«. Das alles, man ahnt es, ist nur der Prolog zur dialektischen Wendung. Ein paar Blabla-Minuten später holt Schnitzler dann die Keule raus. Die Tatsache, dass viele Deutsche die erste Strophe der Nationalhymne gesungen hätten, sei zwar bedauerlich, aber nicht unbedingt böse gemeint. »Aber die Bonner Minister, die auf einmal ihr sportfreundliches Herz entdeckten – sie haben es getan, sie haben Böses gedacht, und sie wollen diese Welle der echten sportlichen Begeisterung in eine bestimmte Richtung lenken, in eine Richtung, in der nicht mehr sportlicher Lorbeer winkt, sondern der Soldatenrock, den Fritz Walter zum Beispiel schon einmal trug und den er in sowjetischer Gefangenschaft gesund ausziehen konnte, während die unvergeßlichen Nationalspieler, Urban oder Klingler zum Beispiel, nicht aus dem Krieg zurückkamen. Was heute Adenauer und Heuss mit den elf Siegern von Genf anstellen wollen, ist nichts anderes als das, was Hitler 1936 bei der Olympiade vorexerziert hat: der Missbrauch des Sports als Fassade für die Kriegsvorbereitung, der Versuch, sportliche Begeisterung in Chauvinismus zu verwandeln.« Nun malte Schnitzler den Westen in den braunsten Tönen und wünschte nach einer weiteren Manuskriptseite: »Guten Abend und auf Wiederhören.«

Auf die Idee, die DDR-Hymne zu singen, wären die Gefangenen in Bautzen und anderen Knästen wohl nie gekommen. Die westdeutschen Diskussionen um das richtige Lied war vielleicht der erste große, demokratische Meinungsstreit im Nachkriegsdeutschland. Den Sieg in Bern empfanden viele Menschen als eine Ermutigung. War die materielle Überlegenheit des marktwirtschaftlichen Systems gegenüber der östlichen Planwirtschaft in den ersten Jahren der Teilung noch keineswegs deutlich zu sehen, so zeichnete sich im Westen Mitte der 50er Jahre endlich das so genannte Wirtschaftswunder ab. Das hat mit Ludwig Erhard, Adenauers Wirtschaftsminister, zu tun. Der gemütlich wirkende alte Herr, dem seine Zigarre im Gesicht fest gewachsen schien, gilt in der westdeutschen Geschichtsschreibung als Vater des Wirtschaftswunders und Erfinder der sozialen Marktwirtschaft. Tatsächlich stellte er die Weichen für den ökonomischen Erfolg der Bundesrepublik, die damals jahrelang ein epochales Wirtschaftswachstum aufzuweisen hatte. Doch natürlich war es Erhard nicht allein, der das bewerkstelligt und letztlich sogar eine Vollbeschäftigung in Deutschland erreicht hat. Zum einen war die weltwirtschaftliche Situation für Deutschland sehr günstig. Zum anderen stimmte die Arbeitseinstellung in der Republik. Das allgemeine Ziel hieß: Wohlstand. Die meisten Bundesbürger glaubten, es durch harte Arbeit erreichen zu können.

Die Ziele der Deutschen galten nicht mehr der Eroberung fremder Länder unter dem Motto »Volk ohne Raum«, sondern dem Reihenhaus mit Garten: ein bedeutender zivilisatorischer Fortschritt, wie man eingestehen muss. Als Adenauer dann auch noch großzügig Kriegerwitwenkredite verteilen ließ und schließlich unter dem Beifall von SPD und Gewerkschaften die dynamische Rente einführte, damit die ältere Generation am Aufschwung teilhaben konnte, hätte er sich wahrscheinlich zum Kaiser krönen lassen können. Da war das Grundgesetz vor. Er holte aber 1957 mit 50,2 % das beste CDU-Ergebnis aller Zeiten – trotz der von ihm forcierten, heftig umstrittenen Wiederbewaffnung, die 1955 zur Gründung der Bundeswehr führte. Die neue Generalität, man ahnt es, war die alte aus der Wehrmacht. Doch am neuen Lebensgefühl in der Bundesrepublik änderte das nichts: Im Westen lebt sich's am besten, hieß es damals. Immer mehr junge Männer fuhren ein Motorrad, trugen weiße Nylonhemden, schwarze Krawatten und siezten sich schon mit 17. Es ging bergauf.

In der DDR lagen die Dinge anders. Die Partei predigte zwar unentwegt die Überlegenheit des Sozialismus, doch dadurch wurden die Regale in den Geschäften nicht voller. Zwangskollektivierung und Verstaatlichung von Betrieben führten inzwischen zu unangenehmen Produktionsengpässen. Zwar musste in der DDR der 50er Jahre niemand verhungern, aber jeder musste sehen, wo er blieb. Nur verbohrte Genossen konnten Mitte der 50er Jahre noch bestreiten, dass das Leben im Westen angenehmer war als im Osten. Meine Großmutter fuhr regelmäßig vom kleinen Dorf Gröben bei Leipzig zu einem Verwandten nach West-Berlin, der ihr West-Mark zusteckte. Die Scheine nähte sie im Futter ihres Mantels ein, denn sie beabsichtigte, das Geld nicht offiziell, sondern auf dem Schwarzmarkt zu tauschen. Meine Onkel, damals um die 20, waren Mitte der 50er schon längst nach Hamburg und ins Ruhrgebiet verschwunden, hatten dort einen Job gefunden und unterstützten die im Osten zurück gebliebene Familie mit Paketen. (Dem West-Paket als Phänomen im deutsch-deutschen Warenaustausch, unter besonderer Berücksichtigung seiner kommunikativen Funktion im geteilten Deutschland, kommt eine wichtige Rolle im Einheitsprozess zu. Und in diesem Zusammenhang werden wir natürlich auch vom Ost-Paket unter besonderer Berücksichtigung von Weihnachtspyramiden aus dem Erzgebirge und Dresdner Christstollen nicht schweigen können.)

Meine Mutter ging noch zur Schule, sie besuchte ein Internat in Naumburg. Wer dort als Schüler etwas modischer gekleidet in den Unterricht kam, also nach *Westen* aussah, wurde von manchen Lehrern vor der ganzen Klasse zusammengestaucht. Der Klassenkampf tobte auch an der Kleiderfront. Im Westen war das Tragen von Jeans an den Schulen zu dieser Zeit freilich auch nicht immer gestattet. Zu viele Ex-Nazi-Lehrer erblickten in der amerikanischen Tracht sowie später im Rock'n'Roll noch den Untergang des Abendlandes. Um dem ideologischen Mief zu entkommen, flüchtete meine Mutter am Wochenende ab und zu nach West-Berlin und besuchte mit Freundinnen Jazz-Konzerte in den Lokalen »Eierschale« und »Badewanne«. Die Mädchen trugen die Haare, je nach Überzeugung, kurz geschnitten (Existenzialismus) oder als Pferdeschwanz (Realismus), liefen in engen schwarze Hosen und weißen Blusen herum und rauchten mit Todesverachtung selbst gedrehte Zigaretten aus schwarzem Tabak – wenn es welchen gab. Deutschlands halbstarke, intellektuelle, vor und während des Krieges geborene Jugend aus Ost und West saß dort einträchtig nebeneinander, diskutierte über Camus, Sartre und Elvis Presley, machte Witze über Adenauer und Ulbricht sowie die gesamtdeutsche Lehrerschaft und fragte sich, wohin die Reise gehen sollte. Meine Mutter wollte Jura studieren – aber in der DDR?

Zurück in Naumburg musste sie erleben, wie einige Mitschüler, die sich wie sie selbst in der »Jungen Gemeinde« der evangelischen Kirche engagierten, unter zunehmend heftigen Repressalien zu leiden hatten. Versammlungen der jungen, SED-kritischen Christen, wurden immer häufiger von der Volkspolizei oder der Staatssicherheit aufgelöst, manche Pastoren und Aktivisten verschwanden auf Jahre wegen »staatsfeindlicher Hetze« im Gefängnis. Die SED wollte das öffentliche politische und kulturelle Leben in Ostdeutschland unter ihre Kontrolle bringen, an Partnerschaft mit anderen Parteien oder demokratischen Wettbewerb haben ihre Führer erst gedacht, als im Herbst 1989 der Karren alleine nicht mehr aus dem Dreck zu ziehen war.

In der Hoch-Zeit des Stalinismus auf deutschem Boden war von solchen Experimenten nie die Rede. Die Besetzung von Positionen der ostdeutschen Exekutive und Legislative war das Ergebnis kommunistischer Kaderarithmetik. Die SED verfügte bereits 1949 im so genannten Volksrat, der sich nach Gründung der DDR in Volkskammer umbenannte, über eine absolute Mehrheit. Offiziell war die SED-Fraktion zwar in der Minderheit, doch über Massenorganisationen wie den Freien Deutschen Gewerkschaftsbund (FDGB), die Freie Deutsche Jugend (FDJ), den Frauenbund, den übrigens von Johannes R. Becher geleiteten Kulturbund und die Vereinigung der Verfolgten des Naziregimes (VVN) immer in der absoluten Mehrheit. Alle Vorsitzenden dieser Organisationen, die im Volksrat präsent waren, gehörten der SED an. Und alle waren vor der Zwangsvereinigung Mitglied der KPD gewesen. An dieser stalinistischen Herrschaftsordnung sollte sich bis zum Kollaps der DDR im Herbst 1989 nicht viel ändern.

Die Politik der DDR wurde zwar von Anfang an in enger Absprache von der Führung der SED und mit der KPdSU in Moskau verabredet – und von dort aus penibel kontrolliert, doch es wäre falsch, zu behaupten, bei der BRD und DDR hätte es sich lediglich um Satellitenstaaten des Westens und Ostens gehandelt. Zwar vollzog die Bundesrepublik mit dem Eintritt in die NATO und durch die Wiederbewaffnung lauter Schritte, die in Washington vorgedacht worden waren – doch sie tat dies mit einem demokratischen Mandat von der Bevölkerung. Die Theorie, in Berlin und Bonn hätten nur Marionetten von Moskauer und Washingtoner Puppenspielern geherrscht, gilt nicht einmal für das »Sowjetdeutschland« der 50er Jahre. Bisweilen traten die Herren im Kreml sogar genervt auf die Bremse: Mehr als einmal wurden die kommunistischen Machthaber von Berlin in die sowjetische Machtzentrale einbestellt, weil ihre Politik den Herrschern im Kreml zu radikal war.

Als Adenauers große Gegenspieler in den 50er Jahren werden meist der Sozialdemokrat Kurt Schumacher und der ›Spiegel‹-Gründer Rudolf Augstein genannt, weil sie dem Rheinländer wechselweise linksrheinischen Separatismus unterstellten. Für die westdeutsche Binnengesellschaft mögen diese Duell-Paarungen korrekt beschrieben sein. Doch Adenauers Antipode in Deutschland war in der jungen Bundesrepublik nicht der bereits 1952 verstorbene SPD-Vorsitzende Kurt Schumacher, obwohl Adenauer das selbst so gesehen haben mag. Schumacher hat trotz seiner Kritik an der Westbindungspolitik des »Alten« mehr für die Stabilität der Bundesrepublik und ihre demokratische Verankerung im freien Westen getan, als ihm vielleicht selbst bewusst war. Der von den Nazis verfolgte Sozialdemokrat, der seine KZ-Haft als Invalide überlebt hatte, stemmte sich nach dem Krieg entschieden gegen kommunistische Vereinnahmungstricks und geißelte den unter Druck erfolgten Zusammenschluss von KPD und SPD in der Ostzone 1946 als das, was es war: Zwangsvereinigung. Mit seinem Freiheitswillen und seiner entschiedenen Ablehnung stalinistischer Bündnistricks kochte der charismatische Redner die Kommunisten im Westen klein und attackierte Adenauer wegen dessen Westbindungspolitik.

Aber der wahre Anti-Adenauer hieß Walter Ulbricht. Er stieg schnell zum fast allmächtigen Staatschef der DDR auf und hatte neben Stalin an ihrer Gründung entscheidenden Anteil. Ulbricht war ohne Zweifel der mächtigste Deutsche seiner Zeit, wie das der Publizist Bruno Frank postuliert. Dass die Geschichtsschreibung das (Nicht-)Verhältnis der beiden bisher so wenig beleuchtet hat, könnte man als letzten Westentaschentrick des ersten deutschen Bundeskanzlers bezeichnen. Ulbricht verstand sich als großer Gegenspieler Adenauers und hielt sich außerdem für einen aufgeklärten Historiker, der das politische Wirken und Wollen des westdeutschen Staatsmannes kompetent ausdeuten könne. Der Erste Sekretär der

SED ließ sich über verschiedenste Kanäle ständig über die politischen Schritte und Vorhaben des Bundeskanzlers unterrichten und richtete die antiwestliche Propaganda ganz auf den Protagonisten der Bonner Republik aus. Hier ein kleiner Auszug aus dem Anti-Adenauer'schen Beschimpfungsregister der frühen DDR: »Spalter«, »Militarist«, »Kriegshetzer«, »Lakai Amerikas«, »Atom-Kanzler«, »Kalter Krieger«, »Mann des Monopolkapitals«, »Gewährsmann des politischen Klerikalismus«, »Spion des französischen Geheimdienstes«, und, nicht zuletzt: »Berlinfeind«.

Adenauer dagegen nahm Ulbricht politisch nicht für voll, was den Sachsen beleidigte und vielleicht – neben anderen Gründen – dessen überzogene Angriffe auf den Bundeskanzler erklärt. Adenauer hielt Ulbricht für einen Statthalter der Sowjetunion, für eine Marionette, nicht für einen politischen Akteur. Er blendete die DDR aus, wo er nur konnte. Er nannte sie nur ungern beim Namen, benutzte Synonyme wie »SBZ« oder Sowjetdeutschland. Für Adenauer war das »Pankower Regime« nur eine Republik von Stalins Gnaden. Nicht einmal in den antikommunistischen Wahlkämpfen der CDU tauchte Ulbricht auf. Stattdessen hieß es: »Alle Wege des Marxismus führen nach Moskau«. Den SED-Sekretär muss das tief gekränkt haben, denn er hielt sich schon zu Lebzeiten für einen Klassiker des Marxismus, dessen Wege deshalb natürlich nicht nach Moskau, sondern vor allem nach Ost-Berlin führen mussten. Wenn westdeutsche Diplomaten an internationalen Konferenzen teilnahmen, stand auf dem Schild des Konferenztischs stets »Germany« oder »Allemagne«. Den ostdeutschen Delegationen, die ein Staatsgebilde vertraten, das es Adenauers Überzeugung nach eigentlich gar nicht geben durfte, wichen die westdeutschen Herren des Auswärtigen oder des Kanzleramtes bei solchen Gelegenheiten peinlich berührt aus. Die DDR war ein ärgerlicher, roter Fleck auf Europas Landkarte, sonst nichts. Näheres regelte 1955 die vom Chef der politischen Abteilung des Bonner Außenamtes entworfene nach ihm benannte »Hallstein-Doktrin«: Bis 1969 erhob die Bundesrepublik den Anspruch auf Alleinvertretungsrecht für das gesamte deutsche Volk und nahm keine diplomatischen Beziehungen zu Staaten auf, die die DDR völkerrechtlich anerkannten. Einzige Ausnahme war die UdSSR als Siegermacht des Zweiten Weltkriegs.

Diese starrköpfige Ignoranz gegenüber dem Nachbarland mag in den 50er Jahren eine vernünftige Verteidigungspolitik gegenüber den zum Teil unverschämten, brutalen Angriffen der ostdeutschen Agitation und Propaganda gewesen sein, die den demokratischen Weststaat als Eldorado von Nazis, Kapitalisten und verelendenden Arbeitern und Bauern denunzierte. Mit solchen Projektionen konnte Ulbricht sich übrigens nebenbei des eigenen Entnazifizierungsproblems politisch entledigen. Drüben regieren die ewiggestrigen Nazis, in der DDR herrschte die fortschrittliche Arbeiter- und Bauernmacht, so einfach war das. Kein Wort darüber, dass eben jene Arbeiter und Bauern wenige Jahre zuvor auch noch dem Führer zugejubelt hatten. Die Frage von persönlicher Schuld und Verantwortung in der NS-Zeit wurde in der DDR auch später nicht gestellt. Eine solche moralische Betrachtung galt als bürgerlich. Vom Klassenstandpunkt aus gesehen war die DDR spätestens nach der 2. Parteikonferenz der SED im Juli 1952 vollständig entnazifiziert. Der Blick wurde nur noch nach vorne gerichtet. Vielleicht war das instrumentelle Verhältnis zur deutschen Vergangenheit die kolossalste Lebenslüge des Sozialismus auf deutschem Boden.

Ulbrichts Attacken auf den Westen machten vor fast nichts Halt. Da wurden Bonner Bundesminister in Ost-Berlin in Abwesenheit verurteilt; Politiker aus West-Berlin entführt und in das berüchtigte Gefängnis von Bautzen verschleppt. Die Grenze hatte er mit Stacheldraht und Sperrgräben sichern lassen, in Berlin dröhnten am Brandenburger Tor Parolen in Richtung Siegessäule. Ulbricht brauchte das nazistische Zerrbild des Westens, um sein Experiment des »besseren deutschen Staates« vor der Welt und vor allem vor seinen Genossen und den Deutschen in der DDR rechtfertigen zu können. Adenauer aber brauchte die DDR überhaupt nicht. Im Gegenteil, ihre Existenz war ärgerlich, weil sie ständig das leidige

Wiedervereinigungsthema provozierte. Doch die Wiedervereinigung hielt der Rheinländer für politisch nicht durchsetzbar.

Ulbricht mag es als Triumph empfunden haben, dass er Adenauer an der Spitze seines Teilstaates sogar um einige Jahre überlebte. Keiner der beiden verließ die Bühne freiwillig. Die Alten wurden aus der politischen Arena regelrecht verjagt, weil sie ihre Posten freiwillig nicht aufgeben wollten: Adenauer musste 1963 gegen seinen Willen Ludwig Erhard als Kanzler weichen, Ulbricht wurde 1971 von Erich Honecker an der Spitze der DDR verdrängt – und anschließend auch aus der sozialistischen Geschichtsschreibung. In einer 1976 veröffentlichten, reich bebilderten Broschüre des Zentralinstituts für Geschichte der Akademie der Wissenschaften der DDR findet sich auf 40 Seiten kein einziges Foto des Mannes, der im Zentrum der DDR-Staatsgründung stand und den Arbeiter- und Bauernstaat immerhin 20 Jahre lang geführt hatte.

Mit Ulbricht und Adenauer exekutierten zwei Männer die Spaltung Deutschlands, die wie geschaffen schienen für die Teilstaaterei. Konrad Adenauer, dem vor allem sein rheinischer Liberalismus und ein nur von leisen Zweifeln getrübtes Gottvertrauen in die Wiege gelegt war, hegte Preußen gegenüber eine tiefe Skepsis, obwohl oder weil sein Vater dem preußischen Staat jahrzehntelang als Beamter gedient hatte. Nach Ende des Ersten Weltkriegs hatte der Katholik aufgrund der komplizierten besatzungsrechtlichen Situation öffentlich mit der Gründung einer »westdeutschen Republik« geliebäugelt, die trotz ihrer Mitgliedschaft im Deutschen Reich auf Distanz zu Berlin gehen und über enge Verbindungen zu Frankreich im europäischen Staatenbund vertäut sein sollte. Folgende Worte sprach Adenauer nicht etwa 1948, sondern als Kölner Oberbürgermeister am 1. Februar 1919 vor einer Delegation im Rathaus: »Würde Preußen geteilt werden, die westlichen Teile Deutschlands zu einem Bundesstaate der ›Westdeutschen Republik‹ zusammengeschlossen, so würde dadurch die Beherrschung Deutschlands durch ein vom Geiste des Ostens, vom Militarismus beherrschtes Preußen unmöglich gemacht. ... Diese Westdeutsche Republik würde wegen ihrer

Größe und wirtschaftlichen Bedeutung in dem neuen Deutschen Reiche eine bedeutungsvolle Rolle spielen und demgemäß auch die außenpolitische Haltung Deutschlands in ihrem friedensfreundlichen Geiste beeinflussen können.« Dreißig Jahre später hatte sich an Adenauers Grundüberzeugungen nichts geändert. Der böse »Geist des Ostens« erscheint Adenauer nun nicht mehr in preußischer Rüstung, sondern tarnt sich im roten Gewand von »Sowjetdeutschland«. Hinter der neuen Bedrohung steckt nicht mehr in erster Linie der Militarismus, sondern der Kommunismus – für den Katholiken Adenauer übrigens zwei Übel, die sich nur in Nuancen voneinander unterschieden. Für Adenauer waren KPD-Parteigänger nichts anderes als die Fußtruppen Pankows auf westdeutschem Boden.

»Asien steht an der Elbe«, schrieb der Kölner 1946 an einen Freund in den USA – sein militanter Antitotalitarismus geht mitunter ins Mythische, Irrationale, Plakative. Das sah er 20 Jahre zuvor übrigens genauso: Wenn er in den 20er Jahren dienstlich mit der Bahn nach Berlin musste und das flache Bördeland durchquerte, zog er hinter Magdeburg die Vorhänge zu, weil er den Anblick der »sibirischen Steppe« nicht ertragen wollte. Zum Liebhaber der Mark Brandenburg, die Fontane so enthusiastisch beschrieben hatte, wurde der Rheinländer nie. So mag es ein Trost gewesen sein, dass er den Weg nach West-Berlin später aus Sicherheitsgründen nur noch im schnellen Flugzeug machte – per Zug durch die DDR zu reisen, wagte er nicht.

Adenauer war 73, als er am 15. September 1949 in Bonn mit nur einer Stimme Mehrheit (seiner eigenen übrigens) vom Bundestag zum Kanzler gewählt wurde. Ein Politiker dieses Alters hätte heute wohl kaum eine Chance, sich in der medienpolitischen Arena der Republik zu behaupten. Im Herbst 2004 fiel der Ministerpräsident von Baden-Württemberg, Erwin Teufel, einem Putsch in seiner Partei zum Opfer – das Hauptargument, das seine Konkurrenten gegen den Christdemokraten ins Feld führten, waren seine 66 Lebensjahre, mit denen er angeblich im Wettkampf der Parteien nicht mehr mithalten könne. Seine langjährige gewichtige politische Bilanz als Ministerpräsident des erfolgreichsten Bundeslandes der Republik reichte nicht aus, um das Strahlemann-Argument der Jugendlichkeit aufzuwiegen. Teufel war weder krank noch altersblind, er passte mit seiner etwas behäbigen, bescheidenen Art einfach nicht mehr in die Planquadrate der TV-fixierten Parteistrategen. Einem Mann wie Adenauer würde in der heutigen politischen Landschaft, in der der Wert eines Individuums in Zielgruppeneinheiten von Fernsehsendern gemessen wird, wohl nicht einmal der Posten eines Bezirkskassierers anvertraut werden.

Doch 1949 war dieses stattliche Alter wie geschaffen für eine Führungsaufgabe, oder wie der Adenauer-Biograf Hans-Peter Schwarz sagt: »Die sieben Jahrzehnte dieses langen Lebens sind Vorgeschichte zum Eigentlichen.« Die führenden Nazi-Politiker waren in weit jüngerem Alter an die Staatsspitze getreten; Goebbels, Hitler, Goering hatten die 40 im Jahr der Machtergreifung 1933 gerade überschritten. Adenauers faltiges Gesicht war im Gegensatz zum jugendlich-kaltschnäuzigen Auftreten der gerade erst abgetretenen Nazi-Camarilla also ein Ausweis von Lebenserfahrung, Vorsicht und Besonnenheit. Der 1957 von der CDU verwendete Wahlkampfslogan »Keine Experimente« drückt das Lebensgefühl der gebeutelten Nachkriegsdeutschen trefflich aus.

Adenauer war ein entschiedener Gegner gesellschaftlicher »Vermassung«, wie sie ihm im Nationalsozialismus und im Kommunismus begegnet war und immer noch begegnete. Er glaubte an Gott, verbrachte bis ins hohe Alter viel Zeit in seinem Garten und hatte es fertig gebracht, den deutschen Bundestag in Sichtweite seiner geliebten Rosenstöcke anzusiedeln. Schon als Präsident des Parlamentarischen Rates hatte er 1948 darauf gedrängt, die Sitzungen in Bonn abzuhalten – was einer Vorentscheidung gegen das konkurrierende Frankfurt als Bundeshauptstadt gleichkam. Und Adenauer glaubte an den Westen: »Nur ein wirtschaftlich und geistig gesundes Westeuropa unter Führung Englands und Frankreichs, ein Westeuropa, zu dem als wesentlicher Bestandteil der nicht von Russland besetzte Teil Deutschlands gehört, kann das weitere geistige und machtmäßige Vordringen Asiens aufhalten.« In dem 1946 abgefassten Brief an den früheren sozialdemokratischen Reichstagsabgeordneten Wilhelm Sollmann finde man »das grundlegende Konzept Adenauerscher Außenpolitik«, urteilt Hans-Peter Schwarz.

Adenauers Überzeugungen konstituieren die Identität der jungen Bundesrepublik. Der alte Rheinländer sagt den Deutschen, wo es langgeht – sein Zeigefinger weist stets nach Westen, nach Frankreich, auf die Beneluxstaaten und über den großen Teich, wo sich die Demokratie und eine republikanische Verfassung schon seit 150 Jahren im Sattel halten. In der DDR denunziert man ihn wegen seiner klaren politischen Ausrichtung auch Jahre nach seinem Tod noch Gift spritzend als »einen Mann, der auf vielfältige Weise mit dem in- und ausländischen Monopolkapital versippt und verschwägert war«. Seine Opponenten im Westen greifen ihn als Spalter an, auch die spätere westdeutsche Geschichtsschreibung betont seine autoritären Züge und die angebliche »Restauration« alter Nazi-Seilschaften unter seiner Herrschaft. Als Protagonisten einer »rheinischen Republik« verfolgt ihn mit ebenso brillanten wie wüsten Polemiken der junge SPIEGEL-Herausgeber Rudolf Augstein, der als Adenauers Gegenpart in Westdeutschland politisch vielleicht bedeutsamer war als die SPD-Oppositionsführer Kurt Schumacher und Erich Ollenhauer.

Bei der Kritik an Adenauer dreht es sich bis heute meistens um ein Angebot, das Generalissimus Josef Stalin den Westmächten England, USA und Frankreich am 10. März 1952 postalisch überbringen ließ. In die Geschichte ging das Schreiben als erste »Stalin-Note« ein. Es war, um ein Zitat aus Francis Ford Coppolas Mafia-Epos ›Der Pate‹ zu bemühen, eigentlich »ein Angebot, das man nicht ablehnen kann«. Der sowjetische Diktator regte bei seinen alten Bundesgenossen aus der Anti-Hitler-Koalition an, gemeinsam Frieden mit dem wiedervereinigten Deutschland zu machen. Den Entwurf eines solchen Friedensvertrages fügte er als Anhang bei. Adenauer blieb trotzdem standhaft.

Stalins Angebot klang sensationell. Deutschland sollte als einheitlicher Staat wiederhergestellt werden. Voraussetzung: Das wiedervereinigte Land dürfe keinem Militärbündnis beitreten, das sich gegen einen ehemaligen Kriegsgegner richte. Ansonsten sei eine Wiederbewaffnung zur Landesverteidigung durchaus erlaubt. Die Offerte aus Moskau platzte mitten in die Verhandlungen zur Europäischen Verteidigungsgemeinschaft, deren Ziel die Schaffung einer gemeinsamen, westeuropäischen Armee war. Adenauer hoffte, über die Europäische Verteidigungsgemeinschaft den Integrationsprozess der Bundesrepublik Richtung Westen beschleunigen zu können und interpretierte die Stalin-Note als taktisches Störmanöver. Sofort munitionierte er seine publizistischen Bataillone und wies das Angebot als billigen Trick zurück, der nur gemacht worden sei, um die Westmächte aus Deutschland hinauszudrängen. Die ganze Sache verlief im Sande. Der Standpunkt der westlichen Adressaten war, dass freie gesamtdeutsche Wahlen eine Vorbedingung für Gespräche über einen Friedensvertrag seien. Eine verpasste historische Chance, wie damals und heute viele meinten und meinen?

50 Jahre nach der Stalin-Note fanden die Historiker auf diese Frage noch immer keine klare Antwort. Im Gegenteil, sie schienen zerstrittener denn je und präsentierten ihre Thesen pünktlich zum Jubiläum von Onkel Joes Angebot im Frühjahr 2002. Während der Historiker Wilfried Loth davon überzeugt war, dass Stalin die DDR 1952 loswerden wollte und daher große Mühe darauf verwandt habe, seinen Vorschlag »so zu präsentieren, dass die westalliierten Regierungen ihn nicht ablehnen konnten«, las der Zeitgeschichtler Hermann Graml dieselben Quellen, die Loth studiert hatte, ganz anders. Es gebe »eindeutige Beweise«, dass die Note lediglich »als ein begrenztes Unternehmen im Propaganda-Krieg zwischen Ost und West gedacht« worden war. Ein dritter Historiker, Gerhard Wettig, behauptete, die Sowjets hätten sich mit Deutschlands Westbindung damals längst abgefunden. Die Stalin-Note aber sollte die »westdeutsche Öffentlichkeit« von der Ernsthaftigkeit des Angebots überzeugen und damit gegen die

Regierung Adenauers in Stellung bringen – eine besonders raffinierte Strategie. Letztlich sind diese Diskussionen aber ein Streit um Stalins Bart. Der sowjetische Diktator starb 1953 und er mag sich in der Hölle köstlich darüber amüsieren, dass man seine Postwurfsendung vom März 1952 noch immer so ernst nimmt.

Lassen wir mal beiseite, dass in Stalins Angebot von freien Wahlen in einem wiedervereinigten Deutschland nicht die Rede war und er vermutlich eher ein blockfreies Deutschland im sowjetischen Einflussbereich im Auge hatte. Selbst wenn die westlichen Alliierten sein Angebot zu Verhandlungen angenommen hätten – innenpolitisch wäre das diplomatische Paket aus Moskau niemals durchsetzbar gewesen. Stalins Vorschlag sah die Anerkennung der Oder-Neiße-Grenze und damit den Verzicht auf die deutschen Ostgebiete vor. Adenauer wusste, dass ein Festschreiben dieser Grenze die junge Republik praktisch in die Luft sprengen würde. Keine Partei der Bundesrepublik, von der KPD abgesehen, hatte ihre Mitglieder im Frühjahr darauf eingestimmt, dass die Einheit nur mit dem Verzicht auf die Ostgebiete zu erkaufen sei, argumentiert der Historiker Heinrich August Winkler. Im Gegenteil, auf keiner politischen Parteiveranstaltung, ob sie nun von der SPD, der CDU oder der FDP in Westdeutschland ausgerichtet wurde, durfte das Bekenntnis zur Einheit Deutschlands in den Grenzen von 1937 fehlen. »Deutschland dreigeteilt – niemals« – diese Plakate hingen in den 60er Jahren noch an vielen Häuserwänden. Auch das kleine Dorf im Grenzgebiet bei Duderstadt im Süden Niedersachsens, wo ich aufgewachsen bin, war mit dieser Beschwörungsformel übersät – und weil die Buchstaben so schön groß waren, lernte ich als Fünfjähriger beim Spazierengehen mit ihrer Hilfe das Lesen.

Das Bekenntnis zu den Ostgebieten gehörte in den 50ern jedenfalls zum Katechismus eines jeden Politikers. Auch Adenauer versäumte es selten, in seinen Reden die verlorene Heimat im Osten rhetorisch in Ehren zu halten, schon deshalb, um dieses Themenfeld nicht dem Bund der Heimatlosen und Entrechteten und anderen politischen Rechtsauslegern zu überlassen. Doch der Realpolitiker Adenauer ahnte gleichzeitig, dass Städte wie Königsberg, Danzig, Breslau und Stettin, die masurischen Seen, das schlesische Riesengebirge und die ostpreußischen Dünen am Meer für Deutschland unwiederbringlich verloren waren. Dem SPD-Vorsitzenden Erich Ollenhauer sagte er schon im Sommer 1953 in einem vertraulichen Gespräch über die Ostgebiete: »Die sind weg! Die gibt es nicht mehr! Wer das mal aushandeln muss, na, ich werde es nicht mehr sein müssen.« Dass er den Vertriebenen trotzdem vorgaukelte, sie würde ihre Heimat dereinst wiederbekommen, wenn die Bundesrepublik nur treu zum Westen stehe, mag man für das zynische Schüren von Illusionen halten. Auch darauf hatte der Kölner eine passende Antwort: »Illusionen, meinetwegen nennen Sie es Illusionen, vielleicht haben Sie ja recht, aber wat jlauben Sie wohl, wat für eine Rolle Illusionen in der Weltgeschichte spielen.«

Wie lange die »Illusionen« noch gültig waren, erlebte Bundeskanzler Helmut Kohl im Sommer 1990. Selbst Adenauers »Enkel«, der den endgültigen Verzicht auf die ehemaligen Reichsgebiete bei den »Zwei plus Vier«-Verhandlungen zur deutschen Einheit erklärte, wurde deshalb auf Vertriebenentreffen noch angefeindet. Kohl anerkannte die europäische Nachkriegsordnung und gewann die Freiheit für die DDR. Ein solcher geopolitischer Verzicht war vier Jahrzehnte früher unvorstellbar. Die Einheitsrhetorik Adenauers hatte handfeste Gründe. Im Westen lebten 4,5 Millionen Vertriebene, der Bund der Heimatvertriebenen und Entrechteten (BHE), war damals ein wichtiger Faktor in der Politik – vergleichbar mit der Rolle der PDS in den 90er Jahren. Beide Parteien organisierten und integrierten politische Randgruppen in die bundesrepublikanische Gesellschaft.

Ein Friedensvertrag unter Anerkennung der Oder-Neiße-Linie aber hätte den stramm rechtsgewirkten BHE zu einer veritablen Größe aufgebläht, mit unabsehbaren Folgen für die innenpolitische Balance der jungen Republik. Schon die Weimarer Republik war am geifernden Nationalismus ihrer Bürger zugrunde gegangen – und 1952 konnten sich die meisten

Bundesbürger noch gut an ihr Ende erinnern. Etwa drei Jahre nach Stalins Angebot befragte ein Meinungsforschungsinstitut die Deutschen, ob man die Einheit unter Verzicht auf Schlesien, Pommern und Ostpreußen annehmen solle. Zwei Drittel (67 Prozent) votierten dagegen, nur zehn Prozent bejahten die Frage. Das Nicht-Beantworten der Stalin-Note seitens Adenauers war also keine »verpasste Chance«, wie übrigens sowohl von Rechts wie auch von Links später immer wieder gerne behauptet wurde, sondern die Vermeidung einer innenpolitischen Krise, die die junge Bundesrepublik möglicherweise sogar hätte zu Fall bringen können.

Der erste deutsche Bundeskanzler hat erst mit seinem unbedingten Festhalten an der Westbindung die Bundesrepublik demokratisch geeicht. Der frisch gebackene deutsche Außenminister Joschka Fischer, der den »Alten« in seiner Jugend noch als Repräsentanten des muffigen Deutschland verachtet hatte, verstand Konrad Adenauer im Winter 1998 ganz anders: Dessen Westbindungspolitik sei ein Ersatz für die gescheiterten bürgerlichen deutschen Revolution von 1848 und 1918 gewesen. Mit dem ehemaligen Straßenkämpfer Fischer verneigte sich schließlich auch die westdeutsche Linke vor dem Mann, den immer mehr Historiker im Rückblick als Glücksfall der deutschen Nachkriegsgeschichte betrachten.

War Walter Ulbricht deshalb im Umkehrschluss der Unglücksfall? Sein Leben führt ihn, wie viele andere junge Männer seines Alters, schnurstracks in die sozialistische Bewegung. Seine ersten politischen Erfahrungen macht der im Jahre 1893 als Sohn eines Leipziger Handwerkers geborene Ulbricht wie sein 17 Jahre älterer Widerpart Adenauer schon zu wilhelminischer Zeit. Ulbrichts Vater ist als Funktionär in der Schneidergewerkschaft und der illegalen SPD im Bismarck-Reich aktiv. Auch Sohn Walter drängt an die Schaltstellen des organisierten Sozialismus: Mit 18 ist er Mitglied der SPD und agiert als Jugendfunktionär auf ihrem linken Flügel. Nach dem Krieg, den er als Infanterist auf dem Balkan mitmacht und dessen Ende er malariakrank in einem Frontlazarett in Mazedonien erlebt, kehrt er sofort in den Schoß der Bewegung zurück. Ulbricht schließt sich zunächst der linkssozialistischen USPD an, nach deren Spaltung im Dezember 1919 stößt er schließlich zur KPD. Als unumschränkter Herrscher der DDR wird er behaupten, von Anfang an bei der 1917 als Spartakusbund gegründeten Kommunistischen Partei gewesen zu sein – eine vergleichsweise lässliche Lüge.

Mitte der 20er Jahre gehört Ulbricht bereits zum inneren Kaderstamm der KPD. Hinter ihm liegt ein gescheiterter KPD-Umsturzversuch. Walter Ulbricht hat sich, fast zehn Jahre vor der Machtübernahme der Nazis, bereits an das Leben mit falschen Papieren gewöhnt. Im Jahre 1924 entschließt sich Ulbricht zu einem Schritt, den selbst in der KPD nur wenige vollziehen – und der sein ganzes weiteres Leben entscheidend prägen soll: Er wird Mitglied des Exekutivkomitees der Kommunistischen Internationale. Die in der russischen Hauptstadt beheimatete Schaltzentrale des Weltkommunismus besucht er als 31-jähriger Funktionär im Jahre 1924 zum ersten Mal. Hier nimmt Ulbricht eine Lebenshaltung ein, die ihm mehrfach das Leben retten und ihn letztlich an die Spitze der ersten sozialistischen Republik auf deutschem Boden bringen wird: Mein Weg nach oben führt über Moskau.

In den frühen 20er Jahren existiert in der KPD noch ein Quäntchen demokratischer Streitkultur. Verschiedene Flügel streiten um die richtige Linie, zu wichtigen Themen darf man noch unterschiedliche Positionen vertreten und der Parteiführung widersprechen. In Moskau erlebt Ulbricht nach Lenins Tod freilich den Beginn der stalinistischen Gleichschaltung der Partei, an der er sich nach Kräften beteiligt. Ulbricht erkennt: Die verbindliche politische Linie wird im Kreml ausgegeben, alle anderen kommunistischen Parteien, ob sie nun in Deutschland sitzen, in Frankreich oder den USA, sollen dieser Linie folgen. Auf Parteichinesisch hieß das: Das Verhältnis zur Sowjetunion ist der Prüfstein eines jeden Kommunisten. Walter Ulbricht begreift die neuen, stalinistischen Machtverhältnisse in der internationalen kommunistischen Bewegung als einer der Ersten und macht sie sich für seine Karriere zunutze. Er mausert sich zu einem wichtigen Funktionär und Strippenzieher – ein großer Redner wird er, wie Stalin, sein Leben lang nicht. Seine Reden als KPD-Abgeordneter im sächsischen Landtag bestehen meist aus langweiligen Phrasen. Ulbrichts rhetorisches Markenzeichen bleibt bis zu seinem Tod nicht sprachliche Brillanz, sondern sächsischer Singsang, eine Fistelstimme. Doch Ulbricht weiß, was er will. Die DDR blitzt bei ihm im Mai 1928 zum ersten Mal auf. Während Adenauer seinen Traum von der westdeutschen Republik 1919 öffentlich kundtat, legt Ulbricht sein Bekenntnis zur sozialistischen Republik knapp zehn Jahre später vor dem sächsischen Parlament ab: »Nieder mit der Sozialdemokratie, mit den Vertretern der Bourgeoisie in den Reihen der Arbeiterklasse! Sie werden demonstrieren für die *Arbeiter- und Bauernregierung in Deutschland, für die Diktatur des Proletariats.*«

Nationalsozialismus und Krieg überlebt Ulbricht in Moskau – und zwar in doppelter Hinsicht. Zwar hat er sich im Exil vor der Gestapo retten können. Doch viele deutsche Kommunisten geraten nun in die Fänge der Tschekisten, der kommunistischen Geheimpolizei. Ulbricht überlebt die Hölle aus Denunziation, Verrat und Misstrauen, indem er, wie andere Exilanten auch, selbst zum Verräter wird und Genossen wegen angeblichen Abweichlertums diskreditiert und damit ans Messer liefert. Dieser Hölle ist Ulbricht freilich nicht einfach nur unterworfen; er hat sie selbst aktiv mitgeschaffen. Die Zeit in Moskau verbringt er im berüchtigten »Hotel Lux« mit deutschen Kommunisten, die sowohl in der DDR wie auch in der Bundesrepublik eine wichtige Rolle spielen werden: Wilhelm Pieck, Johannes R. Becher und Otto Winzen auf der einen Seite – und Herbert Wehner auf der anderen.

Im Mai 1953, acht Jahre nachdem Ulbricht mit einer Hand voll Kommunisten aus dem russischen Exil zurückgekehrt ist, um *sein* Deutschland aufzubauen, steht er auf dem Höhepunkt seiner Karriere. Der Generalsekretär der SED sieht das genauso – und hat deshalb anlässlich seines 60. Geburtstages alles Notwendige veranlasst, um ihn als wichtigsten deutschen Führer der Arbeiterbewegung quasi heilig sprechen zu lassen. Nur um Stalin gab es mehr Personenkult: Ulbrichts aus Moskauer Tagen vertrauter Genosse Becher – Freunde hat der Sachse sein Leben lang nicht – verfasst eine offizielle Ulbricht-Biografie. Meterhohe Gemälde werden geschaffen, die den Statthalter Moskaus im Kreise treuer Werktätiger zeigen. Ulbricht-Büsten werden angefertigt, Ulbricht-Broschüren gedruckt. Im Friedrichstadtpalast wird zum Geburtstag ein Staatsakt geprobt, bei dem ihm der Titel »Held der Arbeit« verliehen werden soll. Erich Honecker, Chef der FDJ, lässt ein in rotes Kunstleder gebundenes Buch mit eingeprägtem Ulbricht-Antlitz über den Generalsekretär und die Jugend herausgeben. Auch ein Film über den größten deutschen Kommunisten aller Zeiten soll gedreht werden. Der Schriftsteller und DDR-Nationalpreisträger Stephan Hermlin schreibt den Text dazu. Der Titel: ›Baumeister des Sozialismus‹. In dem Streifen tritt ein stets gut gelaunter Ulbricht auf, dem ständig applaudiert, zugewinkt oder Recht gegeben wird. Ulbricht mit Arbeitern, Ulbricht mit Bauern, Ulbricht mit jungen Leuten, Ulbricht mit Kindern. In einigen Sportszenen müht sich Ulbricht sogar auf dem Sportplatz beim Volleyball.

Doch Walter Ulbricht wird seinen 60. Geburtstag am 30. Juni 1953 mit seiner Frau Lotte anders als geplant nur in kleinem Kreis verbringen. Hermlins Streifen verschwindet als »dokumentarisches Material« ungezeigt in der Versenkung des Parteiarchivs. Die Show im Friedrichstadtpalast wird abgeblasen, das FDJ-Buch mit einer Auflage von einer Million eingestampft. Auch die Büsten- und Bilderproduktion wird stark gedrosselt. Die Genossen gratulieren Ulbricht keineswegs begeistert und im kühl gehaltenen Glückwunschtelegramm aus Moskau fehlt der übliche Hinweis auf die unterschiedlichen Ämter und Funktionen des SED-Generalsekretärs. An seinem Ehrentag weiß Walter Ulbricht nicht, ob er die nächsten Wochen politisch – vielleicht sogar physisch – überleben wird. Ausgerechnet Walter Ulbricht, der Mann mit dem heißen Draht nach Moskau, war im Kreml in Ungnade gefallen. Schlimmer noch: Ende Mai stand für die kommunistische Elite in Moskau eigentlich fest, dass sie den Sachsen loswerden wollten. Der SED-Generalsekretär war dem Kreml zu ungestüm. Schon den »Aufbau des Sozialismus« hatte er auf der 2. Parteikonferenz ohne Absprache mit Moskau ausgerufen. Eine Rede- und Meinungsfreiheit existiert genauso wenig wie vor dem Krieg. Immer mehr Menschen werden wegen Nichtigkeiten oder politischer Kritik am System ins Gefängnis gesteckt. Solche Verhältnisse und Methoden sind in der UdSSR zwar gang und gäbe, doch der Kreml hält den radikalen Kurs der SED nach Stalins Tod politisch (noch) nicht für opportun. Manchmal reicht ein Scherz, um anschließend in einer Zelle im Zuchthaus von Bautzen aufzuwachen und seine Jahre im »Gelben Elend« bei täglich 400 Gramm Brot und zwei Mal einem halben Liter Wassersuppe zu fristen. »Was ist der Unterschied zwischen Adenauer und Ulbricht?«, fragt man sich im Osten hinter vorgehaltener Hand. »Adenauer sammelt Witze, die die Leute über ihn machen. Ulbricht sammelt die Leute, die Witze über ihn machen.«

Zur Unterdrückung von anders Denkenden kommt nun auch der ökonomische Druck auf die »kleinen Leute« dazu. Immer mehr Bauern werden enteignet und in die Landwirtschaftlichen Produktionsgenossenschaften gepresst. Kleine und mittlere Unternehmen, darunter viele Handwerksbetriebe, werden verstaatlicht. Die Kirchen werden aus den Schulen ausgesperrt, Religionsunterricht wird verboten. Tausenden Gewerbetreibenden wird die Handelserlaubnis entzogen. In den Geschäften gibt es wenig zu kaufen, es fehlt oft am Nötigsten. Die Grenze zur Bundesrepublik ist faktisch dicht. Noch steht dort keine Mauer, aber Sperranlagen und Stacheldraht hindern die Menschen am Grenzübertritt. Nur über Berlin kann man aus der despotisch verwalteten Mangelwirtschaft noch in den Westen fliehen. Das tun im Frühjahr 1953 Tausende, Zehntausende, Hunderttausende. Allein im März »machen« fast 60.000 Menschen »rüber«. Erst im vorletzten Sommer der DDR, im Wendejahr 1989, werden sich wieder so viele Menschen aus der sozialistischen Republik absetzen wie im Krisenjahr 1953. Was die Führung in Moskau besonders beunruhigt: Nicht nur die so genannte Bourgeoisie setzt sich ab. An das lautlose Verschwinden von Ärzten, Grundbesitzern, Wissenschaftlern oder Fabrikeigentümern hatte man sich fast gewöhnt, ihre Flucht sogar zynisch kommentiert: »Es kann doch niemand sagen«, spottet Ulbricht damals, »daß die DDR einen Schaden hat, wenn ein Gutsbesitzer nach Westen geht.«

Doch 1953 verschwinden nicht nur Gutsbesitzer. In den ersten vier Monaten des Jahres flüchten neben vielen Arbeitern und Angestellten auch 8000 Mann der kasernierten Volkspolizei sowie 5000 Mitglieder von SED und FDJ. Der DDR, fürchtet man im Kreml, kommt das Bedienungspersonal abhanden. Ulbrichts Sozialismusmaschine stottert schon wie ein 30 Jahre alter, rostiger Trabi-Motor, dabei ist sein Staat eigentlich fabrikneu. Er nervt die Kremlherrscher außerdem durch sein Gehabe, er sei – neben allem anderen – auch noch ein führender Theoretiker des Marxismus-Leninismus. Er ging auch den Genossen im sozialistischen Bruderland Polen mächtig auf den Zeiger. Ein Übersetzer, der in den 60er Jahren bei Staatsbesuchen in Warschau zwischen dem SED-Sekretär und dem polnischen Staatschef Władysław Gomułka dolmetschte, berichtete mir einmal, dass Gomułka das »furchtbar langweilige Gerede« Ulbrichts bei offiziellen Anlässen »einfach nicht mehr ertragen« habe. Der Dolmetscher erhielt die Anweisung, Ulbrichts Sermon für sich zu behalten und die Übersetzungen deutlich abzukürzen.

Ulbrichts Stuhl wackelt also im Frühjahr 1953 gewaltig. Doch im Kreml herrscht seit Stalins Tod im März ebenfalls Unordnung. Zum gefährlichsten Gegner Ulbrichts entwickelt sich der sowjetische Innenminister und Geheimdienstchef Lawrenti Pawlowitsch Berija, der einer der wenigen Vertrauten Stalins gewesen war und sich während seiner Herrschaft besonders durch »Skrupellosigkeit und Sadismus«, wie das ›Schwarzbuch des Kommunismus‹ anmerkt, hervorgetan hatte. Auf sein Konto ging der Tod von Millionen Menschen. Ausgerechnet Stalins Henker charakterisierte Ulbricht als einen Mann, »der nichts versteht, der sein Volk nicht liebt« – er musste es ja wissen, möchte man anfügen. Doch Ulbricht scheint auf der Leitung zu stehen, er versteht die warnenden

Signale aus Moskau nicht – oder er will sie nicht verstehen. Der SED-General will seinen Lebenstraum vom deutschen Sozialismus möglichst schnell, zu Lebzeiten nämlich, verwirklichen. Ende Mai werden auf seine Initiative hin die Arbeitsnormen der DDR-Arbeiter bis zum 30. Juni, Ulbrichts 60. Geburtstag, um mindestens zehn Prozent erhöht – ohne Lohnausgleich, versteht sich. Die Verordnung tritt sofort in Kraft.

Nun platzt den Genossen in Moskau der Kragen. Sie zitieren den Sachsen ins Allerheiligste und falten ihn regelrecht zusammen. »Wenn wir jetzt nicht korrigieren, kommt eine Katastrophe«, warnt der Vorsitzende des Ministerrats der UdSSR, Georgi Maximilianowitsch Malenkow. Dann wird Ulbricht ein Papier um die Ohren gehauen, in dem die Sowjetführung dem deutschen Genossen eine »fehlerhafte politische Linie in der Deutschen Demokratischen Republik« bescheinigt. Ein schlimmeres Zeugnis unter Kommunisten gibt es kaum. Ulbricht und der ihn begleitende Grotewohl werden aufgefordert, sofort einen Kurswechsel in die Wege zu leiten und schriftlich zum Beschlusspapier der Sowjets Stellung zu nehmen. Kleinlaut fliegen die beiden zurück nach Berlin. Am 12. Juni dann die Sensation: In den DDR-Medien wird ein »neuer Kurs« angepriesen. Das Politbüro gesteht in aller Öffentlichkeit ein, »dass seitens der SED und der Regierung der DDR in der Vergangenheit eine Reihe von Fehlern begangen wurde«. Die Parteiführung gelobt Besserung, in der SED kursieren Gerüchte, Ulbrichts Sturz stehe kurz bevor. Angeblich sei der Chefredakteur der Parteizeitung ›Neues Deutschland‹, Rudolf Herrnstadt, von Moskau schon mit der Bildung eines neuen Politbüros beauftragt worden.

In Bonn ahnte man von den Wirren in Ost-Berlin so gut wie gar nichts. Natürlich blieb der Bundesregierung unter Konrad Adenauer nicht verborgen, dass der Flüchtlingsstrom immer mehr zunahm. Doch mit offenen Armen wurden die Ostler im Westen nicht immer empfangen. Man hatte schon genug mit der Integration der Vertriebenen zu tun. Wer von Ost nach West »rübermachte«, musste sehen, wo er blieb. Wer bei Verwandten unterkam, hatte Glück, wer keine Verwandte oder Freunde besaß, hatte eben Pech. Begrüßungsgeld oder andere Annehmlichkeiten für Flüchtlinge sind Erfindungen späterer Jahre. In den 50ern wurden DDR-Bürger bei ihrer Ankunft in der Bundesrepublik nicht automatisch bejubelt, der Empfang bei der Westverwandtschaft war oft auffallend kühl. Als meine Mutter nach ihrer Flucht aus einem Dorf bei Leipzig 1960 einen Onkel in West-Berlin aufsuchte, weil sie sonst niemanden kannte, schenkte der ihr zum Willkommen im Westen eine Bibel – und wies ihr anschließend die Tür. Vom ostdeutschen Aufstand gegen die SED-Diktatur am 17. Juni 1953 wurde Konrad Adenauer in Bonn genauso überrascht wie Walter Ulbricht in Ost-Berlin. Mit einer Revolte in der DDR hatte niemand gerechnet, sie kam Bonn und Ost-Berlin übrigens gleichermaßen ungelegen, weil der Protest die jeweilige staatliche Agenda durcheinander wirbelte. Trotz der kompletten Ahnungslosigkeit wussten anschließend dann aber wieder alle ganz genau Bescheid, was sich an diesem Tag zwischen Kap Arkona und Dresden zugetragen hatte. Wie auch der zu Anfang dieses Kapitels beschriebene Fall Oberländer wurden die Ereignisse des 17. Juni in Ostdeutschland lange sehr unterschiedlich interpretiert.

Mit dem »neuen Kurs«, den das Politbüro am 12. Juni deklarierte, wurden dem ostdeutschen Bürgertum, der Bauernschaft und der Intelligenz wieder mehr politische und wirtschaftliche Freiheiten in Aussicht gestellt. Doch ausgerechnet dem Proletariat, dem angeblich revolutionären und herrschenden Subjekt des Arbeiterstaates, sollte die von Moskau angeordnete Lockerungsübung der SED rein gar nichts bringen außer mehr Schweiß, mehr Schufterei, weniger Freizeit und weniger Lohn. Denn die Heraufsetzung der Arbeitsnormen war von der Vorhut der Arbeiterklasse ja nicht kassiert worden. Im Gegenteil. Der stellvertretende Vorsitzende des FDGB, Otto Lehmann, hatte am 16. Juni die Maßnahmen in der Gewerkschaftszeitung ›Tribüne‹ verteidigt – und damit unfreiwillig den Startschuss zur Revolte gegeben. Nach der Lektüre des Lehmann-Pamphlets formierte sich noch am Vormittag auf der Stalinallee in Ost-Berlin ein Protestmarsch von Bauarbeitern. In der Stalinallee wurden im Akkord Wohnquartiere hochgezogen, die im Moskauer Zuckerbäckerstil gehalten waren und auch heute noch, im Gegensatz zu den später entwickelten Plattenbauten, beliebte Unterkünfte sind. Spontan schlossen sich weitere Baubelegschaften an. Die Demonstranten marschierten nun nicht etwa zum Politbüro, sondern zur Zentrale des FDGB. Doch von den Gewerkschaftsbonzen traute sich niemand vor die Tür. Der Zug zog zum Haus der Ministerien. Mehr als 10.000 Arbeiter sind inzwischen unterwegs. Der Bauarbeiter Horst Schlafke steigt auf einen Tisch und fordert, dass Otto Grotewohl und Walter Ulbricht sich blicken lassen sollen. »Kommen sie nicht, rufen wir zum Generalstreik auf!« Keiner der beiden erscheint.

Immerhin wagt sich Industrieminister Fritz Selbmann, Führer im »Rotfrontkampfplan«, vor die Menge, wird aber ausgepfiffen. Dem antifaschistischen Widerstandskämpfer und SED-Agitator Robert Havemann geht es nicht besser. Gegen 14 Uhr nachmittags macht Selbmann einen zweiten Versuch und kündigt die Rücknahme der Normerhöhung an. Doch es ist zu spät, aus der spontanen Demo wird gerade ein Aufstand im ganzen Land. Mit dem Status quo ante wollen sich die aufgebrachten Demonstranten nun nicht mehr begnügen. Forderungen nach einer allgemeinen Arbeitsniederlegung am nächsten Tag und dem Rücktritt der Regierung werden laut. Die Arbeiter erobern einen Lautsprecherwagen der Regierung und machen ihre Forderungen in der ganzen Halbstadt bekannt. Am Alexanderplatz gehen Scheiben zu Bruch, Parteifahnen und SED-Plakate werden abgerissen. Gegen 17 Uhr kehren die Arbeiter aber in die Stalinallee zurück – und stellen den Lautsprecherwagen brav wieder ab.

Der RIAS, der »Rundfunk im amerikanischen Sektor«, berichtet inzwischen über die Demonstration, vermeidet es aber bis spät in die Nacht auf amerikanische Anweisung hin, die Forderung nach einem Generalstreik zu erwähnen. Die westlichen Besatzungsmächte sind über die Ereignisse nicht begeistert, weil sie sich ihrer Kontrolle völlig entziehen. Auch Jakob Kaiser, der Bonner Minister für Gesamtdeutsche Fragen, mahnt in einer vorher auf Tonband aufgenommenen Ansprache im RIAS zur Vorsicht. Niemand solle sich zu unbedachten Handlungen hinreißen lassen. Kanzler Adenauer lässt die Demonstranten in einer kurzen Erklärung wissen, der Westen fühle zwar mit ihnen, ansonsten aber sollten sie sich doch bitte ruhig verhalten. Der einzige Weg zu Veränderungen im Osten führe über Verhandlungen mit der Sowjetunion, gibt er zu bedenken. Im Gegensatz zum SPD-Vorsitzenden Erich Ollenhauer, der sofort nach Berlin eilt, bleibt Adenauer in Bonn. Veränderungen nur über Moskau? Das sehen die Demonstranten ganz anders. Die Rücknahme der Normerhöhung haben sie doch schon erreicht. Die Aufforderung zu Streik und Arbeiterversammlung hat sich über private Kontakte und Kuriere, vor allem aber durch den RIAS und andere Westsender, in der ganzen DDR herumgesprochen. Vielleicht ist noch mehr drin?

Die SED hat inzwischen Gegenmaßnahmen ergriffen. Die Grenzbewachung zwischen den Berliner Sektoren wird verstärkt, die Partei ist alarmiert. Noch glauben die Genossen, die Situation mit ein paar zusätzlichen Agitatoren auf den Baustellen wieder in den Griff zu bekommen. Doch die Ereignisse haben inzwischen ihre eigene Dynamik. Die Russen begreifen als Erste, was sich gerade abspielt, und internieren die SED-Führung am Morgen des 17. Juni – zu ihrem Schutz. Auf den Straßen kommt nun der ganze Frust der frühen Jahre zum Vorschein. Zwangskollektivierung, Denk- und Sprechverbote, die schlechte Versorgungslage, die permanente Beschallung durch hohle Parteiphrasen – all das hängt den Menschen zum Hals raus. Viele sind schon in den Westen abgehauen. Die meisten aber wollen, dass sich etwas ändert – und zwar hier im Osten.

Ohne zentrale Streikleitung – und zunächst auch ohne eindeutige politische Zielsetzung – kommt es im Laufe des Vormittags an Hunderten Orten in Ostdeutschland zu Demonstrationen und Arbeitsniederlegungen. In mindestens 600 Betrieben wird gestreikt. Die Zahl der Demonstranten in der

DDR wächst auf 300.000 bis 400.000 Menschen an, manche Zeitgeschichtler gehen von einer halben Million Protestierender aus. Vor allem in den industriellen Zentren bei Halle, in Leipzig, Gera, Cottbus, Magdeburg, dem Industriegürtel im Harzvorland und in Potsdam entfaltet der Aufstand eine geradezu proletarische Kraft. In einigen Städten wird versucht, Insassen aus den Gefängnissen zu befreien. In neun Fällen gelang das sogar. 1300 Häftlinge kamen auf diese Weise frei, die überwiegend wegen politischer »Vergehen« eingesperrt worden waren.

Die Revolte ist in den alten Hochburgen der Arbeiterbewegung am stärksten. Allein in Dresden streiken so viele Arbeiter wie in Berlin. Nun stoßen auch die Bauern zur Protestbewegung dazu, viele machen sich in die Städte auf, um an den Demonstrationen teil zu nehmen. Die Magdeburger Börde, Nordthüringen, die Altmark und die Umgebung von Cottbus bilden die Zentren der Bauernproteste. In Mühlhausen versammeln sich allein 2000 Bauern zu einem Protestmarsch – ausgerechnet in der Stadt des spätmittelalterlichen »Revolutionsführers« Thomas Münzer, auf den die SED sich gern beruft. Der Protest, obwohl weder zentral gesteuert noch abgesprochen, läuft überall nach ähnlichen Mustern ab. SED-Symbole wie Plakate oder Fahnen werden zerrissen, verbrannt, zerstört. Manche SED- oder FDJ-Funktionäre verbrennen unter dem Jubel der Menschen ihre Parteibücher und Mitgliedsausweise. Vereinzelt tauchen noch Agitationswagen der SED auf – die Fahrzeuge werden gekapert, umgeworfen, angezündet. In Berlin brennt ein HO-Kaufhaus am Lennédreieck ab. Der Protest wird schärfer und nimmt gewalttätige Züge an. SED-Zentralen werden gestürmt, Gebäude der verhassten Staatssicherheit erobert, Stationen der Volkspolizei besetzt. Wachen oder bewaffnete Posten werden gegebenenfalls überwältigt. Vereinzelt kommt es zu Rangeleien, in Ausnahmefällen werden SED-Kader, Stasi-Offiziere, Justizbeamte und Volkspolizisten auch misshandelt. Auch Todesfälle sind zu beklagen. Beim Sturm des Gefängnisses in Magdeburg werden in einer Schießerei drei Wächter getötet.

Die SED ist nicht mehr Herrin der Lage. Das Politbüro weiß nicht genau, was im Lande geschieht. Ulbricht verbringt den Tag in der Obhut der sowjetischen Brüder. Für die Kommunisten ist die Lage trostlos: In Jena flüchtet eine Gruppe Parteibonzen mit ihren Familien in einen nahe gelegenen Wald. Die kasernierte Volkspolizei kommt nicht zum Einsatz, denn die SED-Führung traut ihrer eigenen Truppe nicht. Die Lage scheint völlig außer Kontrolle zu geraten. Längst ist nicht mehr nur vom Generalstreik die Rede, sondern auch vom Sturz des sozialistischen Regimes. »Der Spitzbart muss weg!«, hallt es überall durch die Straßen – gemeint ist Ulbricht.

Was wollen die Aufständischen? Die Forderungen in den verschiedenen Orten ähneln sich, obwohl sie nicht zentral aufgestellt worden sind. Die Arbeiter eines Betriebes in Roßwein im Bezirk Leipzig schreiben sie nach Diskussionen am Morgen des 18. Juni auf und gliedern sie sogar:

– politische Forderungen
 Freie Wahl für Gesamtdeutschland
 Abzug der Besatzungsmächte
 Rücktritt der unfähigen Regierungsmitglieder
 Aufhebung des Ausnahmezustands
 Freilassung der Verhafteten in Berlin
 Bestrafung derjenigen, die etwas verbockt haben
 Abschaffung des Kulturdirektors
 Abschaffung der hohen Gehälter der VP *(Volkspolizei)*
 Freie Demokratie für diejenigen Personen, die bei der jetzigen Aktion zur Bestrafung vorgesehen sind.

– wirtschaftliche Forderungen
 40 %ige Senkung der HO-*Preise*
 Normensenkung allgemein
 Entlassung des Arbeitsdirektors Lange
 Urlaubszwischenstufe für Gesenkbau-Schmiede
 Allgemeine Erhöhung der Renten
 Haushaltstag für ledige Frauen, die einen Haushalt besitzen

Überprüfung des Verwaltungspersonals
...
Abschaffung der Lebensmittelkarten und allgemeine Preissenkung
Erhöhung des Wohnungsbaus für 1954
Abschaffung der Kulturprämien.

Die Liste kann man mit ihrer Mischung und Grundausrichtung als typischen Forderungskatalog jener Tage im Juni bezeichnen. Allgemeine politische Ansprüche wie freie Wahlen gingen mit konkreten Forderungen wie der Absetzung des Arbeitsdirektors Hand in Hand.

Je länger der Aufstand dauerte, desto politischer wurde er. Ob diese Tatsache den Anstoß zum Eingreifen der Roten Armee gab, kann man nur vermuten. Die SED war in den Stunden des Aufstandes jedenfalls auf ihr reales politisches Maß in Ostdeutschland zurückgestutzt worden. Sie konnte die Entwicklung nicht stoppen, weil die Einheitspartei ein aufgeblähter Popanz war. Die Sowjets erkannten das – und schickten ihre Panzer auf die Straße. In vielen Städten wurde gegen Mittag Kriegsrecht verhängt. Das bedeutete: Jeder sollte nach Hause zurückkehren. Wenn sich die Demonstrationszüge nicht auflösten, so die Russen, würde scharf geschossen werden. In Berlin und vielen anderen Städten flogen nun Steine auf sowjetische Panzer. Der Aufstand brach unter den Kugeln der Roten Armee zusammen. Die Präsenz der Sowjetsoldaten war übermächtig: Über 500.000 Mann waren auf dem Gebiet der DDR stationiert. Allein in Berlin kamen 600 T-34 Panzer zum Einsatz. Das Erscheinen dieser stählernen Ungeheuer sorgte für Schrecken. Doch obwohl Schüsse fielen, versammelten sich die Menschen anfangs immer wieder. Am späten Nachmittag aber meldete der Oberbefehlshaber der sowjetischen Besatzungstruppen in der DDR, Andrej Gretschko, nach Moskau: »Die Panzer und Schützenpanzerwagen beenden die Zerstreuung der Demonstranten. Die Mitglieder der DDR-Regierung wurden aus den gefährlichen Gebieten evakuiert.« Lenins Grundsatzfrage »Wer wen?« kann man, auf die wahren

Machtverhältnisse in der DDR angewandt, wohl nicht besser illustrieren als mit Gretschkos Meldung. Wie viele Tote es unter den Aufständischen gab, ist bis heute nicht zweifelsfrei geklärt. Manche Forscher gehen von 50 Gefallenen aus, andere von mindestens 125 Toten. Genau weiß man allerdings, dass die jüngsten Opfer noch Teenager waren – erschossen von Ost-Berliner Volkspolizisten.

Werner Sendsitzky zum Beispiel will am Nachmittag des 17. Juni eigentlich schnell nach Hause, denn heute ist sein sechzehnter Geburtstag. Daheim, in der Müllerstraße 33 im Arbeiterbezirk Wedding, warten in der Zwei-Zimmer-Wohnung seine Großmutter, zwei Tanten und vier seiner sechs Geschwister. Werner hat noch keine Freundin. Seine Ausbildung zum Tischler sollte im Herbst beginnen. Am Vormittag war Werner mit den rund 20.000 Hennigsdorfer Stahlarbeitern mitgelaufen, die durch die Müllerstraße Richtung Sowjetsektor marschierten. Die Sonne schien, die Demonstranten waren gut gelaunt, West-Berliner versorgten sie mit Getränken. Um 13 Uhr aber hat der russische Stadtkommandant den Ausnahmezustand über den sowjetischen Sektor verhängt. Nun versucht die Volkspolizei, die Grenzen dichtzumachen. Um einen besseren Überblick über die Geschehnisse zu bekommen, klettert Werner auf das Flachdach einer Schrottplatzbaracke, an der Chaussee-Ecke Liesenstraße, direkt an der Grenze zwischen französischem und sowjetischem Sektor. Das scheint ein sicherer Platz, obwohl am frühen Nachmittag russische Panzer mit Karacho gut 150 Meter ins Gebiet der Franzosen hineingefahren sind. Die jungen Rotarmisten, zum ersten Mal in Berlin, kennen sich eben nicht aus in der geteilten Stadt, und es gibt ja noch keine Mauer. Einen besseren Platz als das ebene, trittsichere Teerpappendach der »Rohproduktenhandlung« kann Werner nicht finden. Sie sind ein Dutzend Jungs, und Werner steht ziemlich weit vorn.

Unter ihm tobt der Aufstand. Die Hennigsdorfer Arbeiter, wieder auf dem Rückmarsch, skandierten Parolen gegen die SED. Weiter hinten, in Ost-Berlin, hört man die Motoren der Panzer und das Rasseln ihrer Ketten. Ein Lautsprecherwagen der DDR erinnert an den Ausnahmezustand. Die Mannschaften der Volkspolizei rücken der Grenze immer näher. Hinter ihnen sind Greiftrupps an der Arbeit. Steine fliegen. Die West-Berliner Polizei sperrt vorsichtshalber die Liesenstraße, denn die läuft parallel zur Grenze. Die französische Besatzungsmacht lässt sich nicht blicken. Werner hat keine Steine in den Ostsektor geschmissen, an seinem Platz, auf dem Dach der Baracke, gab es ja gar keine. Gegen 18 Uhr ziehen die Volkspolizisten ihre Pistolen. Sie feuern erst in die Luft, dann gezielt auf Fliehende, die den Westsektor erreichen wollen. Warum ein Polizist den jungen Zuschauer vom Dach herunterschießt, wird nie ermittelt werden, auch nicht, wer es war. Werner fällt vornüber auf die Liesenstraße. Er ist nicht mehr bei Bewusstsein. Zwei West-Polizisten setzen den Sterbenden auf den Rücksitz ihres Funkwagens vom Typ VW-Käfer. Bis zum Lazaruskrankenhaus in der Bernauer Straße, auch direkt an der Sektorengrenze, sind es nur 800 Meter. Als er drei Minuten später in der Ambulanz einem Chirurgen auf die Trage gelegt wird, ist Werner Sendsitzky schon tot. Die Kugel gibt es noch.

In der Ambulanz des Lazaruskrankenhauses drängen sich die Verletzten. Zehn Minuten nach Werner wird Rudi Schwander, 14 Jahre alt, eingeliefert. Er blutet aus einer Kopfschusswunde, lebt noch, ist aber ohne Bewusstsein. Rudi Schwander ist das jüngste Opfer der Revolte, ein Volksschüler, einziger Sohn eines Feinbäckermeisters aus dem Osten. Die Familie wohnt in Berlin-Mitte, Anklamer Straße 26, bis zur Sektorengrenze an der Bernauer Straße sind es nur 300 Meter.

Im Osten, vor der Feinbäckerei des Vaters, steht auf dem Arkonaplatz ein Luftschutzbunker aus dem Zweiten Weltkrieg. Um die Ecke ging der Junge zur Schule, in einem wilhelminischen Gemäuer, wo heute noch Kinder fürs Leben lernen – allerdings kein Wort über Rudi Schwander. Jeden Nachmittag zogen die jungen Ost-Berliner damals Richtung Sektorengrenze. Auf der anderen Seite lagen die schönen alten Kinos »Fox«, »Atlantic«, »Vineta« und eines, das merkwürdigerweise »Essig« hieß. Man spielte die im Osten verbotenen Wildwest- und Räuberfilme; Eintritt 25 Pfennig (West).

In den Aufruhr des 17. Juni ist Rudi hineingeraten wie in die ungefährlichen Abenteuer seiner Kinderzeit. Die Sektorengrenze, wo die Erwachsenen eine unsichtbare, gefährliche Linie gezogen hatten, war sein Spielplatz. Ein Zentrum der Unruhen war die Brunnenstraße, die vom Osten in den französischen Westsektor führte und dabei die Bernauer Straße kreuzte. Hier wohnten Tausende von Menschen, zumeist Arbeiter der Großbetriebe. Berlin war in den 50er Jahren immer noch die größte Industriestadt Deutschlands. Die Wut der Werktätigen entlud sich genau wie an Werner Sendsitzkys Sterbeort in Sprechchören, Geschrei und Steinwürfen. Geplündert wurde nicht. »Schmeißt die Pistolen weg!«, riefen die Demonstranten den Vopos zu. Es waren 12 bis 15 Mann unter dem Kommando eines Offiziers. Diese offene Postenkette trieb die Aufständischen vor sich her. Rudi gehörte zu ihnen, er war auf der Flucht. Die Pistolenkugel traf ihn von hinten. Kameraden schleppten den Sterbenden die letzten Meter bis in den Westsektor. Es regnete.

Sechs Tage später bekamen Werner und Rudi ein Staatsbegräbnis. Ihre Särge standen, mit denen von fünf anderen Opfern, vor dem schwarz verhangenen Schöneberger Rathaus. West-Berlin hatte halbmast geflaggt, vom Rathausturm läutete die Freiheitsglocke. Es sprachen Bundeskanzler Konrad Adenauer, der Regierende Bürgermeister Ernst Reuter und andere. Man spielte den Trauermarsch von Frédéric Chopin und dann das Lied vom guten Kameraden. Entlang der Strecke zum Friedhof im Wedding bildeten damals mehrere hunderttausend Menschen für Rudi Schwander, Werner Sendsitzky und die anderen ein Ehrenspalier. Polizei und Feuerwehr salutierten. »Die Toten«, sagte Adenauer, »sind Märtyrer der Freiheit. Sie haben Zeugnis dafür abgelegt, dass die Deutschen keine Versklavung mehr ertragen können.« Sie werden, versprechen Kanzler, Bürgermeister und die Pfarrer, allen unvergesslich bleiben. Seither liegen die beiden jüngsten Opfer des Volksaufstandes nebeneinander in einem »Ehrengrab«, das inzwischen ziemlich heruntergekommen wirkt. Nirgendwo anders wird der beiden gedacht. Keine Straße oder Schule trägt ihren Namen. Kein Buch wurde über sie geschrieben, kein Film gedreht. Werner Sendsitzky und Rudi Schwander waren eben nur zwei arme Berliner Jungen aus sehr kleinen Verhältnissen. Der Berliner Senat hat im April 2003 auf ihrem Grab immerhin ein paar Blümchen pflanzen lassen – Stiefmütterchen.

Zu den großen Legenden des 17. Juni gehört dagegen, mehrere sowjetische Soldaten und Offiziere hätten sich heldenhaft geweigert, auf Demonstranten zu schießen. Daraufhin seien sie selbst standrechtlich erschossen worden. Noch im Sommer 2003 legte der Berliner Bürgermeister Kränze vor einem Denkmal ab, das diesen Soldaten zu Ehren in Zehlendorf, damaligem amerikanischen Sektor, errichtet worden war. Im Gegensatz zu Werner Sendsitzky und Rudi Schwander hat es diese Helden aber nie gegeben. Sie sind das Produkt kalkulierter Desinformation russischer und ukrainischer Exilanten, die damals unter amerikanischem Patronat im Kalten Krieg agierten. Die echten Berliner Jungs und die falschen Offiziere sind nur zwei Beispiele unzähliger Verdrehungen, Verzerrungen und Fehlinterpretationen um einen Tag, an dem viele ostdeutsche Arbeiter, einige tausend Bauern und leider sehr wenige Intellektuelle aufgestanden sind, um erst die Normen, dann den Spitzbart loszuwerden.

Denn kaum war der Aufstand erstickt, begann ein neuer Kampf – und der ist offenbar immer noch nicht ganz zu Ende. Die Machtfrage in der DDR war am 17. Juni mit Kugeln und Panzern entschieden worden. Die Frage am Tag danach lautete in Bonn und Ost-Berlin gleichermaßen: Wer gewinnt die Deutungshoheit über die Ereignisse? In der DDR wurde der spontane, ohne zentrale Leitung und manchmal sehr planlos verlaufene Aufstand zu einem faschistischen Putschversuch umgelogen. Die SED stand vor einer politischen Katastrophe: Das Proletariat hatte sich gegen sie gewandt. Um diese peinliche Tatsache zu kaschieren, griffen die Genossen tief in die ideologische Trickkiste. Wenn man den 17. Juni als faschistisch-konterrevolutionären Angriff des westdeutschen Monopolkapitals und alter Nazis darstellte, dann wäre seine Niederschlagung im Sinne des Antifaschismus moralisch und politisch geboten gewesen. So wurde es dann auch gemacht.

Eine wichtige Figur in dieser Umdeutungskampagne war Erna Dorn aus Halle. Sie war, neben anderen, am 17. Juni aus dem Gefängnis befreit worden. Erna Dorn war eine verwirrte Frau, deren Identität nicht zweifelsfrei feststand und die möglicherweise eher in psychiatrische Behandlung als in ein Zuchthaus gehört hätte. Am 22. Juni – also fünf Tage nach dem Aufstand – wurde sie vom Bezirksgericht Halle zum Tode verurteilt. Vorher hatte sie behauptet, mit westdeutschen Agenten den »Tag X« von langer Hand geplant zu haben. In Haft sei sie wegen Verbrechen gegen die Menschlichkeit genommen worden, weil sie den Nazis als Aufseherin im Frauen-KZ Ravensbrück gedient habe. Warum sich Erna Dorn dieser Verbrechen bezichtigte, weiß man bis heute nicht. Aus ihren Stasi-Akten geht hervor, dass sie sich selbst und andere immer wieder belastete und deshalb mehrfach in Haft genommen wurde. Beweise für die sie selbst belastenden Aussagen fand die Staatssicherheit nicht. Eine Aufseherin ihres Namens hat es in Ravensbrück nicht gegeben. Auch ihre vermeintliche Zugehörigkeit zu einem westlichen Agentennetz entpuppte sich als Spinnerei. Wer Erna Dorn wirklich war, wusste sie selbst nicht so genau. »Verlass schien nur auf das Geltungsbedürfnis der kleinwüchsigen Frau«, urteilte die Hamburger ›Zeit‹ 50 Jahre später.

Der SED passte dieses Ungeheuer, das von sich behauptete, in Ravensbrück etwa 90 Menschen ermordet zu haben, freilich gut ins Bild: Eine alte Nazisse, die von Konterrevolutionären aus dem Zuchthaus befreit wird, um gegen das antifaschistische Deutschland loszuschlagen. Stephan Hermlin, der bereits das Drehbuch zu dem später kassierten Ulbricht-Propagandafilm geschrieben hatte, spann sich kurze Zeit später eine Novelle über ›Die Kommandeuse‹ zurecht und machte seinem Namen als talentierter Lohnschreiber der SED damit alle Ehre. Mit seiner Hauptfigur Hedwig Weber war Erna Dorn gemeint. Die Gruselgeschichte half der Partei ungemein bei ihrer Umdeutungsstrategie. Aus dem Arbeiteraufstand wurde so in der Lesart der SED ein faschistischer Putschversuch.

Natürlich saßen in den DDR-Gefängnissen in jener Zeit auch alte Nazis, die Verbrechen begangen hatten. Während der Wirren am 17. Juni mag der eine oder andere sogar von den Antikommunisten befreit worden sein. Am freiheitlichen Charakter des Aufstands ändert das letztlich nichts. Doch das böse Märchen von der Konterrevolution der alten Nazis wurde nun nicht mehr nur von überzeugten SEDlern erzählt. Auch unabhängige Linke, später auch Liberale, machten es sich zu Eigen. Als der DDR-Liedermacher Wolf Biermann, der im Osten wegen seiner Kritik am Regime seit 1965 Auftrittsverbot hatte, am 13. November 1976 sein erstes, wohl legendärstes Konzert im Westen in der Kölner Stadthalle gab, wies er über die Lautsprecheranlage einen Zwischenrufer zurecht, der dem Aufstand etwas Positives abgewinnen wollte. Der 17. Juni sei »halb revolutionärer Arbeiteraufstand, halb ein faschistischer Putsch« gewesen. Deswegen habe er, Biermann, die russischen Panzer mit Tränen in den Augen begrüßt. So sprach der Dichter, die Debatte war beendet, es toste donnernder Applaus. Tatsächlich hat Biermann vom Aufstand nichts mitbekommen. Den Tag verbrachte er in Gadebusch bei Schwerin im Internat – vier Monate zuvor war er, die Gitarre im Gepäck, freiwillig von Hamburg in die DDR eingewandert. Sein späterer Freund, der Kommunist und Antifaschist Robert Havemann, der in den späten 60er Jahren als entschiedener Gegner der SED-Bonzen unter Hausarrest gestellt wurde, begrüßte die russischen Panzer in Berlin mit geballter Faust. Wie war es möglich, dass linke Intellektuelle wie Bert Brecht oder Havemann die Aufständischen so verachteten? Biermann erläutert das in einem ZDF-Interview im Juni 2003 folgendermaßen: »Ein ganz wesentlicher Punkt war, dass diese berühmten, hoch gebildeten Antifaschisten, die entweder von innen aus dem Gefängnis oder von außen aus dem Exil kamen, den deutschen Arbeitern überhaupt nichts zutrauten. Die stanken doch nach Faschismus, hatten doch zwölf Jahre die Verbrechen Hitlers gemacht und bis fünf Minuten nach zwölf

›Heil Hitler‹ geschrien. Hitler hat weder mit dem Spaten alleine die Autobahnen gebaut, noch hat er ohne diese Leute den Krieg und die Massenmorde an Juden, Zigeunern und Andersdenkenden verübt. Das heißt, die so genannten einfachen Leute, die Arbeiter hatten bei Brecht und Havemann plötzlich sehr schlechte Karten. Die gönnten denen einfach nicht, dass die eine Revolution machten. Das konnte doch gar nicht sein, das waren doch diese Nazis.«

Die Tatsache, dass Biermann nie eine Hymne auf die Arbeiter des 17. Juni geschrieben hat, lag seiner eigenen Ansicht nach »hundertprozentig nicht an der Feigheit, sondern an der echten Dummheit«. So wie er haben sich nur wenige Intellektuelle ihren eigenen Irrtümern gestellt. Doch spätestens mit seinem Auftritt war der 17. Juni im Westen zumindest innerhalb der Gewerkschaftsszene und der undogmatischen Linken – die viel wichtiger war als die DKP – politisch erledigt. Biermanns Einfluss war größer, als er wohl selber dachte, das Wort dieses integren Dissidenten galt etwas. Drei Tage später wurde der gebürtige Hamburger, der unbedingt zurück in die DDR wollte, von Erich Honecker ausgebürgert, ein staatsrechtlicher Vorgang, den zuletzt die Nazis in Deutschland angewandt hatten. Zugunsten Stephan Hermlins muss übrigens erwähnt werden, dass er mit anderen Künstlern nach diesem Willkürakt der SED eine Protestresolution gegen den Rauswurf Biermanns verfasste, die dann von vielen ostdeutschen Künstlern und Intellektuellen unterschrieben worden ist. Der Rauswurf Biermanns und die Resolution vom Herbst 1976 sollten letztendlich der Anfang vom Ende der DDR werden.

Der 17. Juni 1953 wurde am 4. August 1953 vom deutschen Bundestag in Bonn zum »Tag der deutschen Einheit« erklärt. Mit der Zeit verkam er zum hohlen Ritual. Für Adenauer war der Aufstand ohnehin ein Hemmnis seiner Westintegrationspolitik gewesen. Ob der 17. Juni in seiner politischen Substanz wirklich zuallererst ein Aufschrei nach deutscher Einheit gewesen ist, muss man wohl bezweifeln. Wie 36 Jahre später, im Herbst 1989, standen zunächst die Forderungen nach materiellen Verbesserungen, auch nach Demokratie und Menschenrechten im Zentrum des Protestes. Aber es ist gut möglich, dass die Forderung nach gesamtdeutschen Wahlen und dem Zusammenschluss mit dem West-Staat – wie 1989 auch – an Bedeutung gewonnen hätte, wenn die Revolte nicht niedergewalzt worden wäre.

Handelte es sich am 17. Juni 1953 nun um einen Arbeiter- oder einen Volksaufstand? Der Kern des Protestes lag in den industriellen Zentren. Gleichwohl genoss der Aufstand im ganzen Volk große Sympathie. Wie 1989 wären – ohne Panzer – aus der halben Million am 17. Juni in den darauf folgenden Tagen wohl viele Millionen Protestierende geworden. In seiner historischen Einordnung steht der 17. Juni auch deshalb wohl näher bei den ebenfalls tragischen Revolutionsversuchen in Ungarn 1956 und der Tschechoslowakei im Jahre 1968 als bei der bürgerlichen Revolution der Deutschen von 1848, zu deren spätem Nachfahren manche Beobachter den Sommeraufstand im Osten gemacht haben.

Was bleibt? Am 17. Juni 1953, acht Jahre nach dem Zusammenbruch des Hitler-Regimes und der Befreiung vom Nationalsozialismus, waren ostdeutsche Aufständische für ihre Grundrechte auf die Straßen gegangen. Diese DDR-weite volkseigene Übung für mehr Demokratie bleibt der in der deutschen Geschichte bislang mutigste Versuch, Despotie und Gewaltherrschaft abzuschütteln. Auch die Herbstrevolte von 1989, obwohl im Ergebnis ungleich erfolgreicher, landet bei diesem Wettbewerb nur auf dem zweiten Platz. Die Westdeutschen aber, die Meinungsfreiheit und parlamentarische Volksherrschaft von den Westmächten geschenkt bekommen und nicht etwa erkämpft hatten, konnten in beiden Fällen nur staunend zusehen.

Es ist ein Treppenwitz der Geschichte, dass die Courage der Protagonisten des 17. Juni ausgerechnet den Mann gerettet hat, den sowohl die Sowjets wie die Ostdeutschen in diesen Tagen schnellstens loswerden wollten. Anfang Juli, nach Wochen des Zitterns und Lavierens im Politbüro, wurde Ulbricht klar, dass ihn Moskau in der momentanen Lage nicht mehr abservieren konnte. Eine Auswechslung an der Spitze der DDR hätte man als Schwäche, als Nachgeben interpretiert. Also blieb Ulbricht im Amt – und rächte sich bitter an seinen Kontrahenten. Die Partei wurde umgepflügt wie ein verkommener Acker. Nachdem man in den ersten Jahren der DDR schon die ehemaligen Sozialdemokraten in der SED kaltgestellt oder sogar rausgeschmissen hatte, knöpfte sich Ulbricht nun vor allem angeblich unsichere Kantonisten mit KPD-Geschichte vor. Aus den SED-Bezirksleitungen wurden bis 1954 über 60 Prozent der Mitglieder entfernt, die Hälfte aller Ersten Sekretäre mussten ihre Schreibtische räumen. Mehr als 70 Prozent der Gewerkschaftskader wurden ausgewechselt. Keiner von Ulbrichts Gegenspielern im Politbüro, die vor dem 17. Juni gewagt hatten, genau wie die Russen seine radikale Politik zu kritisieren, hat die 50er Jahre politisch überlebt. Manche Spitzenfunktionäre landeten im Gefängnis, einen unliebsamen asthmakranken Genossen entfernte Ulbricht aus der Partei und »verurteilte« ihn zu lebenslangem Wohnen in einer Chemieindustriezone. Er ging ein paar Jahre später an der schlechten Luft zugrunde. Berija, Ulbrichts mächtigster Feind, verschwand ebenfalls von der Bühne: Nikita Chruschtschow, der Nachfolger Stalins an der Spitze der Sowjetunion, ließ ihn erschießen. Nun hatte Ulbricht freie Bahn.

Manche Leute haben eine Eisenbahnlandschaft im Keller, mit Bergen, Tälern, Dörfern und Städten, mit Bahnübergängen, Gleisanlagen und Dampflokomotiven. Walter Ulbricht brauchte keine HO-Spur. Er hatte jetzt die DDR, mit SED und FDJ, mit bunten Fähnchen und Winkelementen, mit einem immer größer werdenden Ministerium für Staatssicherheit, bald auch mit einer eigenen Armee und einer kasernierten Polizei. Das Volk gab es gratis dazu, und wenn der große Lümmel nach Westen wollte, rannte er in stacheldrahtbewehrte Sperranlagen mit Holztürmchen und Hundelaufanlagen. Das einzige, was Walters Welt störte, war die offene Stadt Berlin und die Kirchtürme, die überall stolz in den Himmel ragten. Aber dazu würde Ulbricht im Hobbykeller des Poststalinismus bald auch noch etwas einfallen.

Kapitel 3

Ein Saarländer hat Heimweh – und mauert sich dann in Berlin ein — Warum der stärkste Mann der Welt von Bayern nach Thüringen flüchtet — Die Intellektuellen und »der bessere deutsche Staat« — Willy Brandt, Superstar — Kain und Abel in der westdeutschen Fremde: Ein junger Mann aus Luckenwalde legt sich mit der SED an – und will die Mauer einreißen — Sein Mörder kommt aus dem Erzgebirge – und bringt sich um — Neunzehnhundertachtundsechzig: Träume und Albträume

Mehr als zweieinhalb Millionen Menschen verließen zwischen 1950 und 1961 den ostdeutschen Staat. In der Bundesrepublik lebten 1950 etwa 50 Millionen Menschen, in der DDR über 18 Millionen. Zehn Jahre später war Westdeutschland um fast zehn Millionen Neubürger gewachsen, im Osten lebten dagegen über eine Million Menschen weniger. Diese Entwicklung setzte sich fort. Trotz höherer Geburtenraten vor allem in den 80er Jahren schrumpfte die DDR weiter, während die Bevölkerungsdichte in der Bundesrepublik stetig zunahm. Als die DDR zusammenbrach, lebten noch knapp 16 Millionen auf ihrem Territorium, die BRD war – auch wegen des starken Zustroms und hoher Geburtenraten von Ausländern – auf fast 64 Millionen Menschen angewachsen.

Die Fluchtbewegung stellte die Führung der DDR vor erhebliche Probleme. Bis in die 80er Jahre hinein musste sie einen prozentual höheren Anteil von Rentnern finanzieren – junge Leute verließen den Osten schneller als alte. Das Problem hat sich nach der Wiedervereinigung sogar noch verstärkt. Inzwischen droht ganzen Landstrichen – in Mecklenburg, im Erzgebirge und Teilen Brandenburgs – eine regelrechte Entvölkerung. Damals gerieten ganze Berufssparten ins Wanken. Von

1954 bis 1961 war allein ein Fünftel der Ärzteschaft der DDR in den Westen verschwunden, ein Fluchtreflex, der sich nach 1990 übrigens keineswegs beruhigte. Die sozialistische Wirtschaft geriet wegen des anhaltenden Abzugs von hoch qualifizierten Arbeitskräften zunehmend in Schwierigkeiten. Die Flucht diente zwar auch als Ventil für das kritische Potenzial im Staat, denn nach der Niederschlagung des Aufstands vom 17. Juni und der exzessiven Verfolgung kirchlicher Gruppen schien der Opposition in der DDR das Rückgrat gebrochen und eine Veränderung der gesellschaftlichen Verhältnisse innerhalb der DDR nicht möglich. Weil nun aber auch immer mehr in der DDR ausgebildete Hochschulabsolventen dem Arbeiter- und Bauernstaat den Rücken kehrten und damit Menschen die DDR verließen, die Ulbricht beim Aufbau des Sozialismus fest in seiner Planwirtschaft verbucht hatte, kam das Regime ins Trudeln.

Seit 1958 favorisierte die SED angesichts des massenhaften Abgangs eine Lösung, die unter dem Stichwort »Operation Chinesische Mauer« die komplette Abriegelung West-Berlins vorsah. Etwa drei Viertel aller »Republikflüchtlinge« kamen der DDR über Berlin abhanden. Ulbricht wollte aber nun endlich sein Lebenswerk vollenden und sich beim Aufbau des Sozialismus auf deutschem Boden nicht ständig vom Klassenfeind ins Handwerk pfuschen lassen. Nachdem auch Chruschtschows Versuche, gegenüber dem Westen einen Anspruch auf das ganze Berlin durchzusetzen, gescheitert waren, musste der SED-General die Existenz des kapitalistischen Makels West-Berlin im Herzen der DDR akzeptieren. Das war Ulbricht zuwider, denn die Halbstadt galt ihm als »Tummelplatz der Kriegstreiber und Kriegsinteressierten ... Paradies der Menschenhändler, Spione, Diversanten ... Eiterbeule, die junge Menschen systematisch durch Filme verseucht, die Mord und andere Schwerverbrechen lehren«. Er hatte ehrgeizige Pläne. Bis 1961 sollte die DDR die Bundesrepublik »erreichen und übertreffen«. In wenigen Jahren »werden wir in Deutschland die Überlegenheit der sozialistischen Gesellschaftsordnung über die imperialistische Herrschaft in Westdeutschland beweisen«, hatte der Sachse auf dem V. Parteitag der SED im Juli 1958 versprochen. Um den Eintritt in diese neue Epoche sozialistischer Geschichte zu erreichen, sollte – wie schon vor dem 17. Juni 1953 – abermals die Arbeitsproduktivität der Werktätigen nach oben geschraubt werden. Sozialistisches Wirtschaftswachstum wurde allerorts propagiert. Doch während sich im Westen das Wirtschaftswunder auch in den Lohntüten der Beschäftigten widerspiegelte, mussten sich die Malocher im Osten meist mit Gesten zufrieden geben. Wer sich in den Betrieben als Planerfüller hervortat, bekam von Funktionären einen Aktivist-Orden an die Brust geheftet und wurde in der Parteipresse erwähnt – viel mehr war zunächst nicht drin.

Rhetorik und Propaganda machten aber niemanden satt. Ulbricht glaubte fest daran, dass der Sozialismus das dem Kapitalismus überlegene System sei. Die materiellen Tatsachen in den Kaufhäusern sprachen zwar dagegen, doch davon ließ sich ein Materialist wie Ulbricht nicht aus der Fassung bringen. Der Sozialismus *musste* siegen. Warum? Ganz einfach. Der Sozialismus war nach Ansicht der Marxisten und Leninisten nicht nur eine bloße Gesellschaftsordnung wie etwa Feudalismus oder Kapitalismus. Der Sozialismus war vor allem eine durch Marx, Engels und Lenin entwickelte *Wissenschaft*. Dummerweise betrachteten Stalinisten wie Ulbricht das revolutionäre Subjekt – das Proletariat – vor allem als Laborkaninchen in einem groß angelegten Freilandversuch. Am Ende dieses schmerzlichen Prozesses aber, daran glaubten die alten Kämpen der Weimarer KPD, würde die Befreiung des Menschen stehen.

Dieses Ziel hatte eine solche Strahlkraft, dass selbst nichtkommunistische Intellektuelle schon einmal ein Auge zudrückten, wenn auf dem Weg zur Befreiung der Menschheit ein paar Millionen Personen dran glauben mussten, weil sie entweder der falschen Klasse oder der falschen Partei angehörten – oder einfach nicht begreifen wollten, dass die gegen sie eingesetzten Zwangsmaßnahmen nur zu ihrer Beglückung zum Einsatz kamen. Denn eines war nach Ansicht der Marxisten klar: Entweder die Menschheit machte sich auf den Weg zum Kommunismus – oder sie war verloren, würde untergehen in kapitalistischer Barbarei. So ähnlich stand es jedenfalls bei Marx und Lenin, und deren Wort galt in den kommunistischen Parteien so viel wie das der Evangelisten in der Kirche.

Die Vorstellung, den Kapitalismus auf wissenschaftlicher Grundlage planmäßig einzuholen, wurde bei Ulbricht regelrecht zur fixen Idee. Der Sachse entwickelte sich in den 60er Jahren zum glühenden Anhänger der Kybernetik, einer in den 40ern entwickelten neuen Wissenschaftsdisziplin. Als Kybernetik, das sich vom altgriechischen »kybernetiké téchne« ableitet und »Steuermannskunst« bedeutet und im Kirchenlatein auch mit »Leitung des Kirchenamtes« übersetzt werden kann, bezeichnet man die Wissenschaft von der Struktur komplexer Systeme. In der Biologie und Medizin war die Kybernetik eine Zeit lang schwer in Mode, als alchemistisches Zaubermittel des realen Sozialismus taugte sie nicht viel. Die DDR als komplexes System ließ sich vom Kirchenamt des SED-Generalsekretärs mithilfe der Kybernetik genauso wenig regeln wie ohne diese »Steuermannskunst«. Als die DDR im Jahre 1989 völlig überschuldet in ihren Konkursherbst ging, saßen in der zentralen Planungskommission Ost-Berlins rund 50.000 Genossinnen und Genossen, die den materiellen Bedarf der Bevölkerung ermitteln sollten, vom Autolenkrad bis zum Zahnputzbecher; ein bürokratischer Wahnsinn, der nie funktionierte und die Wirtschaft der DDR abwürgte, bevor sie anspringen konnte.

Je näher das Jahr 1961 rückte – der Zeitpunkt, an dem Ulbricht die BRD wirtschaftlich überholen wollte –, desto klarer wurde, dass die DDR den deutschen Staat westlich der Elbe nicht einmal einholen, geschweige denn überholen konnte. Die soziale Marktwirtschaft war der von Bürokraten gelenkten Planwirtschaft überlegen. Die Russen hatten am 12. April 1961 den ersten Menschen in den Weltraum geschickt. In den USA wurde der Name Juri Gagarin zum Synonym für Schmach und Schande, so wie 13 Jahre später der von Jürgen Sparwasser, der für die DDR bei der Weltmeisterschaft 1974 das 1:0 gegen die BRD machte. Als der sowjetische Kosmonaut in seiner Raumkapsel, die auf den programmatischen Namen »Wostok« (»Osten«) getauft worden war, als Erster um die Erde raste, erlitt der Westen tatsächlich einen Schock. Die USA konterten und schossen einen Monat später Alan Shepard als ersten Amerikaner ins All. Präsident John F. Kennedy gab wenig später in einer Rede vor dem Kongress den Startschuss für den Wettlauf zum Mond, den die USA 1969 gewannen.

Doch auch die DDR profitierte zunächst von dem sozialistischen Etappensieg in der Raumfahrt und benannte eifrig Plätze und Straßen nach dem Helden des Weltalls, der übrigens 1968 beim Testflug eines MiG-15 Kampfjets ums Leben kam. Doch trotz alledem ging es den Menschen im Westen besser als denen im Osten. Sie fuhren nicht nur die schnelleren Autos, trugen die eleganteren Anzüge und stellten sich Fernseher ins Wohnzimmer. Vor allem lebten sie länger. Die Lebensqualität im angeblich so menschenfeindlichen, imperialistischen Westdeutschland war besser als in der DDR. Seit der Wiedervereinigung stieg die durchschnittliche Lebenserwartung der Ostdeutschen durchschnittlich um sieben Jahre an – trotz Arbeitslosigkeit, Hartz IV und alledem.

Dass eine Mauer durch Berlin gezogen werden sollte, sprach sich in der DDR früh herum. Die Zahl der Flüchtlinge stieg und stieg. Auch meine Mutter entschloss sich im Sommer 1960, über West-Berlin in die Bundesrepublik zu verschwinden. Sie nahm ein Studium in Göttingen auf und lernte dort meinen Vater kennen, der ebenfalls gerade erst aus Mecklenburg nach Niedersachsen geflüchtet war. Zurück blieben Eltern, Geschwister, Cousins, Freunde – und die Vorstellung, dass man dort, wo man aufgewachsen war, auch in Frieden leben und arbeiten könnte.

In einem Brief an Nikita Chruschtschow bekennt Ulbricht im Januar 1961 in seltener Offenheit die ganze Misere der DDR. »Der konjunkturelle Aufschwung in Westdeutschland, der für jeden Bewohner der DDR sichtbar war, ist der Hauptgrund dafür, dass im Verlaufe von zehn Jahren rund zwei Millionen Menschen unsere Republik verlassen haben. In dieser Lage waren und sind wir gezwungen, um den Abstand im Lebensniveau wenigstens schrittweise zu mildern, ständig mehr für den individuellen Konsum zu verbrauchen, als unsere Wirtschaft hergab. Das ging ständig zu Lasten der Erneuerung unseres Produktionsapparates. Das kann man auf Dauer nicht fortsetzen.« Chruschtschow hatte mit der Genehmigung des Mauerbaus lange gezögert, weil er eine Intervention der USA fürchtete. Doch Ulbricht ließ nicht locker und beschwor gegenüber Moskau die Gefahr eines Zusammenbruchs der DDR oder einer »Konterrevolution«. Der Führer der Sowjetunion mochte Ulbricht nicht besonders, weil der Generalsekretär der SED die behutsame Entstalinisierungspolitik des KPdSU-Chefs erkennbar distanziert verfolgte und Moskau sogar provozierte – etwa, als er gegen den Willen Chruschtschows die Volksrepublik China mit seinem Besuch beehrte. Andererseits konnte sich die UdSSR ein Scheitern des sozialistischen Experiments auf deutschem Boden nicht leisten. Die DDR sollte eine Art Schaufensterstaat im sozialistischen Lager werden. Tatsächlich war in den 70er und 80er Jahren nirgendwo in den Nationen des Warschauer Pakts der Lebensstandard höher als in der DDR. Doch die Ostdeutschen verglichen sich zum Ärger der SED und vieler linker Intellektueller nie mit den Genossen Staatsbürgern Rumäniens, Polens, Ungarns oder Russlands, sondern mit ihren Brüdern und Schwestern im Westen. Die Fluchtbewegung ließ sich weder durch Propaganda noch durch eine Erhöhung des Lebensstandards eindämmen.

Noch am 15. Juni 1961 hatte Walter Ulbricht bei einer Pressekonferenz auf die Frage einer Journalistin der westdeutschen ›Frankfurter Rundschau‹ geantwortet: »Niemand hat die Absicht, eine Mauer zu errichten.« Zu diesem Zeitpunkt liefen die Vorbereitungen zur Errichtung des »antifaschistischen Schutzwalls«, wie die Mauer später von der SED genannt wurde, freilich schon auf Hochtouren. Mit der Abwicklung der endgültigen Spaltung Deutschlands hatte Ulbricht einen gebürtigen Saarländer beauftragt, der sich in der kommunistischen Bewegung vom Schalmeienspieler zum FDJ-Chef hochgearbeitet hatte. Erich Honecker war 1912 als Sohn eines Bergarbeiters in Neunkirchen an der Saar geboren worden und wuchs dort mit fünf Geschwistern auf. Vater und Großvater waren Sozialdemokraten, die sich nach der Bewilligung der Kriegskredite durch sozialdemokratische Reichstagsabgeordnete aber enttäuscht von der SPD abwandten. Als Jugendlicher war Erich Honecker Mitglied der kommunistischen Jugendorganisation »Jung-Spartakus-Bund« geworden und 1926 dem »Kommunistischen Jugendverband Deutschland« (KJVD) beigetreten, wo er 1929 Leiter seiner Ortsgruppe wurde. Eine Dachdeckerlehre brach er ab, stattdessen besuchte er 1930 und 1931 die internationale Lenin-Schule in Moskau. Danach wurde er Bezirksleiter des KJVD (Kommunistischer Jugendverband Deutschlands) Saargebiet. Weil das Saarland als Ergebnis des Versailler Vertrages offiziell nicht zu Deutschland gehörte, war dort noch nach 1933 eine legale kommunistische Arbeit möglich. Honecker kam deshalb 1934 ins Saargebiet zurück und nahm an der Kampagne gegen den Anschluss ans Deutsche Reich teil. Doch am 13. Januar 1935 votierten die Saarländer für den Anschluss an Deutschland – Honecker in Berlin als »Illegaler« musste fliehen und ging zunächst ins Exil nach Frankreich. Im Dezember 1935 wurde Honecker in Berlin als »Illegaler« von der Geheimen Staatspolizei verhaftet. Zehn Jahre hat er danach im Zuchthaus Brandenburg-Görden verbringen müssen.

Während der Haft hatte Honecker seine Zellengenossen mit Geschichten aus dem Saarland unterhalten – und manchmal wohl auch »genervt«, wie Honeckers wichtigster Biograf Norbert Pötzl anmerkt. Das Heimweh schien ihn arg zu plagen und Honeckers Heimaterzählungen waren so detailliert, »daß ich wie ein Bekannter durch Wiebelskirchen hätte gehen können«, bemerkte später ein Mitgefangener, der mit dem Kommunisten die Zelle geteilt hatte. Am 6. März 1945 konnte sich Honecker in Berlin bei einem Arbeitseinsatz absetzen und tauchte in den Kriegswirren unter, bis am 27. April die ersten Sowjetpanzer auftauchten. Honecker meldete sich am 10. Mai 1945 bei der sowjetischen Stadtkommandatur in Berlin und erzählte von seiner Haft und der Arbeit als kommunistischer Funktionär. Schnell traf er mithilfe der Sowjets andere deutsche Kommunisten – und begegnete Walter Ulbricht, der die Zügel in der Hand hielt. Was er denn nun vorhabe, fragte der Sachse den saarländischen Genossen. »Weißt du«, antwortete Honecker, »ich möchte jetzt vor allen Dingen zurück nach Hause fahren, ins Saargebiet, um meine Eltern zu sehen und mich dann in die Arbeit an der Saar einzureihen.« Ulbricht wusste aber über die politische Großwetterlage besser Bescheid und erwiderte: »Bleib mal lieber hier, das Saargebiet bekommen sowieso die Franzosen. Hier kannst du jetzt nützlicher sein.«

Honecker zögerte noch ein wenig, entschied sich dann aber für eine kommunistische Laufbahn in der SBZ, denn als Opfer der Nazi-Diktatur wusste er: »Die Macht ist das Allerbeste.« Schnell übernahm er im Auftrag Ulbrichts den Aufbau der Freien Deutschen Jugend und stand während der Flügelkämpfe innerhalb der SED loyal an der Seite des SED-Generals. »Wer Walter Ulbricht angreift, greift die Partei an!«, befand er. Für seine Ergebenheit beförderte Ulbricht seinen Ziehsohn 1958 zum Vollmitglied des Politbüros. Sein Meisterstück aber lieferte Honecker im Sommer 1961 – mit dem Bau der Mauer durch Berlin. Während es im kommunistischen Lager durchaus Stimmen gab, die einer Abriegelung Ost-Berlins und der DDR von West-Berlin kritisch oder sogar ablehnend gegenüberstanden, musste Ulbricht den Genossen Honecker von der Notwendigkeit eines solchen Bollwerks nicht erst überzeugen. Denn wegen der offenen Stadt West-Berlin war dem Saarländer der erste große Parteiauftrag voll in die Hose gegangen.

1951 durfte die DDR die »III. Weltfestspiele der Jugend und Studenten« ausrichten. Honecker wurde als 1. Sekretär der FDJ mit der Organisation beauftragt. Mit dem Festival, an dem junge Menschen aus aller sozialistischen Staaten teilnahmen, wollte Moskau der Welt beweisen, dass die Jugend auf der Seite des Kommunismus steht. Um Platz für die Aufmärsche der FDJ zu haben, hatte man in der Stadtmitte Berlins extra das preußische Stadtschloss gesprengt. Dass heute noch ernsthaft darüber gestritten wird, ob man es wieder aufbauen soll, kann man auch als Ulbrichts späte Rache deuten. Kaum war die Jugend in Ost-Berlin im Sommer 1951 in der Hauptstadt der DDR angekommen, setzte man sich in die S-Bahn Richtung Westteil, um dort die Cafés zu bevölkern, sich in den Kinos Schnulzen und Western anzusehen, in Kellerbars flotte Musik zu hören oder einfach mal ordentlich in der Warenwelt der Klassenfeinde einkaufen zu gehen. Der West-Berliner Senat hatte dafür gesorgt, dass die jungen Leute kostenlos in den Doppeldeckerbussen den Kudamm rauf und runter fahren konnten, sie boten Diskussionsforen an und verteilten kostenlos Mahlzeiten an die Besucher. Besonders schmerzlich empfanden die FDJ-Kader um Honecker, dass in West-Berlin »an manchen Ständen gratis Bananen verteilt und von diesen Szenen sogar Erinnerungsfotos gemacht wurden«. (Pötzl) Im Wendejahr 1989/90 sollten sich solche Szenen übrigens wiederholen; die Banane gilt seitdem als Symbolfrucht für den Sieg des Kommerz über den Kommunismus, das westdeutsche Satireblatt ›Titanic‹ (»Die endgültige Teilung Deutschlands ist unser Auftrag«) hat zu dem Thema erhellende Beiträge und Titelbilder veröffentlicht.

Die Schmach vom Sommer 1951 hatte Honecker nicht vergessen, als er sich zehn Jahre später an die Arbeit machte. Die »Operation Rose«, so das Codewort der Staatssicherheit für die Abriegelung West-Berlins, begann am 13. August um 1 Uhr morgens. Honecker hatte alles mobilisiert, was er bekommen konnte: 8200 Volkspolizisten standen bereit, 3700 Angehörige der Bereitschaftspolizei, die noch durch 12.000 Mann der Betriebskampfgruppen und 4500 Mann aus Stasi-Einheiten verstärkt wurden. Wenn sich Ereignisse wie vom 17. Juni wiederholt hätten, hätte Honecker nicht gezögert, auch die Nationale Volksarmee in Marsch zu setzen. Er fuhr in der Nacht die Sektorengrenze ab, um die Aktion persönlich zu verfolgen. Alle zwei Meter hatte man einen mit Maschinenpistole bewaffneten Posten platziert. Stacheldraht wurde ausgerollt, Panzersperren aufgebaut, Betonschwellen verlegt. Sämtliche 81 Übergänge nach West-Berlin wurden geschlossen, 193 Straßen abgeriegelt, 12 U- und S-Bahn-Linien unterbrochen sowie 48 S-Bahnhöfe gesperrt. Die Volkspolizei kontrollierte sogar die Einstiegsschächte ins Kanalisationssystem.

Der Westen wurde vom Coup der Kommunisten völlig überrascht. Zwar kursierten Gerüchte über einen bevorstehenden Mauerbau, aber in Bonn nahm man sie nicht ernst, weil man eine solche Baumaßnahme für undurchführbar hielt. Als der damalige FDP-Vorsitzende Erich Mende lange vor dem 13. August den Bundesminister für Gesamtdeutsche Fragen, Ernst Lemmer, mit den Gerüchten über »Sperrmaßnahmen« quer durch Berlin konfrontierte, breitete der einen Stadtplan von Berlin auf dem Tisch aus. »Wir diskutierten, wie schwierig es sein müsse, eine Großstadt so hermetisch abzusperren, dass kein Mauseloch mehr blieb. Und Ernst Lemmer sagte, das gehe nicht«, erinnerte sich Mende an die Begegnung.

Es ging doch. Zwar schlichen sich vor allem am Anfang immer wieder Flüchtlinge durch das Grenzregime, denn die »Mauer« war 1961 noch nicht zu jener kalt ausgeklügelten, betonierten Todeszone entwickelt worden, wie wir sie in Erinnerung haben. Am 20. September hielt Honecker seinem Zentralen Stab deshalb »die unzulänglichen Pioniermaßnahmen zur Sicherung der Staatsgrenze in Berlin« vor. Insgesamt »216 Grenzdurchbrüche mit insgesamt 417 Personen« waren seit dem 13. August gezählt worden, außerdem waren 85 Grenzsoldaten von der Fahne gegangen. Vier Menschen waren bereits »auf der Flucht« erschossen worden. Insgesamt verloren etwa 1000 Ostdeutsche ihr Leben bei dem Versuch, von Deutschland nach Deutschland zu gelangen; 254 Menschen fanden allein in Berlin den Tod. Doch die größte Gruppe der Maueropfer war die der wegen Fluchtversuchs, Fluchthilfe oder Ausreiseanträgen verhafteten und eingesperrten Menschen in der DDR. Etwa 72.000 DDR-Bürger verschwanden deshalb hinter Gittern, weil sie ihrem Staat den Rücken kehren wollten.

Erich Honecker, der Architekt der Spaltung, hatte sich nun auch selbst mit eingemauert. Als seine Mutter 1963 in Wiebelskirchen starb, fragte er Ulbricht, ob er zu ihrer Beerdigung fahren könne. Der Sachse hatte keine Einwände. Auch die

Bundesrepublik ließ Honecker mitteilen, dass er im Falle eines Trauerbesuchs unter das »Gesetz zur befristeten Freistellung von der deutschen Gerichtsbarkeit« fallen würde, ihm also keine Verhaftung drohe. Honecker verzichtete schließlich und war auch nicht dabei, als man seinem Vater 1969 in Ottweiler das letzte Geleit gab. Ein Besuch des Mauerbauers Honecker im Westen hätte die DDR-Bevölkerung wohl auch nur schwer verstanden. Den kleinen Leuten in der DDR waren Westreisen auch in dringenden familiären Angelegenheiten zunächst noch untersagt. Seine alte Heimat bekam Honecker erst im Sommer 1987 wieder zu Gesicht, als der Staatsratsvorsitzende der DDR von Bundeskanzler Helmut Kohl mit allen Ehren in Bonn als Staatsgast empfangen wurde. Das Saarland hat den Kommunisten nie ganz losgelassen, vor allem gegenüber westdeutschen Besuchern kam er immer wieder darauf zu sprechen. Als er 1985 eine hochrangige SPD-Delegation empfing, freute er sich ganz besonders über einen alten Kupferstich, der Neunkirchen zeigte. Mit einem westdeutschen Delegationsmitglied konnte Honecker sogar seinen alten Dialekt mal wieder ausprobieren, den er in Ost-Berlin inzwischen fast verlernt hatte und gegen einen merkwürdigen, sächsisch-saarländischen Fistelstimmensingsang ausgetauscht hatte: »Ei, wo komme Sie denn her?«, fragte Honecker saarländisch korrekt. »Aus Bildstock!«, antwortete der Wessi. »Aus Bildstock!«, wiederholte Honecker sichtlich gerührt, »das ist doch nur fünf Kilometer von Wiebelskirchen entfernt.«

An der Mauer war für solch sentimentales Geplänkel freilich weder Platz noch Zeit. Von Anfang bis zum Ende wurde hier scharf geschossen. Am 28. April 1962 verblutete Horst Frank an den Folgen eines Bauchschusses. Er war erst 19 Jahre alt. Am ersten Weihnachtsfeiertag 1963 starb der 18-jährige Paul Schultz an den Folgen eines Lungendurchschusses. Dem 18-jährigen Schüler Werner Mispelhorn feuerten die Grenzer in den Kopf. Er starb am 18. August 1964 an seinen Verletzungen. Im selben Jahr kam der 20-jährige Hans-Jürgen Wolf ums Leben. Er wollte den Britzer Zweigkanal im Süden der Stadt durchschwimmen. Die Grenzpolizisten feuerten so lange, bis er tödlich getroffen versank. Im Krieg der ostdeutschen Regierung gegen das eigene Volk fiel der letzte Flüchtling am 5. Februar 1989: Der Kellner Chris Gueffroy wurde mit 21 Jahren beim Versuch, die Grenzanlagen von Treptow nach Neukölln zu übersteigen, von hinten erschossen. Gueffroy hatte den Fluchtversuch gewagt, weil er im Radio Erich Honecker gehört hatte. Der hatte betont: »Es gibt keinen Schießbefehl.« Es gab ihn doch, und Honecker persönlich hatte ihn 28 Jahre, bevor Gueffroy getötet wurde, erteilt: »Alle Durchbruchversuche müssen unmöglich gemacht werden.« Honeckers Order: »Gegen Verräter und Grenzverletzer ist die Schußwaffe anzuwenden. Es sind solche Maßnahmen zu treffen, daß Verbrecher in der 100 Meter Sperrzone gestellt werden können. Beobachtungs- und Schußfeld ist in der Sperrzone zu schaffen.«

Am 13. August 1961 wurde die deutsche Teilung also endgültig zementiert. Wer hinter der Mauer war, der musste dort bleiben, ob er wollte oder nicht. Wer vor der Mauer war, musste Jahre warten, bis er Freunde und Verwandte in der DDR wieder sehen konnte. Und während die Baukolonnen Stein auf Stein setzten und mit Quadern die Stadt verrammelten, geschah auf Westseite: nichts. Zwanzig Stunden dauert es, bis sich die ersten westalliierten Militärstreifen an der Sektorengrenze blicken lassen. Nach 40 Stunden protestieren Amerikaner, Briten und Franzosen dann beim sowjetischen Stadtkommandanten. 72 Stunden gingen ins geteilte Land, bis die Westmächte sich gegen das Geschehen in Moskau verwahrten. Der Ton der diplomatischen Note ist bemüht, Empörung klingt anders. Am Checkpoint Charly fuhren schließlich doch noch ein paar US-Panzer auf und standen nur ein paar Meter von sowjetischen Kanonen entfernt – doch bei diesen eher hilflosen Drohgebärden mit rasselnden Ketten bleibt es. Der Westen hält still, denn ein militärisches Eingreifen hätte den Dritten Weltkrieg und damit ein atomares Inferno bedeutet. Insgeheim waren viele Politiker im Westen sogar ganz froh: Die Abriegelung West-Berlins bedeutete ja schließlich auch, dass Moskau seinen Anspruch auf das ganze Berlin aufgegeben hatte.

Konrad Adenauer bekundet von Bonn aus eher routiniert seine Verbundenheit mit den »Deutschen in der Sowjetzone«. Nach Berlin kommt er erst nach ein paar Tagen. Der Rheinländer verkennt die Lage völlig, denn in der westlichen Halbstadt kocht die Stimmung fast über. Familien werden geteilt, Freunde getrennt. Washington sieht zu, aus Bonn ist nichts zu hören. Tausende gehen in West-Berlin auf die Straße, die Polizei hält sie mit Mühe – und mit Wasserwerfern – vor einem Marsch auf die Mauer zurück. Glücklicherweise gibt es einen Mann, der einerseits dem Zorn der verzweifelten Berliner Ausdruck verleiht, andererseits deren Empörung so kanalisiert, dass die Menschenmenge vom Sturm auf die Stacheldrahthindernisse abgehalten werden kann. Sein Name: Willy Brandt.

Mit seiner demonstrativen Distanz baut Konrad Adenauer seinen gefährlichsten Gegner in der Bundesrepublik auf. Denn während der Kanzler weit weg ist, reüssiert der Regierende Bürgermeister von Berlin Brandt an der Front. Der Kanzlerkandidat der Sozialdemokraten machte gerade Wahlkampf in Schleswig-Holstein, als ihn die Nachricht vom Mauerbau erreichte. Noch am selben Abend stand Brandt am Brandenburger Tor und »sah in die leeren Augen der Landsleute, die drüben in Uniform ihren Dienst taten«. Adenauer hatte wohl begriffen, dass ihm dieser sympathische, jugendliche Mann, der sich sein Auftreten beim US-Präsidenten John F. Kennedy abguckte, gefährlich werden konnte. Er vergriff sich, im fortschreitenden Alter nicht milder, sondern störrischer und wie manche sagen: böser geworden, gegenüber dem Sozialdemokraten aus Lübeck oft im Ton. Er schmähte ihn öffentlich als unehelich geborenen »Herbert Frahm«. Unter diesem Namen war Brandt zwar zur Welt gekommen, hatte seinen in der Illegalität angenommenen Namen aber behalten. Dass Brandt sich der deutschen »Schicksalsgemeinschaft« durch Flucht entzogen und die Nazi-Tyrannei aktiv von Skandinavien aus bekämpft hatte, nahmen ihm viele Konservative übel. Zum Teil wurden Brandts Feinde übrigens indirekt von der ostdeutschen Stasi mit »Argumenten« ausgestattet. Die Fälscherwerkstätten des kommunistischen Geheimdienstes kannten keine Skrupel, wenn es darum ging, dem ehemaligen Linkssozialisten Brandt etwa als CIA-Zuträger darzustellen. Die SED hasste Brandt, der als West-Berliner Bürgermeister einen veritablen Kalten Krieger abgab, noch mehr als die alten Nazis im Westen.

Der Tag des Mauerbaus war auch der erste Tag vom Ende der Ära Adenauer – und Brandts Triumph. »Nie war Brandt eindrucksvoller, großartig besteht er in diesen Tagen die schwierige Bewährungsprobe«, schreibt Peter Merseburger in seiner großen Brandt-Biografie. Brandts Karriere hätte an der Mauer auch enden können – doch am Brandenburger Tor begann am 13. August ihr unaufhaltsamer Verlauf. 1966 wurde er erster sozialdemokratischer Außenminister der Bundesrepublik in der großen Koalition mit der CDU, drei Jahre später erster SPD-Kanzler im Nachkriegsdeutschland. Die Mauer aber stand bald felsenfest – und Adenauer hatte nicht die geringste Idee, was man mit diesem vier Meter 20 hohen Ungetüm, das 164 Kilometer um West-Berlin herum gebaut worden war, nun anstellen sollte. An dieser Ideenlosigkeit ist die Union letztlich in den Wahlen 1965 und 1969 gescheitert. Die SPD legte kontinuierlich zu, weil man ihr in der Deutschlandpolitik mehr zutraute. Die Deutschen wollten Lösungen für die zerrissene Nation – keine Sprüche aus Bonn.

Während Honecker und Ulbricht glauben, mit dem Mauerbau endlich genug Distanz zum Westen und damit Freiraum für eine forcierte sozialistische Wirtschaftsentwicklung gewonnen zu haben, kommt es auch im Westen der Republik zu einer entscheidenden politischen Weichenstellung. Adenauers Verteidigungsminister Franz Josef Strauß (CSU) liebäugelt schon lange mit der atomaren Bewaffnung der Bundesrepublik – um das Wirtschaftswunderland auch wieder als militärische Großmacht auf der Weltbühne zu etablieren. Zum Eklat kommt es, als der ›Spiegel‹ am 8. Oktober 1962 unter der Überschrift ›Bedingt abwehrbereit‹ eine Titelgeschichte veröffentlicht, in der die Nato-Stabsübung »Fallex 61« und die militärische Strategie des Bayern Strauß analysiert wird. Strauß hält am atomaren Erstschlagskonzept fest – der ›Spiegel‹ wertet das als Gefährdung des Friedens. Strauß gerät wegen der Enthüllungen politisch in Bedrängnis – und schwört Rache. Von Adenauer ermutigt schlägt er mit Hilfe zweier CDU-Staatssekretäre gegen den ›Spiegel‹ los. Dass seine Anordnungen, die Redaktionsräume in Hamburg polizeilich durchsuchen zu lassen, rechtswidrig ist, stört ihn nicht weiter: In der Nacht vom 26. auf den 27. Oktober marschieren Staatsanwälte und Polizisten in die Redaktion des Nachrichtenmagazins und des Bonner ›Spiegel‹-Büros und beschlagnahmen Akten, Akten, Akten. ›Spiegel‹-Herausgeber Rudolf Augstein wandert 104 Tage ins Gefängnis, auch Verlagsdirektor Hans Detlev Becker, die Chefredakteure Claus Jacobi und Johannes Engel werden arretiert. Die Wut von Strauß geht so weit, dass er im faschistischen Spanien um Amtshilfe bittet, damit dort auch der Autor des Artikels, Conrad Ahlers, in Haft genommen wird. Die Staatsanwälte der Bundesanwaltschaft und die Kripo-Beamten der »Sicherungsgruppe Bonn«, die gegen die ›Spiegel‹-Leute vorgingen, waren übrigens fast alle Ex-Mitglieder der NSDAP oder sogar der SS.

Strauß gewann damals die Schlacht – und verlor den Krieg. Denn die meisten Zeitungen solidarisierten sich mit dem ›Spiegel‹, junge Leute und Studenten protestierten gegen den »Maulkorb für die Presse«. Adenauers gespielte Empörung im Bundestag, er habe im ›Spiegel‹ in einen »Abgrund von Landesverrat« blicken müssen, machte die Sache für die Bundesregierung nur schlimmer. Strauß musste schließlich zurücktreten. Es dauerte 18 Jahre, bis er als Kanzlerkandidat der Union 1980 wieder auf die Bundesbühne zurückkehrte (und dem Sozialdemokraten Helmut Schmidt unterlag). Rudolf Augstein und seine Kollegen aber wurden komplett rehabilitiert. Der Herausgeber des ›Spiegel‹ sagte später über seine Zeit im Knast: »Nie waren drei Monate Gefängnis für die Demokratie so gut angelegt.« Da hatte er wohl Recht. Denn während der ›Spiegel‹-Affäre entschied sich die junge Bundesrepublik für die demokratische Zivilgesellschaft – und gegen neudeutsche atomare Großmannsucht bayerischer Provenienz.

Dass der ›Spiegel‹ offenbar »lange Zeit die einzig effektive Opposition« in der Bundesrepublik darstellte, war auch Martha Gellhorn aufgefallen, die 19 Jahre nach Kriegsende wieder in jenes Land zurückkehrte, das sie 1924 zum ersten Mal besucht und zuletzt in Ruinen gesehen hatte (siehe oben S. 27). Dass ein Wochenmagazin die Aufgabe der politischen Kontrolle übernimmt, fand die US-Amerikanerin freilich sehr merkwürdig. Dennoch war das in der Bundesrepublik faktisch lange der Fall. Im Februar 1964 veröffentlichte sie im amerikanischen Monatsmagazin ›The Atlantic Monthly‹ eine Reportage, die mit einer Frage begann: »Is there a new Germany?« Die Antwort dieser ebenso skeptischen wie unbestechlichen Chronistin europäischer und deutscher Geschichte war nüchtern: »Meiner Meinung nach gibt es kein neues Deutschland, sondern bloß ein anderes Deutschland.« Gellhorn hatte zwei Jahre zuvor auch über den so genannten Eichmann-Prozess in Jerusalem berichtet, in dem Adolf Eichmann als Organisator des Holocaust angeklagt und zum Tode verurteilt worden war. Hannah Arendt prägte damals die präzise Zeile von der »Banalität des Bösen«, und Gellhorn notierte wütend in ihrem Bericht über das prosperierende Deutschland im Jahre 1964, dass Gehorsam noch immer die deutsche Sünde sei.

Das Land, das sie im Winter 1963/64 bereiste, brauche deshalb dringend eine Revolution, »keine blutige, sondern eine Revolution des Gewissens und des Geistes«. Im Dezember 1963 begann in Frankfurt am Main der bisher größte Massenmordprozess der deutschen Rechtsgeschichte: Angeklagt waren 24 ehemalige Angehörige des Wachpersonals im KZ Auschwitz. Auch wenn die im August 1965 verhängten Urteile deutlich unter den Anträgen der Staatsanwälte bleiben, so ist eine öffentliche Auseinandersetzung mit der NS-Geschichte nun nach mehr als einem Jahrzehnt des Beschweigens nicht mehr aufzuhalten. Doch Gellhorn kennt die Schwächen der Deutschen viel zu gut, um im Winter 1964 schon eine Zeitenwende auszurufen. »Deutschland ist jetzt reich, fett und glücklich, kein Deutscher will einen Krieg«, schreibt sie. »Aber was passiert, wenn das Leben nicht mehr so gut ist?« Die oft wehleidigen Klagen über die deutsche Spaltung und den Mauerbau gehen der ehemaligen Kriegskorrespondentin offenbar auf die Nerven: »Wir zanken mit den Russen über das geteilte Deutschland wie über einen Hundeknochen, aber keiner versteht, dass die Ängste unserer früheren Alliierten, heute der feindliche Sowjetblock, nicht auf hysterischen Fantasien basieren, sondern auf einem guten Gedächtnis.« Gellhorn machte ihre Beobachtungen leider nur in Westdeutschland. Es wäre interessant gewesen, was sie zum Stechschritt der Nationalen Volksarmee und zum Kadavergehorsam der SED-Genossen geschrieben hätte. Während im Westen sich langsam der kritische Intellekt regte und Adenauers Tage als Kanzler gezählt waren, entspannte sich im Osten die Lage etwas.

In der DDR war nach dem Mauerbau der Flüchtlingsstrom von Ost nach West nur fürs Erste gestoppt. Der Aderlass der DDR war gewaltig gewesen. Allein 1960 waren 199.188 Bürger der DDR abgehauen – davon allein 152.291 über West-Berlin, wie die Staatliche Plankommission akribisch vermerkte. Weniger bekannt ist, dass in den Nachkriegsjahren auch etwa 400.000 Menschen in die entgegengesetzte Richtung marschierten. Das ist keine sehr hohe Zahl, gleichwohl ist sie zu groß, um ignoriert zu werden. Ein Teil dieser Menschen, die freiwillig in Ulbrichts Herrschaftszone einreisten, waren ehemalige DDR-Bürger, die im Westen – aus welchen Gründen auch immer – nicht bleiben wollten. Andere kamen aus politischen Gründen, weil sie als Kommunisten oder Sozialisten mit der DDR sympathisierten. Der Hamburger Wolf Biermann, von dem schon die Rede war, gehörte als 17-Jähriger zu ihnen. Auch der Vater von Angela Merkel, Horst Kasner, ein Pfarrer aus Mecklenburg, kehrte Mitte der 50er Jahre nach einem Theologiestudium in Hamburg nach Ostdeutschland zurück und trat eine Pfarrstelle in Quitzow an. Eine Pfarrei in der DDR zu Zeiten von Verfolgung und Repression war auch unter entschiedenen Christen kein besonders beliebter Arbeitsplatz. Seine Frau, die im Westen Latein und Englisch unterrichtet hatte, bezahlte das Pflichtbewusstsein ihres Mannes in der DDR mit Berufsverbot.

Deutschlands Teilung war sowohl geografischer wie politischer Natur. Walter Ulbricht stammte tatsächlich aus Leipzig und Konrad Adenauer aus Köln. Viele andere Politiker und Protagonisten aber hatten nach dem Krieg ihren jeweiligen Sektor verlassen, um in die Zone ihrer Wahl auszuwandern. Der spätere bundesdeutsche Innen- und Außenminister Hans-Dietrich Genscher kam aus Halle und war 1952 in die BRD geflüchtet. Der langjährige Chef der DDR-Spionage Markus Wolf, Leiter der so genannten Hauptabteilung Aufklärung, stammte aus dem schwäbischen Hechingen und war nach seinem sowjetischen Exil nach dem Krieg nicht mehr in den Westen zurückgekehrt, sondern wie auch Erich Honecker als Kommunist in die Ostzone gegangen.

Der aus einem gutbürgerlichen Augsburger Elternhaus stammende Dichter Bertolt Brecht, schon in den 20er Jahren eine Ikone des modernen deutschen Theaters, war vor den Nazis zunächst nach Dänemark und später in die USA geflohen. Den Zusammenbruch der Nazi-Diktatur erlebte er in Hollywood. Doch mit dem Ausbruch des Kalten Krieges geriet er in den Vereinigten Staaten ins Visier antikommunistischer Hexenjäger, die ihm die Teilnahme an einer prosowjetischen Verschwörung in der Filmbranche nachweisen wollten. Brecht zog es angesichts des für linke Intellektuelle rauen innenpolitischen Klimas vor, zurück nach Europa zu gehen, und ließ sich 1947 zunächst in der Schweiz nieder. Sein Antrag auf Einreise in die Westzone wurde von den Alliierten – vermutlich wegen Brechts Vorladung vor den Ausschuss für unamerikanische Aktivitäten – nicht stattgegeben. Schließlich entschloss sich Brecht, ein verlockendes Angebot aus Ost-Berlin anzunehmen, wo man dem Dramatiker und Schriftsteller am Schiffbauerdamm in Mitte ein ganzes Theater zur Verfügung stellte. Der schon zu Lebzeiten weltbekannte Brecht war mit seinem »Berliner Ensemble« für das SED-Regime der wichtigste Vorzeigekünstler. Deshalb verzieh man ihm die ein oder andere politische Frechheit, zum Beispiel seine, wenn auch späte, in Versen vorgetragene Kritik an der Niederschlagung des Aufstandes vom 17. Juni.

Auch der PDS-Bundesvorsitzende Lothar Bisky ist so ein deutsch-deutscher Sonderfall. Denn der Vorsitzende der Ossi-Partei PDS ist eigentlich ein Wessi. Als 18-Jähriger verschwand der Schüler Bisky spurlos aus Brekendorf bei Eckernförde in Schleswig-Holstein. Dort in der westdeutschen Fremde hatte er als pommersches Flüchtlingskind das Gefühl gehabt, »der letzte Dreck« zu sein. Ein ehemaliger KZ-Häftling habe ihm geraten, doch in der DDR sein Glück zu versuchen. Der junge Mann wollte »raus aus den Verhältnissen der Kränkung«, rein ins »Abenteuer« – und »ein bisschen Überzeugung« war wohl auch dabei, wie Bisky im Februar 1995 einem ›Spiegel‹-Reporter anvertraute: »Ich bog den Stacheldraht auseinander, schlüpfte durch und war drüben.« Im Osten hat er seine Fluchtgeschichte nicht verheimlicht, damit aber auch nicht gerade Reklame gemacht. Heimweh? Den Wind von Holstein hat er oft vermisst. Wenn die Bäume in seiner neuen Heimat Sachsen rauschten, ist er aus dem Haus gerannt, »mit einem Gefühl, als müsse ich mich befreien«. Die Angewohnheit hat er auch im wiedervereinigten Deutschland als Chef der PDS beibehalten. Wenn es dem ehemaligen Leiter der Babelsberger Filmhochschule auf Parteitagen zu bunt oder zu blöd wurde, rannte er einfach weg – und blieb manchmal stundenlang verschwunden – irgendwo im Wind zwischen Ost und West.

Einer der letzten Bundesbürger, die in die DDR zogen, um dort ihr Glück zu machen, war der Schriftsteller Ronald M. Schernikau. Er wurde zwar 1960 in Magdeburg geboren, doch seine Mutter folgt dem Vater 1966 in den Westen. Schon mit 16 tritt Schernikau in die Sozialistische Deutsche Arbeiterjugend ein, später wird er auch Mitglied der DKP. 1980 hatte er mit seiner ›Kleinstadtnovelle‹ ein von der Kritik wohlwollend beachtetes Debütwerk hingelegt und sich dann in der politisch engagierten Schwulenszene West-Berlins mit Aufsätzen über Männersexualität und als Tuntendiva hervorgetan. Gleichzeitig war er Mitglied der SED-orientierten »Sozialistischen Einheitspartei Westberlins«, der SEW, einer besonders verbohrten ideologischen Truppe. Im September 1986 zog Schernikau nach Leipzig, um dort am Johannes R. Becher-Institut Literatur zu studieren. Im Jahr der Wende 1989 veröffentlichte der 28-Jährige noch tapfer im linken westdeutschen Konkret-Literatur-Verlag einen Roman über ›Die Tage in L.‹ und – in angesagter Kleinschreibung – »darüber, daß die DDR und die BRD sich niemals verständigen können, geschweige denn mittels ihrer literatur«. Die DDR-Staatsbürgerschaft erhielt er am 1. September 1989 – dem Tag, an dem er in die »Hauptstadt der DDR« übergesiedelt war. 70 Tage später fiel die Berliner Mauer, Schernikaus DDR-Pass wurde ohne sein Zutun am 3. Oktober 1990 ungültig – wie der 16 Millionen anderer DDR-Bürger auch. Schernikau starb, unglücklich über den Lauf der Dinge in Deutschland, drei Jahre nach der Wende an Aids.

Schernikau pflegte einen ausführlichen Briefwechsel mit der österreichischen Kommunistin und späteren Literaturnobelpreisträgerin Elfriede Jelinek – und mit dem 1928 in Breslau geborenen Schriftsteller Peter Hacks. Der war 1955 von München ebenfalls in die DDR gegangen und pries den SED-Staat als »Heimat aller deutschen Schriftsteller«. Außer Schernikau war kaum jemand diesem Lockruf gefolgt. Hacks Bühnenstücke gefielen den Kommunisten nicht immer, manche wurden sogar verboten. Im Westen gehörten seine Dramen zu den meist gespielten Werken deutscher Autoren. Er hielt der DDR die Treue, verteidigte öffentlich den Mauerbau und später auch die Ausbürgerung des Liedermachers Wolf Biermann, der wie Hacks vom Westen in den Osten gekommen war. Hacks starb 2003 in Groß-Machnow bei Berlin als anerkannter Dichter, dessen Motive man nie richtig begriffen hatte, weil er vielleicht auch gar nicht verstanden werden wollte, sondern sich im kommunistischen Mysterium ganz wohl fühlte.

Eine ebenso schillernde wie einmalige Figur auf der deutsch-deutschen Bühne war Emil Bahr, der stärkste Mann der Welt. Er wird 1906 als Sohn eines Staatsbahnbeamten im tschechischen Alt-Rohwasser geboren und befördert schon als 12-jähriger Schüler, von Mutter Natur mit unbändiger Kraft ausgestattet, unliebsame Lehrer kurzerhand per Hüftschwung in den Papierkorb des Klassenzimmers. Die 25 Stockhiebe Strafe steckt er schnell weg, der begeisterte Beifall seiner Klassenkameraden bleibt ihm dagegen in den Ohren hängen. Mit 14 beginnt er eine Lehre in einer Mühle. Zentnerschwere Säcke trägt er allein, auch die Mühlräder, an denen sich sonst zwei bis drei Mann abmühen, befördert er ohne fremde Hilfe problemlos von A nach B. Als junger Mann schließt er sich den tschechoslowakischen Sozialdemokraten an und wird Mitglied des Arbeitersportvereins. Er trainiert Bizeps und Gehirn; er liest Marx und stemmt nach Feierabend über 300 Kilo Gewicht. Als er bei einem Ringkampf um den »goldenen Gürtel von Prag« kämpft, stirbt sein Gegner an den Folgen des Kampfes. Bahr zieht sich schockiert vom Ringkampf zurück – und beschränkt sich künftig auf Schaunummern. Er stemmt Bretter mit Pferden, trägt bald den Titel »Eisenköng von Schlesien«. Von 1929 bis 1936 gewinnt er fünfmal den Titel »Stärkster Mann der Welt«. Er lernt die Welt kennen, reist von Paris nach London, von Indien über Afrika nach Nord- und Südamerika. In dieser Zeit lernt er angeblich sieben Sprachen. In Kalkutta gratuliert ihm Gandhi persönlich zu einem Titelgewinn.

Die Nazis können mit dem deutsch-tschechoslowakischen Kosmopoliten, der Elefanten in die Luft stemmen kann, nichts anfangen. Bahr, der inzwischen unter dem Künstlernamen Milo Barus auftritt, will mit den Machthabern in Berlin eh nichts zu schaffen haben. Der Sozialdemokrat schmuggelt antifaschistische Flugblätter nach Breslau – und wird dort von der Gestapo verhaftet. Der Volksgerichtshof verurteilt ihn zu viereinhalb Jahren Haft. 1941 wird er entlassen, der Soldatendienst bleibt dem »Wehrunwürdigen« erspart. Er arbeitet bis Kriegsende in Weidenau als LKW-Fahrer. Im Mai 1945 wird Milo Barus von den Sowjets zum kommissarischen Polizeichef von Weidenau ernannt. Er soll NS-Güter sichern und den Besitz der Nazis in »Volkseigentum« überführen. Nach kurzer Zeit wird er gegen seinen Willen nach Bayern umgesiedelt – die Vertreibung der Deutschen aus der Tschechoslowakei trifft auch ihn, den Sozialdemokraten. Der stärkste Mann der Welt hofft auf bessere Zeiten nach dem Zusammenbruch des Hitler-Regimes und stellt eine eigene Artistentruppe zusammen. In den dürren, freudlosen Nachkriegsjahren wird seine »Olympia Sportschau« schnell zur Attraktion. Doch 1949 zeigt ihn ein ehemaliger SS-Kampfkommandant an, dessen Villa Barus nach dem Krieg übernommen hatte. Der Kraftmensch nimmt die Sache nicht weiter ernst, doch die mit ehemaligen NS-Juristen durchsetzte westliche Justiz ermittelt gegen ihn – und klagt Barus tatsächlich an. Der Artist setzt sich zu einer Tournee nach Schweden ab und hofft, die Sache werde sich erledigen. Doch auch nach seiner Rückkehr bleibt der Staatsanwalt stur und stellt einen Haftbefehl gegen Emil Bahr alias Milo Barus aus. »In diesem Moment war Westdeutschland für mich gestorben!«, sagte Barus später. Er fasst eine folgenschwere Entscheidung, besteigt mit seiner Frau einen LKW – und durchbricht die deutsch-deutsche Grenze von West nach Ost bei Coburg.

Zwei Wochen muss er in der DDR noch einmal wegen »Beschädigung von Grenzanlagen« ins Gefängnis von Sonneberg. Doch nachdem sich die Behörden von seiner Identität überzeugt haben, nehmen sie den prominenten Wessi mit offenen Armen auf. Seine 105 Kilo Gewicht und seine 132 Zentimeter Brustumfang sind eine willkommene Verstärkung im deutsch-deutschen Klassenkampf. Barus wird zum Star der DDR: Er tingelt auf Marktplätzen und durch Kulturhäuser, zerreißt Telefonbücher, hebt ganze Orchester samt Klavier in die Luft. Zur Gaudi der Arbeiter und Bauern hebt er in Leipzig volkseigene Straßenbahnen aus den Gleisen, in Gera zieht er einen voll besetzten Bus mit den Zähnen die Straße entlang. Die Deutschen in Ost und West liebten Milo Barus, doch 1963 setzte ein Herzinfarkt seiner Laufbahn als Artist ein jähes Ende. Ganz verkneifen konnte er sich den Kraftsport nicht: Noch als Pensionär zerriss er zum Zeitvertreib Kartenspiele oder drehte Nägel zu Korkenziehern, wenn man so will ein früher Versuch, Schwerter zu Pflugscharen zu machen. Er verdient im Sozialismus viel Geld, spendet eine Menge an das »Nationale Aufbauwerk«, weil es sonst das Finanzamt kassiert hätte. Barus ist zufrieden und verbringt die 60er Jahre als Chef einer Gaststätte im thüringischen Weißenborn.

Seinen 70. Geburtstag feiert der Pensionär als privilegierter Bürger der DDR. Es wird ein großes Fest, Freunde aus Ost und West sind geladen, kleine Leute und große Parteibonzen – und ein Reporter der ›Süddeutschen Zeitung‹. Der schreibt eine ganze Seite Drei über diesen merkwürdigen Seiltänzer zwischen Ost und West – und erwähnt Barus liebstes Hobby: Witze. Sein Leben lang hat er Leute zum Lachen gebracht, an seinem Ehrentag feuert er eine Anekdote nach der anderen ab. Milo Barus macht auch Witze über Erich Honecker. Die SED findet das nicht spaßig. Aus Angst vor neuem Ärger mit dem Staat und vor einem neuen Prozess beantragt Milo Barus 1976 seine Ausreise aus der DDR. Dem Antrag wird stattgegeben. Er und seine Frau fliehen mal wieder – diesmal von Ost nach West. Ein Jahr später stirbt er in Mühldorf am Inn. Dort endet die Vita eines Deutschen, der zu stark, zu klug und zu humorvoll für sein zerrissenes Vaterland gewesen ist.

Der Sozialdemokrat Barus hatte von einem humanen Sozialismus geträumt, genauso wie ein junger Mann, der in den 40er und 50er Jahren in Luckenwalde aufgewachsen ist. Die Kleinstadt liegt im Süden Berlins und erlangte in den frühen Jahren der DDR gewisse Berühmtheit im sozialistischen Lager, weil in einer ihrer Fabriken Hüte produziert wurden, die Nikita Chruschtschow gerne trug. Ansonsten lässt sich über den Ort wenig Originelles erzählen. 1867 erfand dort ein Bürger den Pappteller und ließ ihn sich patentieren, das nächste Ereignis von Rang trug sich erst 90 Jahre später in der Aula des Gymnasiums zu.

1958 steht der junge Mann in der voll besetzten Aula der Gerhard-Hauptmann-Oberschule in Luckenwalde. Der 18-jährige Gymnasiast soll gleich seine erste Rede vor Publikum halten – beziehungsweise ein Schuldbekenntnis ablegen. Er hat den Dienst in der Nationalen Volksarmee verweigert. Die Lehrer erwarten, dass der kräftige Kerl mit dem Bürstenschnitt nun Selbstkritik übt. Solche Rituale kommen oft vor in der DDR, und wer sie über sich ergehen lassen muss, findet sie nicht angenehm. Doch der junge Mann in Luckenwalde ist nicht einmal nervös. Anstatt sich Asche aufs Haupt zu streuen, verteidigt er seinen Entschluss. Die Lehrer sind baff. Damit hatten sie nicht gerechnet. Der Schüler Rudi Dutschke geht als Sieger vom Platz. In einem ausführlichen Brief an den Direktor begründet er seine Wehrdienstverweigerung noch einmal schriftlich: »Meine Mutter hat uns vier Söhne nicht für den Krieg geboren. Wir hassen den Krieg und wollen den Frieden. Wenn ich auch an Gott glaube und nicht zur Volksarmee gehe, so glaube ich dennoch, ein guter Sozialist zu sein.«

Der Auftritt des jungen Dutschke läuft unter der Überschrift: »Hier stehe ich und kann nicht anders!« Er weiß, dass sein Verhalten schwer wiegende Konsequenzen haben wird. Weil er den Dienst an der Waffe verweigert, wird seine Abiturnote heruntergestuft. Der Preis für seinen Mut ist hoch: Seiner Überzeugung muss er einen Traum opfern. Dutschke wollte Sportreporter werden, doch ein entsprechendes Studium in Leipzig wird ihm nun verwehrt. In seine Kader-Akte ist der Makel des Pazifismus eingetragen. Dutschke gibt nicht auf. Sein Bruder bringt ihn nun regelmäßig mit seiner Sport AWO nach Teltow. Von dort fährt Dutschke dann mit der S-Bahn nach West-Berlin. Die Sport AWO verdient eine Randbemerkung: Es handelt sich um ein im Osten sehr begehrtes Motorrad mit 250 Kubik und einem 4-Takter-Motor, das verdächtig einer 250er BMW ähnelt – nicht der einzige Fall vom lizenzlosen Nachbau eines West-Modells im Osten.

Rudi Dutschke will das Abitur an der Askanischen Oberschule in Tempelhof noch einmal machen. Seine Familie in Luckenwalde besucht er, sooft es geht. So pendelt der junge Mann zwischen der großen Stadt und der ostdeutschen Provinz, zwischen dem Abiturkurs in der Kaiserin-Augusta-Allee und dem Leichtathletik-Verein in Luckenwalde. Am 11. August 1961 befiehlt die Mutter Sohn Helmut, dem die Sport AWO gehört: »Bring Rudi nach West-Berlin.« Es gibt Gerüchte über eine Abriegelung der Halbstadt. Dutschke tröstet die weinende Mutter: »Du, ich bin mit Sicherheit schnell wieder zurück.« Dann verschwindet Rudi, das schwarze Motorrad surrt die Straße hoch nach Norden. Nach 40 Kilometern erreichen Helmut und Rudi Dutschke Teltow. Die Brüder nehmen Abschied. Den

DDR-Grenzern erklärt Rudi, »Ostsee-Urlaub« machen zu wollen, deshalb nehme er die Abkürzungsroute durch West-Berlin. Seine Mutter sah Dutschke nur noch einmal wieder, die Brüder traf er sechs Jahre später erst wieder an ihrem Grab. Der Rückweg von Tempelhof nach Luckenwalde wird ihm am 13. August von der Mauer abgeschnitten.

Doch Dutschke verfällt nicht in Depressionen. Er diskutiert gern und viel mit Freunden, aber von politischer Aktion hält er noch mehr. Mit Kommilitonen der Askanischen Schule schreibt er ein Flugblatt gegen den Mauerbau, in der Nacht des 14. August schreiten sie zur Tat. Mit einem Wurfanker wollen sie das Monstrum aus Beton einreißen. Die Aktion verläuft, sagen wir, suboptimal: Die Mauer hält, das Seil zerreißt und die Aktivisten fallen auf den Hintern. Der spätere Studentenführer Rudi Dutschke aber hatte nach seiner mutigen Rede in der Aula an der Mauer trotzdem seine Abschlussprüfung als Revolutionär hingelegt.

Der Bau der Mauer verändert Dutschkes Leben mindestens so wie sieben Jahre später das Attentat auf ihn. Der Rückzug in die vertraute Umgebung seiner Familie und Freunde ist ihm abgeschnitten. Er muss in Berlin ganz allein zurechtkommen. Er will noch immer Sportreporter werden und macht seine ersten Gehversuche als Journalist. Für die ›B. Z.‹, eine Morgenzeitung aus dem Hause Springer, schreibt er erste Berichte über Fußball und Leichtathletik. Sechs Jahre später wird ihn das Blatt zum Teufel wünschen. Dutschke entschließt sich zum Soziologiestudium. Seine Brüder sind darüber etwas enttäuscht. Sie können sich unter »Soziologie« nicht viel vorstellen, und in Rudis Briefen tauchen plötzlich komische Wörter auf. Je länger der ostdeutsche Junge aus der Provinz im Westen lebt, desto merkwürdiger redet er. Der ›Spiegel‹ hat das Sprachphänomen Dutschke im Dezember 1967 in einer Titelgeschichte beleuchtet: »Was Dutschke denkt, ist ›Revolution‹, ›Konterrevolution‹, ›Produktion‹, ›Reproduktion‹, ›Subsumption‹, ›Integration‹, ›Transformation‹, ›Abstraktion‹, ›Repression‹, ›Manifestation‹, ›Manipulation.‹ Kein Mensch versteht's, doch die Republik spricht von ihm.«

1967 regiert in der Bundesrepublik eine große Koalition aus CDU und SPD. Kurt Georg Kiesinger, ehemaliges Mitglied der NSDAP, ist deutscher Kanzler, der Antifaschist Willy Brandt Außenminister der Republik. Auf der Straße demonstriert die APO, die Außerparlamentarische Opposition. Dutschke, der Athlet aus Luckenwalde, ist der Superstar der Studentenrevolte. Was die Studenten wollen, ist nicht immer ganz klar. Mehr Mitsprache an den Universitäten, Sozialismus, Freie Liebe, Kommunen, Rätedemokratie, Auseinandersetzung mit der NS-Vergangenheit. Vor allem machen sie klar, was sie nicht oder nicht mehr wollen. Das alles tun die jungen Leute in dieser seltsamen Dutschke-Sprache, an deren Ende immer ein »-ion« steht. Manchmal skandieren sie auch »Ho-Ho-Ho-Chi Minh« und rühmen damit den Anführer des militanten, kommunistischen Vietcong in Vietnam, den die Studenten damals für eine Befreiungsbewegung hielten. In West-Berlin hatte man für Sympathisanten von Kommunisten nach dem Mauerbau nicht sehr viele Sympathien. Der 68er-Bewegung gelang es deshalb nie, tatsächlich eine Brücke zur arbeitenden Bevölkerung zu bauen, auch wenn der eine oder andere Genosse freiwillig Hörsaal mit Werkbank vertauschte, um »in die Produktion« zu gehen und zu agitieren.

Repression, Revolution, Transformation, Rebellion – vielleicht war Rudi Dutschkes Transformation der deutschen Sprache und die Forderung nach Veränderung der Verhältnisse nicht viel mehr als der rhetorische Schutzpanzer eines Ostdeutschen aus kleinen Verhältnissen, der sich in den Hörsälen gegenüber all den anderen Bluffern behaupten wollte. War Dutschkes Linkssprech, mit dem er, nebenbei bemerkt, die Hörsäle auf Jahrzehnte in rhetorischen Mehltau einlegte wie Spreewälder Gurken in Essig, nichts als ein aus Phrasen gehäkelter Schutzpanzer? In manchem Hörsaal gammeln die Vokabeln von 68 immer noch. Doch der Ion-ion-ion-Dutschke war nur der halbe Rudi. Denn deutlich werden konnte er freilich auch: »In der DDR ist alles real, bloß nicht der Sozialismus, in der BRD ist alles real, bloß nicht ›Freiheit, Gleichheit, Brüderlichkeit‹, bloß nicht reale Demokratie.« Der deutsch-deutsche Exilant sucht seinen Ort, ist hin- und hergerissen zwischen kleinstädtischer, protestantischer Herkunft und neuer Heimat in einer kühlen, oft raubeinigen Großstadtatmosphäre. Den Osten verliert er nie aus dem Blick. Doch im Gegensatz zu ihm interessiert sich die 68er-Bewegung kaum für das, was hinter dem Eisernen Vorhang passiert. Die Studenten demonstrieren gegen den Krieg der USA in Vietnam. Als sowjetische Panzer im Sommer 1968 in der Tschechoslowakei auffahren und den Versuch, dort einen »Sozialismus mit menschlichem Antlitz« einzuführen, niederwalzen, bleibt der Protest eher verhalten. »Die DDR war ›terra incognita‹, ein Terrain, um das man, wenn nicht unvermeidliche Verwandtenbesuche anstanden, einen möglichst großen Bogen machte«, erinnert sich Christian Semler, damals Vorsitzender des Sozialistischen Deutschen Studentenbunds – der zentralen Organisation der linken Studentenbewegung. Die Chance, einfach mal hinter die Mauer zu blicken, ergriff kaum ein zugereister Wessi, obwohl er mit seinem BRD-Reisepass die Möglichkeit gehabt hätte. Ex-Ossis wie Dutschke oder der 68er Bernd Rabehl wären gern gereist – durften aber nicht. »Es gibt Beispiele von linken Intellektuellen, die ein Menschenalter in West-Berlin verbrachten, ohne jemals einen Fuß in den Osten gesetzt zu haben«, schrieb Semler 2003 in einem Essay über die 68er und deren Verhältnis zur deutsch-deutschen Frage.

Dutschke aber hielt die deutsche Teilung nicht für den Endpunkt der deutschen Geschichte. Im April 1965 besucht er mit einer linken Delegation Moskau. Auf der Reise notiert er in seinem Tagebuch: »Ist schon verrückt, ich komme aus Ost-Deutschland, aus der DDR, mußte abhauen. Jetzt fahre ich hindurch, darf nirgendwo aussteigen. Die Genossin und die Genossen, die mit mir fahren, können dieses komische Gefühl wahrscheinlich nicht ganz nachvollziehen.« Das »komische Gefühl« verschwand nie aus Dutschkes Leben. Immer wieder stellte er, zur Verwunderung seiner westdeutschen Mitstreiter, die Frage nach der Wiedervereinigung. Die Spaltung Deutschlands hielt er für die Hauptursache der »Immobilität der deutschen Arbeiterbewegung«. Mit dem realen Sozialismus der DDR konnte und wollte er sich, im Gegensatz zu anderen 68ern, nie anfreunden. Vor dem antiautoritären, undogmatischen Dutschke, vor einer libertären, sozialistischen Bewegung, so nahm er an, habe die DDR »den größten Schiß«. Tatsächlich beargwöhnten die in kleinbürgerlichem Mief lebenden Ulbrichts, Mielkes und Honeckers das Treiben der Studenten im Westen. Vorsorglich kümmerte sich auch die Staatssicherheit um diesen Rudi Dutschke, ließ ihn beobachten und seine Ion-ion-ion-Reden auswerten. Doch so ganz sind die Stasis nie hinter das Geheimnis dieser 68er gekommen – sie waren eben zu westlich.

Als 68er bezeichnet man in Westdeutschland vor allem die Generation der zwischen 1938 und 1948 geborenen Menschen, die Ende der 60er zwar als kleine Minderheit, aber doch mit einigem Erfolg ins Zentrum der Gesellschaft rückten und, begleitet von politischen Forderungen, massiv ihr Recht auf Karriere einforderten.

Die 68er nehmen für sich in Anspruch, die Bundesrepublik gründlich modernisiert und vom Muff der frühen Jahre befreit zu haben. Auch die öffentliche Auseinandersetzung mit den Verbrechen des Nationalsozialismus sei ihr Verdienst, wird oft behauptet. Eine gemeinhin akzeptierte Historisierung der westdeutschen Wendejahre 1968 und 1969 hat in der Bundesrepublik noch nicht stattgefunden. Allerdings wird dem Mythos 68 – der vor allem von Alt-68ern kreiert wurde – immer häufiger widersprochen – übrigens ebenfalls von 68ern. So glaubt heute beispielsweise der ehemalige Chefredakteur der linken ›taz‹, Arno Widmann, dass die 68er und Rudi Dutschke bei weitem keine Agenten des gesellschaftlichen Fortschritts gewesen seien. Vielmehr hätten sie lieber die Gesellschaft in die 20er Jahre zurückgedreht. Die radikale Studentenbewegung um Dutschke habe entgegen späterer Behauptungen auch keine Demokratisierung der Bundesrepublik angestrebt. »Es würde genügen, einige ihrer zentralen Texte neu herauszubringen – schon wären sie ihren Ruf los«, schrieb Widmann in einem Essay in der ›taz‹.

Am 7. November 1968 gab die Journalistin Beate Klarsfeld

dem deutschen Bundeskanzler Kurt Georg Kiesinger eine Ohrfeige – späte Strafe für seine Mitgliedschaft in der NSDAP. »Mit Worten allein ist in Deutschland, zumindest gegen den Nazismus, wenig zu erreichen«, rechtfertigt sie die Aktion in einem ›Spiegel‹-Interview. »Ich habe in der Bundesrepublik 30.000 Broschüren über Kiesingers Nazi-Vergangenheit verteilt, Pressekonferenzen und Vorträge in Universitätsstädten gehalten und an den Bundestag geschrieben. Das Echo blieb schwach.« Im Rückblick reklamieren die 68er diese Ohrfeige für sich und erklärten, sie seien die Avantgarde in der Abrechnung mit dem Nazismus gewesen. Klarsfeld wurde schließlich zu vier Monaten Gefängnis auf Bewährung verurteilt – ihr Verteidiger war übrigens der APO-Anwalt Horst Mahler, der sich 30 Jahre später zu einem Anhänger der rechtsextremen NPD wandeln sollte. Mahler ist nicht der einzige 68er, der damals ganz links startete und ganz rechts im neuen Jahrtausend ankam. Bei genauer Betrachtung erkennt man, dass dies keine Neuauflagen der Geschichte von Dr. Jekyll und Mr. Hyde sind. In ihrem Menschen verachtenden politischen Extremismus sind sich diese Leute immer treu geblieben – auch wenn Horst Mahler 1969 eine ehrenwerte Klientin verteidigte.

Klarsfelds Ohrfeige war ein gesamtdeutsches Ausrufezeichen. Die Zeit des dröhnenden Beschweigens der NS-Zeit war damit endgültig vorbei – aber das lag nach dem Auschwitz-Prozess in Frankfurt und dem Prozess gegen Adolf Eichmann in Jerusalem wohl vor allem an der politischen Präsenz des ehemaligen Widerstandskämpfers Willy Brandt, der Kiesingers Außenminister war und 1969 selbst zum Bundeskanzler gewählt wurde. Er verkörperte das linke, freie Deutschland – und gerade nicht die 68er, die sich schnell in Dutzende linksextreme Gruppen zersplitterten und die 70er Jahre oft in ideologischen Schützengräben verbrachten, von wo aus sie auf andere Gruppen feuerten – und Grußbotschaften an Mao Tse Tung (China), Pol Pot (Kambodscha), Enver Hodscha (Albanien) und andere Schlächter und Despoten versandten.

Selbst vor antisemitischem Terror, der freilich im Gewand des so genannten »Antizionismus« daherkam, machten Teile der 68er Bewegung nicht halt. Ausgerechnet am 9. November 1969 platzierten Linksradikale im jüdischen Gemeindehaus Berlin eine Bombe, die während einer Gedenkveranstaltung zu den Pogromen von 1938 explodieren sollte. Glücklicherweise detonierte die Bombe nicht. »Der Zünder ist entfernt, die Tat ist geblieben«, schrieb ›Die Welt‹ damals. Der Hamburger Sozialforscher Wolfgang Kraushaar konnte den dubiosen Anschlag 35 Jahre später aufklären. Die Täter kamen aus der »antizionistischen« Subkultur der »Neuen Linken«, die sich in ihrem antisemitischen Vokabular und terroristischen Methoden nun kaum noch von der NS-belasteten »Vätergeneration« unterschied. Die Bombe blieb nicht der letzte Terrorakt dieser Art auf deutschem Boden: Eine palästinensische Terrorgruppe richtete bei den Olympischen Spielen 1972 in München ein Blutbad an, als sie israelische Sportler in Geiselhaft nahmen und ermordeten. Insgesamt 19 Menschen ließen ihr Leben, darunter 13 Israelis. Das Gründungsmitglied der RAF, die Journalistin Ulrike Meinhof, die Ende der 60er Jahre mit Andreas Baader und Gudrun Ensslin in den terroristischen Untergrund abtauchte, hat die Aktion des »Schwarzen September« später in einem Pamphlet als »antiimperialistisch, antifaschistisch und internationalistisch« gerühmt. Die Identifizierung des »Befreiungskampfs des palästinensischen Volkes« war nicht nur für Meinhof ein willkommener Anlass, die deutsche Verantwortung für die Shoah nun den bürgerlichen Spießern zu überlassen und die Ermordung von Juden als fortschrittliche Tat zu preisen.

Den meisten Menschen, die damals auf die Straße gingen, sind ehrenwerte Motive wie Kritik am Vietnamkrieg und Proteste gegen Notstandsgesetze nicht abzusprechen. Trotzdem wurde unter »1968« anschließend vieles subsumiert, was mit der Studentenbewegung gar nichts zu tun hat. Schon die große Koalition unter Kurt Georg Kiesinger und Willy Brandt begann mit Liberalisierungen nach innen und Lockerungsübungen nach außen. Doch an Liberalität waren die Genossen vom SDS kaum interessiert; sie wollten Revolution. Vielleicht ist dies das herausragende Merkmal der westdeutschen 68er

Generation: das Gefühl, im Leben immer auf der richtigen Seite der Barrikade gestanden zu haben und selbst den größten Blödsinn noch als gesellschaftlich notwendigen Irrtum darzustellen.

Der lange Jahre von der Linken verdrängte Anschlag auf das Jüdische Gemeindehaus ist nicht der Fixpunkt der deutschen Studentenrevolte. Aber diese Tat – für die übrigens vor Gericht niemand Rechenschaft ablegen musste – zeigt, dass Terror nicht erst ein spätes Zerfallsprodukt von 1968 war, dass nicht erst die Rote Arme Fraktion mit ihren gedeihlichen Verbindungen zur Staatssicherheit der DDR der Gewalt und der Mordlust frönte. Der frei nach Clausewitz entwickelte Gedanke an den Terror als Fortsetzung der Politik mit anderen Mitteln war im Kern bei manchen Protagonisten von 1968 durchaus schon vorhanden, er hatte sich bloß noch nicht voll entfaltet. »Dutschke war kein Pazifist«, schreibt der 68er Widmann. »Der größte Teil seiner politischen Tätigkeit hatte darin bestanden, das Recht auf Militanz gegen eine Öffentlichkeit zu verteidigen, die das staatliche Gewaltmonopol meist nicht als demokratische Errungenschaft begriff, sondern darin etwas sah, das man glücklich aus dem ›Dritten Reich‹ hinübergerettet hatte.« Das wirkliche Wendejahr in Westdeutschland war 1969, als eine sozialliberale Koalition die Konservativen für 13 Jahre zum Nachsitzen auf die harten Bänke der Opposition schickte. Auch in der DDR gab es damals eine Aufbruchstimmung. Als Alexander Dubček in der ČSSR öffentlich von einem »Sozialismus mit menschlichem Antlitz« träumte, schöpften viele junge Leute Hoffnung und propagierten die Reform des realen Sozialismus. Dutschke, der mit dem Prager Frühling sympathisierte, war nicht nur ein Studentenführer, er war auch eine der ersten Medienfiguren der Bundesrepublik. Solche Öffentlichkeit – Fernsehen, Radio, Zeitungen – stand den 68ern im Osten natürlich nicht zur Verfügung.

Die ostdeutsche Psychotherapeutin und Publizistin Annette Simon, die 1989 das oppositionelle »Neue Forum« mit gründete, zählt zu diesen Ost-68ern, Künstlern, Dichtern und Intellektuellen wie Wolf Biermann, Thomas Brasch, Jürgen

Fuchs, Rudolf Bahro, Jens Reich, Gerd und Ulrike Poppe und Bärbel Bohley. Sie alle wurden ebenfalls zwischen 1938 und 1950 geboren. Ihre Hoffnungen richteten sich 1968 vor allem auf den Prager Frühling, auf eine Demokratisierung und Vermenschlichung des realen Sozialismus. Doch während der Aufstand im Westen auch dazu führte, dass die CDU 1969 in Bonn die Regierungsverantwortung abgeben musste und der Exilant und Widerstandskämpfer Willy Brandt erster sozialdemokratischer Kanzler der Bundesrepublik wurde, rollten im Osten die Panzer. Der Prager Frühling verendete unter sowjetischen Panzerketten, »das Trauma der Achtundsechziger der DDR war die Okkupation« der ČSSR, schreibt Simon.

In Ostdeutschland kam es zum Protest. Vor allem junge Leute hatten Mut zum Widerspruch, verteilten Flugblätter, schrieben Parolen an Häuserwände. Die SED schlug hart zurück. »Zum Teil schickte die herrschende Kaste ihre eigenen Kinder ins Gefängnis«, so Simon. Unter den jungen DDR-Bürgern, die in den Knast müssen, sind prominente Namen: Der Vater von Thomas Brasch, verurteilt zu zwei Jahren Haft, war stellvertretender Kulturminister, der Vater von Erika Berthold (zwei Jahre und drei Monate Haft) Direktor des Institutes für Marxismus-Leninismus beim ZK der SED. Zwar mussten die meisten Verurteilten ihre Strafe nicht absitzen. Diese Tatsache wurde aber im ›Neuen Deutschland‹ vorsichtshalber nicht veröffentlicht. Die Herrschenden, vermutet Simon, »wollten dem ganzen Land zeigen, dass sie bereit waren, selbst ihre eigenen Kinder für die Staatsraison zu opfern«. Während sich die meisten 68er im Westen nach und nach auf den Marsch durch die Institutionen aufmachten, um 20 Jahre später als grüne Stadträte, linke Professoren, als Publizisten oder Werbefachleute Karriere zu machen, ging der Versuch, eine Revolte in der DDR zu proben, für die Beteiligten weniger angenehm aus. Annette Simon: »Die Achtundsechziger sind nicht getötet worden oder gestorben, sie wurden totgeschwiegen oder in den Westen getrieben oder aus der Haft abgeschoben – und dann waren sie wie ›tot‹, weil sie wenig Informationen und Einflussmöglichkeiten hatten.«

Trotzdem hat es Tote gegeben in Deutschland, an der Mauer sowieso, aber auch mitten in West-Berlin. Die Schüsse fielen zum Beispiel am 2. Juni 1967 in Berlin, als ein völlig überforderter Polizist während einer Anti-Schah-Demo in Kudammnähe panisch zur Pistole griff und den Studenten Benno Ohnesorg erschoss. Der Polizist wurde später freigesprochen, was eine ganze Generation empörte und ein paar Menschen in den Terrorismus trieb und selbst zu Mördern werden ließ: Die terroristische »Bewegung 2. Juni« nahm ausdrücklich Bezug auf Ohnesorg. Dass irgendjemand versuchen würde, ihren Rudi zu erschießen, befürchtete Gretchen Dutschke, die Frau des Revoluzzers, schon lange. Ein junger Mann, der dem Studenten aus Luckenwalde ähnlich sah, war im Frühjahr 1968 in der Nähe des Schöneberger Rathauses fast gelyncht worden. Schon am ersten Weihnachtstag 1967 hatte ein Rentner Dutschke mit seinem Krückstock den Kopf blutig geschlagen – und das ausgerechnet in der Gedächtniskirche. Dutschke, selbst gläubiger Christ, wollte die Gottesdienstbesucher mit dem Krieg in Vietnam konfrontieren, bevor sie zu Hause die Weihnachtsgans tranchierten. Im Februar 1968 machten Berliner Taxifahrer Jagd auf einen Autofahrer, den sie für Dutschke hielten. Doch Dutschke behielt sein Gottvertrauen und radelte weiter sorglos durch die Stadt, die zu seiner Bühne geworden war.

Am 10. April 1968 packt in München ein Hilfsarbeiter seine Koffer und wickelt eine 6mm-Pistole sorgfältig in ein Stück Wäsche ein. Daneben liegen scharfe Munition und Gaspatronen. Josef Bachmann will nach Berlin, um Rudi Dutschke zu töten. Der Mörder und sein Opfer könnten Brüder sein. Beide wurden während des Zweiten Weltkriegs im Osten geboren, der eine in Luckenwalde, der andere im Erzgebirge. Josef Bachmann wächst vaterlos auf, aber mit seinem Onkel versteht er sich gut. Der besucht ihn oft, als der siebenjährige Josef 1952 mit gebrochener Hüfte im Krankenhaus liegt. Doch plötzlich kommt der Onkel nicht mehr. Er ist verhaftet worden – weil er mit besoffenem Kopf abends in der Kneipe über die SED geschimpft und mit einem Bierglas das Bild des

Staatspräsidenten Wilhelm Pieck zertrümmert hat. So etwas kostet in Ulbrichts DDR fünf Jahre Haft. Der kleine Josef Bachmann verlässt Mitte der 50er mit seiner Mutter und einem ungeliebten Stiefvater die DDR. Doch im Westen hat die Familie kein Glück. Seine Lehre zum Bergmann wirft er hin, stattdessen ernährt er sich in den 60er Jahren durch Gelegenheitsjobs. Der Westen leuchtet: Mopeds, Kino, flotte Klamotten, doch das alles kostet Geld. Bachmann kommt auf die schiefe Bahn, er stiehlt, bricht in fremde Wohnungen ein, landet schließlich im Jugendarrest und später im Knast. Wie Bachmann geht es vielen Ostdeutschen, die mit der neuen Freiheit im Westen überfordert sind. Sie erwarten viel und scheitern an den Mühen der Ebene. Manche gehen wieder zurück in die DDR, andere landen in der Kneipe, manche sogar in der Gosse. Doch Bachmann träumt davon, ganz groß rauszukommen und geht nach München. Wieder nichts: Er schmeißt drei Jobs in zwei Monaten.

Im Gefängnis hat ihm ein Wärter von diesem Rudi Dutschke erzählt, der Westdeutschland zur DDR machen will. Der Wärter liest die ›National-Zeitung‹, ein rechtsextremes Blatt. Die Zeitung mit einem hässlichen Bild von Rudi Dutschke liegt ganz oben auf dem Koffer, als Bachmann in München am 10. April seine Sachen packt. Dieser Dutschke, den auch die Springer-Presse zum Volksfeind Nummer 1 ernannt hat, ist eine Feind-Ikone erster Güte und lenkt Bachmann ganz hervorragend von der Erkenntnis ab, dass er im Westen kläglich gescheitert ist. Sein Antikommunismus dient ihm als Ventil. Schon vorher war er öfter an die Grenze gefahren, hat blindwütig Richtung Osten geballert oder Grenzpfähle herausgerissen. Nun schießt er auf einen Menschen, den er nicht kennt, von dem er aber alles zu wissen glaubt. Drei Kugeln treffen Dutschke auf dem Kurfürstendamm. »Vater, Mutter, Soldaten, Soldaten«, ruft Dutschke, dann bricht er zusammen. Die Ärzte retten sein Leben, doch sein Sprachzentrum im Gehirn ist getroffen. Nach dem Attentat muss er wieder sprechen lernen; Rudi Dutschke, der charismatische Führer der Protestbewegung, wird nie wieder der Alte sein. Elf Jahre später, Heiligabend 1979, stirbt er in Dänemark an den Folgen des Anschlags.

Die Zeitungen verurteilen das Attentat einhellig, der Bundespräsident schickt ein Telegramm mit Genesungswünschen ins Krankenhaus. Bachmanns Plan, er würde als Volksheld gefeiert werden, geht nicht auf. Nun steht er als verrückter Einzeltäter da, eine Gefährdung für die Allgemeinheit. Fünfmal versucht er zwischen Juni und Oktober 1968, sich umzubringen. Im Gefängnis wird Bachmann wohl klar, dass Kain auf dem Kudamm Abel erschießen wollte. Anstatt ihn zu hassen, verzeiht Dutschke seinem Attentäter. Die Bergpredigt hat der Christ Dutschke auch im Krankenhaus nicht vergessen. Er hört von den Suizidversuchen und schreibt dem Attentäter einen Brief: »Lieber Josef Bachmann, paß auf, Du brauchst nicht nervös zu werden, lies diesen Brief durch oder schmeiß ihn weg. Du wolltest mich fertigmachen. Aber auch wenn Du es geschafft hättest, hätten die herrschenden Cliquen von Kiesinger bis zu Springer, von Barzel bis zu Thadden Dich fertiggemacht. Ich mache Dir einen Vorschlag: Laß Dich nicht angreifen, greife die herrschenden Cliquen an. Warum haben sie Dich zu einem bisher so beschissenen Leben verdammt?«

Bachmann schreibt zurück, entschuldigt sich bei seinem Opfer. Je mehr er begreift, dass dieser Student aus Luckenwalde nie sein Feind gewesen ist, desto verzweifelter und wertloser erscheint ihm sein eigenes Leben. Im März 1969 wird Bachmann wegen Mordversuches aus niederen Beweggründen zu sieben Jahren Haft verurteilt. Ein Jahr später, am 23. Februar 1970, erstickt sich Bachmann mit einer Plastiktüte, die er sich über den Kopf gezogen hat. Nach und nach hat er im Gefängnis begriffen, dass dieser Dutschke aus der DDR ihm viel näher war als alle Wessis, die er nach seiner Flucht kennen gelernt hatte und denen er mit seinem Mord imponieren wollte. Dutschke hört von Bachmanns Tod in London, wo er den Dichter Erich Fried besucht. Er weint um seinen Attentäter, vielleicht auch deshalb, weil Abel begreift, woran Kain in der westdeutschen Fremde verzweifelt ist.

Kapitel 4

In einem anderen Land — Wandel durch Annäherung: Willy schließt den Osten auf — Die Jugend der Welt in Ost-Berlin — Deutsch-deutsche Weltfestspiele in einem Dorf bei Leipzig — Verrat in Bonn — Depression im Hobbykeller — Ein Konzert in Köln — Ausbürgerung und Exodus — Jahn in Jena

Seit meiner Kindheit reiste ich regelmäßig in dieses Land, in dem die Menschen meine Sprache sprachen und mit mir verwandt waren – das aber trotzdem oft anders aussah als jenes Deutschland, in das ich am 11. August 1963 in Göttingen nahe der Zonengrenze hineingeboren worden war. Die Bäckerbrötchen waren kleiner als bei mir zu Hause, die Straßen waren holpriger, und die Onkel und Tanten, die ich mit meinen Eltern besuchte, lebten in Häusern, deren Wände seit längerem nicht gestrichen waren. In den Einkaufsmärkten gab es ganz andere Sachen als bei mir zu Hause, die Cola schmeckte scheußlich, aber ich fand die DDR ganz okay, vor allem die Spielzeugindianer waren viel besser, weil sie größer, bunter und in verwegeneren Posen daherkamen als ihre westlichen Blutsbrüder und man mehr von ihnen bekam für sein schmales Taschengeld. In die DDR fuhren wir zu Ulbrichts Zeiten noch mit der Bahn. Als Willy Brandt Kanzler wurde, reisten wir in einem VW-Käfer, und als Helmut Schmidt dann das Steuer übernahm, in einem Opel-Rekord. Meine erste Reise in die DDR aber machte ich mit meinem Vater in einem dieser kantigen Abteilwagen der Deutschen Reichsbahn, die heute noch in Rumänien und Bulgarien im Einsatz sind. Ich saß stumm hinter der Glasscheibe und starrte hinaus. Draußen war es dunkel. Im Fenster spiegelten sich die anderen Reisenden. Wenn ich mein Gesicht ganz fest an das Glas drückte, sah ich die Welt dahinter. Sie bestand aus Nachtschatten, fliegenden Böschungen, schwarzen Bäumen, knatternden Brücken und einem weiten, mondhellen Himmel mit rasenden, graublauen Wolken.

Die DDR war eine hinter dem Spiegel verborgene Welt. Meine Eltern, Jahrgang 1938, stammten aus Mecklenburg und Sachsen, sie waren in der DDR zur Schule gegangen. Doch wir im Westen nachgeborene Kinder wussten nicht viel über dieses staatssozialistische Konglomerat, außer, dass der Anführer Erich Honecker hieß und die Erwachsenen viele Witze über ihn machten, die man als Kind aber nicht immer verstand. Meine Cousins und Cousinen und deren Eltern aber schienen den Westen zu kennen, obwohl sie uns noch nie besucht hatten. Sie wussten, wie Willy Brandt geschrieben wird, und dass er aus Lübeck kam, sie verfolgten jede Rede von Franz Josef Strauß und machten Witze über die Prinz-Heinrich-Mütze von Helmut Schmidt. Sie betonten stolz, dass der westdeutsche Innenminister Hans-Dietrich Genscher aus Halle stammte, sie kannten bis auf die PS-Zahl und den Hubraum genau den Unterschied zwischen einem Opel-Karavan, einem Opel-Kapitän und einem Opel-Rekord. Sie verstanden nicht, warum die CDU/CSU ständig auf Willy Brandt und dessen sozialliberaler Koalition rumhackte und die Ostpolitik der SPD/FDP-Regierung kritisierte. Denn je länger Brandt regierte, desto öfter fuhren wir zu unseren Verwandten in den Osten.

In Bonn war die Politik, die dazu führte, dass unsere deutsch-deutschen Familientreffen häufiger und komplikationsloser ablaufen konnten, stark umstritten. Ein Lagerkrieg beherrschte die Republik wie zuletzt bei der Debatte um die Wiederbewaffnung. Willy Brandt hatte bereits in seiner Regierungserklärung am 28. Oktober 1969 von der Existenz zweier Staaten in Deutschland gesprochen. Das war eine Sensation. Die Bundesregierung machte deutlich, dass sie bereit war, nach der Phase der Adenauer'schen Ignoranz und dem Stillstand in der großen Koalition unter Kiesinger neue Wege in der Deutschlandpolitik zu gehen. Die CDU/CSU, die fest mit einer Fortsetzung der großen Koalition gerechnet hatte und wütend war über das Zusammengehen von Sozialdemokraten und Liberalen, witterte hier den »Ausverkauf deutscher Außenpolitik«.

Brandts Architekt der neuen Ostpolitik war Egon Bahr, ein ehemaliger RIAS-Journalist und damals ein »kalter Krieger«, den Brandt aus seiner Zeit in Berlin kannte. Bahr, nun Staatssekretär im Kanzleramt, interpretierte die Wiedervereinigung als »außenpolitisches Problem«. Später erklärte er einmal: »Der Weg nach Ost-Berlin führte über Moskau.« Bahr formulierte das Konzept vom »Wandel durch Annäherung«. Zunächst verhandelte die neue Regierung mit den Sowjets über einen Gewaltverzicht – und die Anerkennung der Oder-Neiße-Grenze. Moskau signalisierte Gesprächsbereitschaft. Im Dezember 1970 unterzeichnete Brandt dann in der polnischen Hauptstadt den »Warschauer Vertrag« – und bestätigte die »Unverletzlichkeit« der Staatsgrenze Polens. Die Konservativen in Deutschland sahen vor allem, dass Brandt damit auf ein Drittel des ehemaligen Gebiets des Deutschen Reiches verzichtete. Eine beispiellose Kampagne, gegen Brandt, Bahr und Außenminister Scheel setzte ein, an der auch viele konservative Zeitungen teilhatten. Der Warschauer Vertrag sorgte aber nicht nur in der Anhängerschaft der CDU für Unruhe. Auch Walter Ulbricht und die SED-Spitze betrachteten die Annäherung Brandts an Moskau und die Vertragsstaaten des Warschauer Pakts mit Sorge. Die Anerkennung der Oder-Neiße-Grenze durch Brandt glich aus Sicht Ulbrichts einer Frechheit. Denn die Oder-Neiße-Grenze verlief ja zwischen Polen und der DDR – nicht zwischen Polen und der Bundesrepublik. Ulbricht widersetzte sich der von Moskau erwiderten Entspannungspolitik – und bezahlte dafür mit dem Ende seiner Karriere. Am 3. Mai 1971 trat er »aus gesundheitlichen Gründen freiwillig« zurück und wurde von Erich Honecker abgelöst. Nun war der Weg frei. Egon Bahr fasste die neue Bonner Strategie zusammen: »Früher hatten wir gar keine Beziehungen zur DDR, jetzt haben wir wenigstens schlechte.«

Die Bundesregierung gab die Hallstein-Doktrin und damit den Alleinvertretungsanspruch für Deutschland auf – und setzte auf die Politik der »kleinen Schritte«. Immer mehr

Grenzübergänge von Deutschland nach Deutschland wurden geöffnet, Transitabkommen sicherten den zivilen Zugang nach West-Berlin, Reiseabkommen garantierten großzügigere Besuchsregelungen. »Auch wenn zwei Staaten in Deutschland existieren, sind sie doch füreinander nicht Ausland; ihre Beziehungen zueinander können nur von besonderer Art sein«, erklärte Brandt. Die sozialliberale Regierung erkannte die DDR also faktisch an. Völkerrechtlich aber blieb die DDR ein Teil Deutschlands. Mit diesem politischen Kunstgriff vollbrachten Brandt, Bahr und Scheel ihr politisches und diplomatisches Meisterstück, das nach zwei Jahrzehnten der Stagnation neue Perspektiven im deutsch-deutschen Schachspiel eröffnete. Vielleicht, sagten meine Onkel und Tanten, schafft der Brandt es ja, dass wir eines Tages auch mal in den Westen reisen dürfen? Seine Verehrung in der DDR kannte kaum Grenzen. Als Brandt sich im März 1970 zum ersten Mal mit dem DDR-Staatspräsidenten Willi Stoph in Erfurt traf, versammelten sich Tausende Menschen vor dem Tagungshotel am Bahnhof. »Willy Brandt!«, riefen sie, »Willy Brandt ans Fenster!« Daraufhin schob er die Gardinen beiseite und öffnete es. Die Leute jubelten, und auch wer die bewegende Szene heute betrachtet und zuhört, der wird nicht übersehen und überhören, dass in diesem Jubel vor allem verzweifelte Hoffnung auf bessere Zeiten steckte.

Stoph war über diese offensichtliche Brüskierung seiner Person und den ganzen Staatsquark, der an ihr hing, nicht amüsiert. Brandt, ganz Realpolitiker, machte mit beiden Händen eine beschwichtigende Geste, als wolle er sagen: »Lasst mal gut sein, wir verhandeln hier gerade, ärgert den Stoph nicht, gebt mir ein bisschen Zeit.« Die Leute verstanden und gehorchten dem westdeutschen Kanzler aufs Wort. Wenn meine Eltern mit ihren Verwandten in Ostdeutschland über diese Szene sprachen, wurde es still, manchmal rollten Tränen. Etwas mehr als 19 Jahre später sollte sich diese Geschichte unter anderen Vorzeichen mit anderen Beteiligten ganz ähnlich in Prag wiederholen. Im März 1970 vor dem Erfurter Hof aber wurde jedenfalls für alle sichtbar, dass Stoph nichts weiter als ein Präsidentendarsteller war, der von Moskaus Gnaden regierte und bei echten Wahlen nicht einmal einen Blumentopf mit roten Nelken gewonnen hätte. Ohne dies im Detail zu planen, hatte Brandt in Erfurt die ersten Brocken aus der Berliner Mauer gehauen. Mit ihm an der Spitze hätte eine SPD damals in der DDR aber vermutlich jene 99,7 Prozent-Ergebnisse eingefahren, die der Nationale Block unter Führung der SED immer für sich in Anspruch nahm. Brandt wollte Erleichterungen für die kleinen Leute – und war bereit, viel dafür zu opfern. Begeistert war niemand darüber, dass Pommern, Schlesien und Ostpreußen nun für Deutschland für immer verloren sein sollten. Selbst Sympathisanten der neuen Regierung, wie die ›Zeit‹-Herausgeberin Marion Gräfin Dönhoff, die in ihrer Zeitung in langen Essays vehement für die neue Ostpolitik warb, fiel die Aufgabe der alten Heimat sehr schwer. Willy Brandts Einladung, der Unterzeichnung des deutsch-polnischen Vertrages in Warschau beizuwohnen, lehnte sie ab – diesem Trennungsschmerz wollte sich die in Ostpreußen geborene Journalistin nicht aussetzen. Willy Brandt hat das respektiert und schrieb auf ihre Absage ein paar freundliche Zeilen zurück.

Die Zahl der Besuche von West nach Ost stieg nun rasant. Gleichzeitig stieg auch der Warenaustausch – oft im privaten. Wir brachten zum Beispiel Kaffee, Schallplatten und (heimlich) Bücher mit. Auf der Rückfahrt lagen Christstollen, Modelleisenbahnen oder Holzfiguren aus dem Erzgebirge im Kofferraum. Einen der glücklichsten Tage seines Lebens erlebte mein um einige Jahre älterer Cousin, als ihm mein Vater aus Westdeutschland die neue Rolling-Stones-Platte in dieses kleine Dorf zwischen Weißenfels und Leipzig mitbrachte. Es war wohl ›Exile on main street‹, ganz sicher bin ich mir aber nicht. Jedenfalls verschwand er für den Rest unseres Besuchs in seinem Zimmer, dessen Wände mit westlichen Einkaufstüten aus Plastik und einigen Bravo-Postern tapeziert waren. Wir zählten das Jahr 1972, und die DDR war auf ihrem Höhepunkt.

Ulbricht war von Honecker und Breschnew aufs Altenteil verbannt worden, nach und nach wurde sein Name aus den offiziellen Schriften getilgt. In einer 1976 erstmals verlegten offiziellen Broschüre über die Gründung der DDR taucht die zentrale Figur der DDR-Gründung nur noch ganz am Rande auf. Kein einziges Foto von Walter Ulbricht wurde gedruckt. Stattdessen steht Wilhelm Pieck im Vordergrund. Die DDR versuchte, sich einen sanften Anstrich zu geben. Denn die Aufkündigung der Hallstein-Doktrin durch die Regierung Brandt hatte auch zur Folge, dass immer mehr Staaten die DDR anerkannten. Bundesrepublik und DDR wurden in die UNO aufgenommen. Die SED legte gesteigerten Wert auf internationale Akzeptanz: Im Sommer 1973 veranstaltete die FDJ die »X.Weltfestspiele der Jugend und Studenten«, eine internationale Party und Propagandashow, an der in Berlin immerhin acht Millionen Menschen teilnahmen, darunter 25.000 Gäste aus dem westlichen Ausland.

Die DDR-Funktionäre gingen nicht mit beschwingter Stimmung in diese Mammut-Veranstaltung, auf der gefeiert, diskutiert und vor allem der Sozialismus gerühmt werden sollte. Denn die neunten Weltjugendfestspiele in Sofia waren den kommunistischen Organisatoren im Rebellionsjahr 1968 völlig aus dem Ruder gelaufen. Kritische Sozialisten des westdeutschen SDS hatten dort das orthodoxe Programm im Verein mit Genossen aus der ČSSR und Jugoslawien gehörig durcheinander gewirbelt. Die akribische Planung der Veranstalter war nichts mehr wert. Da tauchten Mao-Plakate und Trotzki-Poster auf, es kam zu spontanen Demonstrationen und unbequemen Debatten, etwa über den Prager Frühling. Die Teilnehmer aus der reformwilligen Tschechoslowakei wurden schikaniert, man verweigerte ihnen die Einreise. Zwei Wochen später rollten die sowjetischen Panzer durch Prag. Das Virus der Rebellion wollte sich die staatstragende FDJ in Ost-Berlin nicht noch einmal einfangen. Das Festival wurde akribisch geplant, natürlich im Schulterschluss mit dem immer mächtiger werdenden Ministerium für Staatssicherheit. Das MfS verhinderte bis zum 28. Juni 1973 die Reise von 2 720 so genannten »negativen Personen« nach Ost-Berlin. Gegen 2 073 Personen wurde Haftbefehl erlassen, insgesamt 800

Menschen mussten die »Hauptstadt der DDR« verlassen oder hatten eine Aufenthaltsbeschränkung erhalten.

Die Aktionen der Stasi liefen unter dem Tarntitel »Banner«. Sorgfältig waren schon im Vorhinein jene Kandidaten ausgewählt worden, die nach Ansicht von Mielkes Offizieren garantierten, die Republik »würdig« zu vertreten. Unsichere Kantonisten wurden abgelehnt. Zu den Gründen für eine Absage zählten kriminelle Delikte, »mangelnde politische Zuverlässigkeit«, »dekadentes Auftreten« und »unmoralisches oder rowdyhaftes Verhalten«. Damit in Ost-Berlin nicht wieder so spontane Debatten geführt wurden wie in Sofia, wurden zur »Sicherstellung« der Überlegenheit der ostdeutschen Jugendlichen bei kontroversen Diskussionen als FDJler verkleidete Mitarbeiter des MfS eingeschleust. In »kritischen« Situationen sollten sie »konsequent« die Politik der SED und der Regierung der DDR vertreten. Nicht genehmigte Flugblätter sollten von ihnen eingesammelt, dokumentiert und es sollte darüber beim MfS Bericht erstattet werden.

Falls doch etwas schief ging, hatte man noch eine stille Reserve parat. Um vor allem den sozialdemokratischen Gästen aus Westdeutschland – sie hielt das MfS für extrem gefährlich – Paroli bieten zu können, waren auch etwa 400 erfahrene Kader der Sozialistischen Deutschen Arbeiterjugend, des MSB Spartakus und der Deutschen Kommunistischen Partei (DKP) nach Ost-Berlin gereist. Sie waren aber, anders als die SPD-Funktionäre und die übrigen westdeutschen Gäste, als »Touristendelegation« in die DDR gekommen. Die westdeutschen DDR-Fans sollten als »politische Reserve« in »notwendigen Situationen«, als »natürliches Gegengewicht« zu Jugendgruppen aus West-Berlin und der Bundesrepublik in Diskussionen eingreifen und somit den realen Sozialismus rhetorisch zum Sieg führen.

Auch in meiner Familie fanden Festspiele statt, und zwar alljährlich im Juli. Der Grund für die regelmäßigen Fahrten in ein kleines Dorf bei Leipzig war der Geburtstag meiner Großmutter. Sie war zur Kaiserzeit in Berlin geboren worden, hatte die Weimarer Zeit und die Zeit des Nationalsozialismus dann in der sächsischen Provinz verbracht. In ihrem Heimatstädtchen Gröben im südlichen Sachsen-Anhalt, einem Ort, der wegen seiner brauchbaren Dorfbühne im Gasthaus immerhin dem DDR-Schriftsteller Heiner Müller aufgefallen war, trug meine Oma auch zu DDR-Zeiten, bis kurz vor ihrem Tod, die Protestantenzeitung ›Frohe Botschaft‹ aus und sammelte die Kirchensteuer ein. Wenn sie uns im Westen besuchte, brachte sie nur Kochbücher, Bibeln und Christstollen mit, weil solche Präsente »nicht politisch« waren. Sie hatte sechs Kinder. Nur zwei, die älteste und die jüngste Tochter, waren ihr im Osten geblieben. Martha, die Älteste, hatte vergeblich auf die Rückkehr ihres Verlobten aus dem Krieg gewartet, und als sie erfahren hatte, dass er gefallen war, einen Bauern aus der Gegend geehelicht. Auf dem großen Bauernhof feierten wir unsere deutsch-deutschen Familienfeste.

Die Verwandtschaft West (einige Onkel nebst angeheirateten Tanten, Cousins und Cousinen und meiner fünfköpfigen Familie) reiste in Fords, Opels und Volkswagen an, die Verwandtschaft Ost (zwei Tanten nebst angeheirateten Onkels plus schon kurz nach dem Abitur vermählte Kinder) in Trabants und Wartburgs. Autorennen auf dem Weg zur Kirche waren sonntagmorgens unvermeidlich. Die West-Fahrer lachten meist darüber, wenn ein Trabant links an ihnen vorbeizog. Das westdeutsche Siegergrinsen wich spätestens, wenn es auf den Schlaglochstraßen in die Kurve ging: Die Ostler kannten die Tücken der Strecke viel besser und entschieden die Rennen meist für sich. Ich wechselte vor dem Kirchgang deshalb gern in die aus volkseigenen Betrieben stammenden Fahrzeuge, mit den West-Verlierern wollte ich nichts zu tun haben.

Mittags wurde dann aufgetischt. Was meine Tanten servierten, stand in augenfälligem Gegensatz zu ihren in Briefen und telegrafisch abgegebenen Erklärungen, es gebe nichts zu kaufen in der DDR, »nüschte«, weswegen meine Eltern dann umso mehr Westwaren im Kofferraum verstauten. Doch der mehrere Meter lange Tisch in der Bauernstube brach fast zusammen: Berge von Wurst, Fleisch, Geflügel, Salate, Torten jeder Art. Ich durfte Brause trinken, bis ich Bauchweh hatte.

Die Gespräche bei Tisch drehten sich erstens um Freunde und Verwandte: Wer ist krank, wer hat geheiratet, wer ein neues Auto. Dann redeten die Erwachsenen über Politik. Zunächst klagte der Wortführer Ost, mein angeheirateter Onkel aus Keutschen, über Materialmangel, die restriktive Reisepolitik der Regierung, den Russenmurks im technischen Gerät. Dann antwortete der Wortführer West, ein im Osten geborener Onkel und inzwischen in Schleswig-Holstein lebend, dass ja doch alles nicht so schlimm sein könne. Schließlich gebe es doch auch vieles umsonst, zum Beispiel Krippenplätze, manches sei sehr billig, zum Beispiel Brot. Auch im Westen funktioniere nicht alles, die Arbeitslosigkeit, vor allem bei der Jugend, sei geradezu eine Geißel, etc. pp. Das Ende vom Lied war, dass man es letztlich in beiden Ländern gleich schwierig fand und jeder sein Päckchen zu tragen hatte. Das hatte nichts mit Verharmlosen zu tun. Es war eher die Grundlage für familiären Burgfrieden – und auch eine Frage der Höflichkeit.

Denn unter Brüdern sollte es erstens keinem viel besser gehen als dem anderen, und wenn es doch so war, durfte man es um der lieben Ruhe willen nicht zugeben. Sollte man den Verwandten, die in »Dem Doofen Rest« leben mussten, das pralle Westleben nun auch noch in allen Farben ausmalen? Sollte man auch noch betonen, dass man selbst als Arbeitsloser in Bremen im Westen besser leben konnte als ein Facharbeiter in Bitterfeld? Das ahnten unsere Verwandten doch. Also ließ man es nach einer Stunde Politikpalaver gut sein, trank noch ein Bier – und erzählte Witze bis zum Morgengrauen. Als Kind fiel mir auf: Es wird viel gelacht in meiner BRDDR-Familie.

Geweint wurde aber auch, zum Beispiel am 6. Mai 1974. An diesem Tag trat Willy Brandt zurück, dieser Bundeskanzler, von dem ich wusste, dass er dafür gesorgt hatte, dass ich öfter meine Cousins besuchen durfte. Ich war im Schwimmbad, als mir ein Klassenkamerad erklärte, der »doofe Brandt« sei jetzt »weg«. Ich wusste, dass der Vater des Jungen CDU wählte und schrie ihn an, er sei ein Lügner. Dann prügelten wir uns, bis der Bademeister kam und uns erst an den Ohren zog und schließlich aus dem Hallenbad warf. Mein Fausteinsatz aber hatte Brandt nicht retten können. Ein Langzeitagent der Staatssicherheit hatte ihn zu Fall gebracht. Mein Vater erklärte mir knapp Elfjährigem anschließend zu Hause im Hobbykeller den deutsch-deutschen Verratsfall mit trauriger Stimme. Ich habe ihn nie wieder so niedergeschlagen gesehen. An der Tür hing ein Wahlplakat mit dem Antlitz des ersten bundesrepublikanischen SPD-Kanzlers. In großen Lettern stand wie zum Trotz auf dem Poster: »Willy Brandt muss Kanzler bleiben!«

Die Affäre Günter Guillaume war einer der größten Spionageskandale der Nachkriegsgeschichte. Guillaume war neben Rainer Rupp alias »Topas«, der in Brüssel die Nato auskundschaftete, der wichtigste Agent von Markus Wolf, dem Chef der Hauptabteilung Aufklärung der Stasi. In der HVA arbeiteten insgesamt 3800 Mitarbeiter. In der Bundesrepublik versorgten zum Zeitpunkt des Mauerfalls noch 100 Agenten und Informanten Ost-Berlin mit mehr oder weniger wichtigen Informationen. Der ehemalige Berliner Flakhelfer Guillaume war Anfang der 50er Jahre vom Ministerium für Staatssicherheit angeworben und ausgebildet worden. In dieser Zeit lernte er übrigens Tino Schwierzina kennen, der als erster frei gewählter Ost-Berliner Bürgermeister 1990 als Pendant zum Westberliner Regierenden Bürgermeister für ein paar Monate Weltruhm genoss. Schwierzina war 1951 Guillaumes Trauzeuge – ob die beiden mehr verband, als bloße Freundschaft, darüber wird noch immer spekuliert.

Guillaume geht mit seiner Frau Christel – ebenfalls eine Stasi-Agentin – 1956 im Auftrag des MfS in den Westen. Er tritt in die SPD ein und macht eine steile Karriere, denn er ist fleißig und charmant. Nach Zwischenstationen in Frankfurt landet er schließlich in Bonn und steigt 1972 zum persönlichen Referenten Willy Brandts im Kanzleramt auf. Politisch gilt er als Jusofresser – eine perfekte Tarnung. Dennoch schöpft der Bundesnachrichtendienst Verdacht. Doch die Behörde vertändelt den Vorgang. Trotz erheblicher Hinweise auf eine Agententätigkeit Guillaumes wird der MfS-Mann nicht daran gehindert, Brandt im Urlaub zu begleiten. Guillaume weicht kaum von der Seite des Kanzlers. Am frühen Morgen des 24. April 1974 klingelt es aber dann an Guillaumes Haustür in Bad Godesberg. Der Agent öffnet im Bademantel. »Sind Sie Herr Günter Guillaume?«, wird er von den westdeutschen Beamten gefragt. »Wir haben einen Haftbefehl gegen Sie.« Dann begeht Guillaume einen schweren Fehler. Anstatt zu schweigen, belastet er sich selbst: »Ich bin Bürger der DDR und ihr Offizier – respektieren Sie das!«, ruft er. Was Guillaume nicht wusste: Außer Verdachtsmomenten lag nichts Handfestes gegen ihn vor. Nun ist er dran. Das Oberlandesgericht in Düsseldorf verurteilt Guillaume wegen schweren Landesverrats zu dreizehn Jahren Gefängnis, seine Frau bekommt acht Jahre Haft. 1981 wird er gegen West-Agenten ausgetauscht und in der DDR als »Kundschafter des Friedens« gefeiert. Fortan bildet er MfS-Agenten aus. Guillaume stirbt 1995 im wiedervereinigten Berlin. Seine Beerdigung wird von ehemaligen Stasi-Offizieren organisiert, die nach der Wende ein Bestattungsunternehmen gegründet haben.

Brandts Nachfolger war ein Hamburger mit Prinz-Heinrich-Mütze. Der Wind wehte nach der desillusionierenden Guillaume-Erfahrung nun etwas steifer durch das geteilte Deutschland. Helmut Schmidt wurde respektiert, war aber nie so beliebt wie sein Vorgänger – damit widerfuhr ihm Unrecht. Denn auch ohne die Agentenaffäre wäre Brandt, der nach den grundsätzlichen Weichenstellungen zur Ostpolitik politisch eher vor sich hin wurschtelte als klare Ziele vorgab, irgendwann ins Trudeln gekommen. Manchmal verschwand er einfach und versank mehrere Tage in Depressionen. Horst Ehmke, Chef des Kanzleramts, holte Brandt dann aus seiner nordischen Schwermut wieder zurück in den Politalltag. »Komm, Willy, wir müssen regieren!«, rief Ehmke einmal seinem Chef zu.

Am Kurs der kleinen Schritte und der Entspannung hielt Helmut Schmidt, im Gegensatz zum Intellektuellen Brandt eher ein Macher-Typ, aber fest. In der DDR und der Bundesrepublik wuchs nun die Generation der Baby-Boomer heran, die – wie ich auch – an ein geeintes Deutschland keine persönliche Erinnerung mehr hatte. Das westliche Fernsehen und der Hörfunk hielten Deutschland aber noch zusammen – und zwar nicht nur im Wetterbericht, wo die Landkarte noch von Düsseldorf bis Dresden reichte, sondern vor allem in vielen Sendungen und Berichten. Der Empfang westlicher Hörfunk- und Fernsehprogramme war Privatpersonen in der DDR zwar nie ausdrücklich verboten, doch wer sich in den 50er, 60er und auch noch in den 70er Jahren dazu bekannte, gerade die ›Tagesschau‹ oder den ›Internationalen Frühschoppen‹ gesehen zu haben, konnte sich eine Menge Ärger einhandeln. In diesem Jahrzehnt hat die DDR viel Geld für Störsender ausgegeben. In Strafprozessen wurde es manchem Angeklagten zu seinen Ungunsten ausgelegt, wenn er sich dazu bekannt hatte, Westsender zu hören. Polizisten und Soldaten durften von Dienst wegen gar kein Westfernsehen gucken oder Westsender wie den RIAS hören. Auch noch in den 80er Jahren, als es in der DDR bereits ganz offiziell Gemeinschaftsantennen mit ARD/ZDF-Empfang gab, wurde bei der Volksarmee penibel darauf geachtet, dass nur der DDR-Rundfunk gehört wurde. Der politisch korrekte Äther war mit einem Klebeband markiert, Offiziere kontrollierten regelmäßig nach. Rekruten, die heimlich RIAS hörten und dabei erwischt wurden, mussten das Radio abgeben – es wurde eingezogen.

Westliche Zeitungen waren in der DDR nur heimlich zu bekommen. Außer der kommunistischen ›Unsere Zeit‹ (ZU) und der Westberliner SEW-Zeitung ›Die Wahrheit‹ gab es offiziell nichts im Zeitschriftenhandel. Aber selbst die Blätter der westdeutschen Genossen erfreuten sich im Staatsvolk gewisser Beliebtheit: Sie druckten nämlich das Programm der Westfernsehsender ab. Die deutsch-deutschen Auseinandersetzungen spielten sich nach dem Mauerbau zunehmend über die Medien ab. An der Rundfunk- und Fernsehfront, glauben manche, habe die SED den Kalten Krieg letztlich verloren. Im Juli 1966 musste der Sektor Rundfunk/Fernsehen der Zentralkomiteeabteilung »Agitation« in einem internen Bericht einräumen, dass sich bereits damals 90 Prozent der Bevölkerung, darunter auch viele SED-Genossen, vor allem aus den Westmedien informierten. In der streng geheimen Untersuchung wurden peinliche Tatsachen zutage gefördert: Da wurden im realen Sozialismus schon mal ganz real Gemeinderatssitzungen verlegt, wenn interessante West-Sendungen im Fernsehen liefen. Karl Eduard von Schnitzlers ›Schwarzer Kanal‹ wurde vor allem von jungen Leuten und Studenten boykottiert. Die hörten lieber Radio Luxemburg, Deutschlandfunk oder den Sender Freies Berlin.

ARD und ZDF waren fast überall in der DDR terrestrisch zu empfangen. Nur im Elbtal und in Dresden war das technisch unmöglich. Deswegen wurde die ARD/ZDF-freie Zone gern »Tal der Ahnungslosen« genannt. Westliche Radiosender waren dort freilich auch über Mittel- und Kurzwelle zu hören. Gerade für Oppositionelle hatten diese Westmedien eine große Bedeutung. Von Aleksander Solschenizyns ›Archipel Gulag‹ – einer wichtigen Abrechnung mit dem unbarmherzigen Strafsystem der Sowjetdiktatur – hörten viele ostdeutsche Intellektuelle zum ersten Mal im Radio. Manche Sendungen veröffentlichten Texte verbotener DDR-Schriftsteller und hatten im Osten vermutlich oft mehr Hörer als im Westen. Das Virus der Demokratie fand seinen Weg in die DDR vor allem über den Äther: »Wir waren per Fernsehen Zaungäste der Bundesrepublik«, sagte der ostdeutsche SPD-Politiker Richard Schröder in seiner Rede zum Tag der Einheit am 3. Oktober 1993. »In Ost-Berlin konnte man erleben, daß aus dem Führerhaus des Milchautos die Bundestagsdebatte tönte. Wir haben schon ein bisschen am politischen Leben der zweiten Republik auf deutschem Boden teilgenommen. Und manche von uns haben es bewundert, wie das möglich ist: die harte Auseinandersetzung in der Sache, das Aufeinandertreffen entgegengesetzter Beurteilungen und dennoch ein stabiler Staat. Gegner bleiben, ohne Feind zu werden.«

Besonders lustig war es, wenn das ›Neue Deutschland‹ Meldungen »richtig stellte«, die es selbst gar nicht veröffentlicht hatte – weil sie nämlich am Tag zuvor von Westzeitungen, meist der Springerpresse, herausgebracht worden waren. Dass diese Meldungen, die es in der DDR eigentlich gar nicht geben durfte, trotzdem bekannt waren, setzte die SED offenbar voraus. Die Westmedien hätten letztlich »das Meinungsmonopol der SED aufgeweicht und einen wesentlichen Anteil an der friedlichen Revolution in der DDR« gehabt, urteilt der Berliner Historiker Gunter Holzweißig in einem Aufsatz über ›West-Medien im Fadenkreuz von SED und MfS‹. Und weil die ›Tagesschau‹ im Vergleich zur ›Aktuellen Kamera‹ eigentlich immer in der Vorhand war, weil sie unbequeme Themen nicht ausließ, sondern im Gegenteil betonte, wurden West-Reporter und -korrespondenten, die im Osten recherchierten, schnell ein Fall für Mielkes Firma.

Doch auch der Einsatz unzähliger Spitzel und politische Tricks konnten nicht verhindern, dass die meisten der etwa 20 ständig akkreditierten westdeutschen Korrespondenten in Ost-Berlin ihre Arbeit ordentlich machten und ein ungeschminktes Bild der DDR lieferten. Hunderte westlicher »Reisekorrespondenten« kamen noch dazu, die ihre Artikel vorher aber mit dem Ministerium für Auswärtige Angelegenheiten abzusprechen hatten. Zwischen 1987 und 1990 bin auch ich einer dieser Journalisten gewesen, die in Ost-Berlin recherchierten – auf eine Anmeldung beim MfAA habe ich allerdings verzichtet, um Informanten nicht zugefährden. Außerdem wollte ich mir nicht in die Karten gucken lassen. Ich schrieb meine Berichte unter Pseudonym. Ich reiste privat ein und besuchte Protestgottesdienste, traf mich in Jugendclubs oder Gaststätten mit Oppositionellen. Die Stasi hätte mich nur mit einem Einreiseverbot an meinen Expeditionen in den Untergrund hindern können. Viele meiner Kollegen bei der ›taz‹ waren auf diese Weise »verbrannt« worden – ich hatte Glück.

Das wichtigste deutsch-deutsche Fernsehereignis vor der Live-Übertragung des Mauerfalls fand am 13. November 1976 in Köln statt. Millionen Zuschauer hingen gebannt an den Bildschirmen, als ein Mann mit Schnauzer und in hellblauem Hemd zur Gitarre griff, sang, redete, ein bisschen lachte – und zum Schluss auch ein wenig weinte. Das Kölner Konzert des Liedermachers Wolf Biermann muss nach dem 17. Juni 1953 und dem 13. August 1961 als *das* zentrale deutschlandpolitische Ereignis der 70er Jahre gewertet werden. Biermann, den die SED in der DDR mit Berufs- und Auftrittsverbot belegt hatte, war eine Tournee im Westen gestattet worden. Er sang vor großen roten Fahnen der IG-Metall, die ihn nach Köln eingeladen hatte. Vor allem die zersplitterte westdeutsche Linke fand den Weg in den Konzertsaal. Biermanns Dichtkunst und brillante Rhetorik einte sie zumindest einen Abend lang.

Biermann sang als deutscher Linker vor deutschen Linken. Doch wenn man sich das Konzert heute noch einmal anschaut – es ist als Video erhältlich –, stellt man fest, dass hier auch ein DDR-Bürger mit BRD-Bürgern kommunizierte. Entsprechend schwierig gestaltete sich, bei aller Begeisterung des Publikums, manchmal der Dialog zwischen Sänger und Zuhörern. Biermann trat auf die Bühne, zog sich die Jacke aus und holte tief Luft. Massenpublikum war er nicht gewöhnt, Konzerte gab er zu Hause nur in der Wohnung in der Berliner Chausseestraße in Mitte, vor Freunden und Bekannten.

›So oder so, die Erde wird rot‹ war sein erstes Lied. Schon nach fünf Minuten ging es zur Sache: »Die deutsche Einheit, wir dulden nicht, dass nur das schwarze Pack davon spricht! Wir wollen die Einheit, die wir meinen, so soll es sein, so wird es sein.«

Kein Applaus.

»Einheit der Linken, in Ost und West, dann wird abstinken die braune Pest! So reißen wir die Mauer ein, so wird es sein, so soll es sein.«

Wieder nichts.

»Die BRD braucht eine KP!«

Applaus.

Es dauerte etwas, bis Biermann mit diesem Publikum aus Jusos, Gewerkschaftern, Maoisten, Trotzkisten, Leninisten, Anarchisten, Linkssozialisten, Sozialdemokraten und anderen Querköpfen zurande kam. Für ihn war der Auftritt ein politischer und künstlerischer Drahtseilakt: Er wollte die DDR nicht schönreden, durfte aber auch nicht zu frech werden, weil er ja wieder zurück wollte in den sozialistischen Staat auf deutschem Boden. Bei aller Kritik an den SED-Bonzen, der Bürokratie und dem vorauseilenden Gehorsam der Gewerkschaften und Massenorganisationen hielt auch Biermann die DDR grundsätzlich für ein legitimes »gesellschaftliches Experiment«, das weitergeführt werden müsse. So thematisierte er die Ausreisewelle von Ost nach West und machte sich in seinem Lied über den »kleinen Flori Havemann« aber auch lustig über einen, der »mit seiner derzeit Festen rüber in den Westen« gegangen sei. Er verteidigte den von der SED ins Visier genommenen Schriftsteller Reiner Kunze und protestierte gegen dessen Ausschluss aus dem DDR-Schriftstellerverband. Biermann betonte aber, »Kunze ist mein Freund, aber nicht mein Genosse«. Den Einwand einer jungen Frau, in der DDR würden sich wegen der brutalen Übergriffe der VoPos faschistische Tendenzen breit machen, kanzelte er als »reaktionären Unsinn« ab. Ähnlich argumentierte er, als ein Mann über den Volksaufstand des 17. Juni diskutieren wollte. Davon war bereits die Rede.

Biermann war als junger Kommunist mit Idealen in die DDR gegangen, nach Köln kam er desillusioniert, aber nicht gebrochen oder als Zyniker. Die Idee des Kommunismus als Glücksverheißung der Menschheit verteidigte er an diesem Abend mit Leib, Seele und Stimme. Vielleicht war Biermann nie so sehr Kommunist wie an diesem Abend. Von diesem Kommunisten, dem am Ende wegen des donnernden Beifalls die Tränen in den Augen stehen, erfahren die Deutschen in Ost und West, wie es um ihr geteiltes Land bestellt ist. Als Zugabe singt der Dichter seine ›Ballade vom preußischen Ikarus‹ – wohl das beste Gedicht, das je ein Schriftsteller über seine persönliche Zerrissenheit und das geteilte Deutschland gemacht hat:

Da, wo die Friedrichstraße sacht
den Schritt über das Wasser macht
da hängt über der Spree
die Weidendammer Brücke. Schön
kannst du da Preußens Adler sehn

*wenn ich am Geländer steh
dann steht da der preußische Ikarus
mit grauen Flügeln aus Eisenguß
dem tun seine Arme so weh
er fliegt nicht weg – er stürzt nicht ab
macht keinen Wind – und macht nicht schlapp
am Geländer über der Spree.*

*Der Stacheldraht wächst langsam ein
tief in die Haut, in Brust und Bein
ins Hirn, in graue Zelln
Umgürtet mit dem Drahtverband
ist unser Land ein Inselland
umbrandet von bleiernen Welln
da steht der preußische Ikarus
mit grauen Flügeln aus Eisenguß
dem tun seine Arme so weh
er fliegt nicht hoch und er stürzt nicht ab
macht keinen Wind und macht nicht schlapp
am Geländer über der Spree.*

*Und wenn du weg willst, mußt du gehen
ich hab schon viele abhaun sehn
aus unserem halben Land.
Ich halt mich fest hier, bis mich kalt
dieser verhaßte Vogel krallt
und zerrt mich übern Rand
dann bin ich der preußische Ikarus
mit grauen Flügeln aus Eisenguß
dann tun mir die Arme so weh
dann flieg ich hoch, und dann stürz ich ab
mach bißchen Wind – dann mach ich schlapp
am Geländer über der Spree.*

Die »verdorbenen Greise« im Politbüro, wie Biermann sie in einem seiner Lieder nannte, fassen den Beschluss, diesen nervenden Dichter und Sänger aus dem Arbeiter- und Bauernparadies zu entfernen. Am 15. November 1976 feierte Biermann in Köln seinen 40. Geburtstag. Am 17. November verbreitete die DDR-Nachrichtenagentur ADN dann die Meldung: »Die zuständigen Behörden der DDR haben Wolf Biermann, der 1953 aus Hamburg in die DDR übersiedelte, das Recht auf weiteren Aufenthalt in der Deutschen Demokratischen Republik entzogen.« Nur drei Tage nach dem Konzert in Köln wurde Wolf Biermann von der herrschenden Klasse in der DDR ausgebürgert. Die SED-Führung glaubte, sich nun endlich ein Problem vom Hals geschafft zu haben, denn Biermanns ätzende Kritik von links hielten sie für viel gefährlicher als die Attacken der Springer-Presse, denen die Altstalinisten mit hohem antifaschistischen Pathos begegneten. Biermann war deshalb kreuzgefährlich für die SED, weil er an den Sozialismus glaubte – und Honecker & Co. als senile Greise und Bürokraten kritisierte. Eigentlich war es paradox: In Köln hatte der Sänger das Existenzrecht der DDR heftig verteidigt. Doch mit dem Stempel auf seiner Ausbürgerungsurkunde läuteten die SED-Bürokraten, ohne es zu ahnen, ihre eigene Totenglocke. Am Ende dieses rasanten Prozesses stand dreizehn Jahre später der Fall der Mauer.

Der Sänger war zwar weit weg im Westen, hinter Mauer und Stacheldraht – doch der Fall Biermann in der DDR war damit keineswegs gelöst. Im Gegenteil. »Das Ausbürgern könnte sich einbürgern!«, ätzte der Schriftsteller Stefan Heym, wie Biermann ein Kommunist. Er hatte 1935 als verfolgter Jude Nazi-Deutschland verlassen und war ins amerikanische Exil gegangen. In der US-Armee kämpfte er gegen Hitlers Staat und blieb nach Kriegsende in Ostdeutschland und der DDR. Nachdem schon Reiner Kunze – bekennender Nicht-Kommunist – erhebliche Repressionen erleiden musste, fürchteten nun auch kritische, aber DDR-loyale Schriftsteller und Künstler um ihre meist hart erkämpfte Kulturfreiheit. Kurz nach der Ausweisungsverfügung wird folgende Protesterklärung veröffentlicht: »Wolf Biermann war und ist ein unbequemer Dichter – das hat er mit vielen Dichtern der Vergangenheit gemein. Unser sozialistischer Staat, eingedenk des Wortes aus

Marxens ›18. Brumaire‹, demzufolge die proletarische Revolution sich unablässig selbst kritisiert, müßte im Gegensatz zu anachronistischen Gesellschaftsformen eine solche Unbequemlichkeit gelassen nachdenkend ertragen können. Wir identifizieren uns nicht mit jedem Wort und jeder Handlung Biermanns und distanzieren uns von dem Versuch, die Vorgänge um Biermann gegen die DDR zu mißbrauchen. Biermann selbst hat nie, auch nicht in Köln, Zweifel daran gelassen, für welchen der beiden deutschen Staaten er bei aller Kritik eintritt. Wir protestieren gegen seine Ausbürgerung und bitten darum, die beschlossene Maßnahme zu überdenken.«

Neben den Schriftstellern Jurek Becker, Sarah Kirsch, Christa Wolf, Volker Braun, Franz Fühmann, Stephan Hermlin, Stefan Heym, Günther Kunert, Heiner Müller, Rolf Schneider, Gerhard Wolf und Erich Arendt unterzeichnet der Bildhauer Fritz Cremer die Erklärung am 17. November 1976, zieht seine Unterschrift aber kurz darauf wieder zurück. In den nächsten Tagen schließen sich mehr als 90 Künstler dem Protest an, darunter der Regisseur und Maler Jürgen Böttcher, die Schauspielerinnen und Schauspieler Jutta Hoffmann, Katharina Thalbach, Manfred Krug, Käthe Reichel, Eva-Maria Hagen, Angelika Domröse, Hilmar Thate, Eberhard Esche, Armin Müller-Stahl, Frank Beyer, die Musiker Gerulf Pannach, Thomas Schoppe, Reinhard Lakomy, Ulrich Gumpert, die Schriftsteller Karl-Heinz Jakobs und Reimar Gilsenbach. Die SED wollte einen unbequemen Sänger loswerden – und hat nun die künstlerische Elite der DDR auf dem Hals.

Mit Biermanns Ausbürgerung endete das unter Erich Honecker nach dessen Amtsantritt 1971 begonnene »Tauwetter« in der Kulturpolitik. Die Botschaft der SED war eindeutig: An den ideologischen Grundfesten der DDR war nicht zu rütteln. Wer protestierte, bekam Parteistrafen aufgebrummt oder wurde mit Publikationsverbot belegt. Wenig später wurden die Strafandrohungen für Veröffentlichungen in Westmedien drakonisch verschärft. An Stefan Heym, dessen Roman ›Collin‹ nur im Westen erscheinen konnte, wurde ein Exempel statuiert. Heym wurde 1979 wegen Verstoßes gegen die Devisenbestimmungen zu einer Geldstrafe von 9000 Mark verurteilt. »Sie reden von Devisen, es geht aber um das Wort, um die Freiheit der Literatur«, sagte Heym, der zu den Erstunterzeichnern des Protestbriefs gegen die Ausweisung gehört hatte.

Viele Unterzeichner verlassen nun ebenfalls die DDR. Ausreisebewilligungen sind plötzlich kein Problem mehr – die DDR will Dampf ablassen. Manfred Krug etwa, damals einer der beliebtesten Sänger und Schauspieler der DDR, durfte sogar seine Oldtimersammlung in den Westen mitnehmen. Anderen, wie etwa Krugs Freund, dem Schriftsteller Jurek Becker, wurden großzügige Arbeitsvisa für den Westaufenthalt ausgestellt. Unter den »Rübermachern« sind so bekannte Künstler wie Eva-Maria Hagen, deren Tochter Nina im Westen schnell eine steile Karriere als Rocksängerin hinlegt und die so genannte »Neue Deutsche Welle« musikalisch eröffnet. Die Nörgler sind weg – aber die DDR blutet intellektuell weiter aus. Die kulturellen Hofschranzen des Regimes schicken den Ausreisenden Spott hinterher. Wer »aus sozialistischem Leseland nach Bestseller-Country« ziehe, bewege sich um eine historische Epoche zurück, höhnt der Präsident des Schriftstellerverbandes, Hermann Kant. Er war nun fast allein auf weiter Flur und blieb in seinem dröhnenden Mittelmaß der unumschränkte Schriftstellerkönig der DDR – weil sonst kaum noch jemand da war.

Biermann war nun im Westen – doch vor den Nachstellungen des SED-Apparates keineswegs sicher. Dutzende Spitzel wurden von der Stasi gegen ihn eingesetzt, die MfS-Unterlagen, die Biermann nach der Wende zu sehen bekam, umfassten mehrere Aktenordner. Wie perfide man auch im Westen gegen Biermann vorging, zeigt das Beispiel einer Journalistin, die 1976 eine deutsche Balladenanthologie herausgeben will. Um auch ostdeutsche Autoren in dem Werk zu berücksichtigen, schickt die westdeutsche Kulturredakteurin Beate Pinkerneil dem Chef des Ost-Berliner Aufbau-Verlages, Fritz Voigt, eine »stattliche Liste von DDR-Autoren« – mit der Bitte um Abdruckgenehmigung. Voigt ruft aus Ost-Berlin im Westen an und fragt, ob ein »gewisser Liedermacher« ebenfalls in dem Band berücksichtigt werden solle. Pinkerneil bejaht das – und Voigt wird nun deutlich. Wenn »jener« in dem Buch auftauche, könne sie die Abdruckrechte vergessen. Auch ein Hinweis auf »sein« Fehlen im Vorwort dürfe es keinesfalls geben.

Die Journalistin ließ sich auf die Erpressung ein, weil sie auf eine ganze Reihe Dichter, über die die Literaturgeschichte freilich hinweggegangen ist, damals nicht verzichten wollte. In einer Nachbemerkung zu einer 1995 erschienenen Neuauflage begründet sie ihre Entscheidung, die »unter Zensurbedingungen« getroffen worden war, mit eher gewundenen Sätzen. Den Lesern sei Biermanns Fehlen gar nicht aufgefallen. Auch »von der Kritik« sei das »nicht moniert« worden, schreibt sie. Nur der FAZ-Rezensent habe dies als »Skandalon« angeprangert, »obwohl gerade der DDR-Schriftsteller Rolf Schneider sich den Mangel unschwer hätte erklären können, es sei denn, sein politischer Realitätssinn wäre kurzzeitig blockiert gewesen«. Immerhin: In der Auflage von 1995 wurden mehrere Balladen Biermanns abgedruckt. Wahrscheinlich hätten die Leser diesmal auch gemerkt, dass der wichtigste zeitgenössische Balladendichter im deutschen Balladenkanon gefehlt hätte.

Die Schockwellen der Biermann-Ausbürgerung reichten vom 17. November 1976 bis zum 9. November 1989. »Keine DDR konnte kippen, weil sie irgendeinen Mann mit Gitarre ins deutsche Exil jagt. Was Deutschland damals erschüttert hat, am meisten die DDR selbst, war der Protest gegen diese Ausbürgerung«, schrieb Biermann 25 Jahre später. Mit ihm schwanden die letzten Hoffnungen auf eine Reform des realen Sozialismus in Deutschland. Erst zogen die »Kulturschaffenden« gen Westen, dann die Intellektuellen, schließlich auch immer mehr ganz normale Leute aus der DDR. »Der letzte macht das Licht aus«, witzelte man damals schon. Vom Exodus der Künstler nach der Biermann-Ausweisung hat sich die DDR-Kulturszene nicht mehr erholt. Im Westen wurden viele

Ostler wieder zu Stars, manche aber gingen auch unter. Erst in den 80er Jahren tauchten in der DDR wieder ein paar neue Namen auf, die künstlerisch ernst genommen werden wollten: Der Liedermacher Stephan Krawczyk, der Schriftsteller Lutz Rathenow, die Malerin Bärbel Bohley – doch an die Klasse ihrer Vorgänger reichten sie nicht heran. Trotzdem bewegten sie – in politischer Hinsicht – Welten.

Ein Ausgangspunkt dieser kolossalen Umwälzungen, die schließlich dazu führten, dass sich die DDR in Luft auflöste, lag in der ostdeutschen Provinz: in Jena. Auch dort empört sich ein junger Mann über die Ausbürgerung Biermanns. Roland Jahn protestiert an der Universität, wird exmatrikuliert und »weil er gröblich gegen die Studiendisziplin verstoßen hat, vom Studium an allen Universitäten und Hochschulen der DDR ausgeschlossen«. Jahn hält das Exmatrikulationsverfahren für gesetzeswidrig, besucht weiter die Vorlesungen und fordert bei der Universitätsleitung sein Recht ein. Trotzdem muss Roland Jahn zur »Bewährung in die Produktion« – ein beliebtes Disziplinierungsmittel der SED gegen aufmüpfige Intellektuelle. Jahn arbeitet im VEB Carl Zeiss Jena.

Mit seiner Kritik an der Biermann-Ausbürgerung steht Roland Jahn nicht allein. Freunde versuchen, mit einer Unterschriftensammlung den Protest zu organisieren. Es folgen Verhaftungen und Verhöre. Im Sommer 1977 werden der Diakon Thomas Auerbach und weitere sechs Jenenser nach monatelanger Untersuchungshaft ohne Urteil in den Westen abgeschoben. Die gegen ihn und seine Freunde verhängten Maßnahmen bezeichnet Roland Jahn öffentlich als Unrecht. Er nimmt die DDR-Gesetze ernst und akzeptiert es nicht, wenn sie von den »Staatsorganen« nach Gutdünken interpretiert und verbogen werden. »Ich verstand mich als Bürgerrechtler im Sinne des Wortes«, sagt Jahn, der heute als Redakteur beim ARD-Fernsehmagazin ›Kontraste‹ arbeitet.

Jahn diskutiert mit seinen Freunden über das Buch ›Die Alternative‹ von Rudolf Bahro. Der Philosoph kritisiert die DDR, ähnlich wie Biermann und Robert Havemann, von einem sozialistischen Standpunkt aus. Doch der junge Mann aus Jena lässt sich in der Kritik nicht auf einen sozialistischen Standpunkt beschränken. Gemeinsam mit anderen sucht er nach Freiräumen in diesem Land, das ihm alles vorschreiben will. Jahn pocht auf seine Rechte als Bürger – jene Rechte, die die DDR ihrem Staatsvolk doch bei der Unterzeichnung der Schlussakte von Helsinki 1975 auf der ersten Konferenz für Sicherheit und Zusammenarbeit in Europa (KSZE) garantiert hatte. Für den Osten hatte diese Konferenz die Anerkennung der Nachkriegsordnung und stärkeren Wirtschaftsaustausch gebracht. Dafür hatten die Ostblockländer die Anerkennung von Menschenrechten und Grundfreiheiten zugesagt.

Die Staatssicherheit versuchte 1977 vergeblich, Jahn als Informanten anzuwerben. Auch ein zweiter Versuch im April 1980 scheiterte kläglich. Jahn organisierte den Widerstand gegen den SED-Staat. Während die Oppositionsszene in Berlin wegen des Biermann-Exodus immer kleiner wird, tobt in Jena der Dissidentenbär. Jahn reist viel in die osteuropäischen Länder, vor allem der selbstbewusste Widerstand der Polen gegen die Diktatur imponierte ihm. Dort hatten Intellektuelle, Arbeiter und Bauern ein Zweckbündnis geschlossen und sich unter dem Dach der unabhängigen Gewerkschaft Solidarność versammelt. Jahn schwebte für die DDR Ähnliches vor. Zu den Freunden von Roland Jahn gehörte auch Matthias Domaschk, ein junger, schlaksiger Jenenser, der gerne Bücher von Lion Feuchtwanger liest und mit seinen langen Haaren ein bisschen so aussieht wie Neil Young. Er trägt Jeans und Parka, diskutiert gern über Gott und die Welt – und ist wie viele Ostdeutsche in seinem Alter nicht mehr bereit, sich sein Leben bis ins Detail von der SED vorschreiben zu lassen. Matthias Domaschk wird die DDR verändern – aber auf tragische Weise.

Kapitel 5

Ein junger Mann aus Jena — Tod in Gera — Ausreise und Opposition — Mielkes Firma und 190.000 Mitarbeiter — Raketen in Deutschland — Königskinder in Berlin — Selbstbestimmung in der DDR – Gift für die SED — Deutsch-deutscher Dialog – und späte Einsicht im Bundestag — Die DDR ist pleite — Und es fällt kein einziger Schuss.

Im April 1981 liest Matthias Domaschk das letzte Buch seines Lebens: ›Der falsche Nero‹. Der Autor Lion Feuchtwanger veröffentlichte es 1936, drei Jahre nachdem Hitler zum Reichskanzler ernannt worden war. Feuchtwanger war vor den Nazis geflohen und schrieb den historischen Roman im französischen Exil. Die Kritik verstand die Geschichte vom Doppelgänger des Blutkaisers Nero als Hitler-Satire. Doch der junge Bürgerrechtler Matthias Domaschk hat das Buch im April 1981, als in Polen mit der unabhängigen Gewerkschaft Solidarność ein Frühlingswind der Demokratie durchs sozialistische Lager wehte, vielleicht ganz anders aufgefasst. Vielleicht hat er den Spott über Neros Regime als generelle Kritik am Despotismus verstanden – konnte als Gegner der SED politisch etwas damit anfangen. Vielleicht. Wir können Matthias Domaschk nicht mehr fragen, weil er am 12. April 1981 in Gera in Stasi-Untersuchungshaft gestorben ist. Sein bis heute kaum zur Kenntnis genommener Tod veränderte die Haltung der DDR-Opposition radikal. Das Ereignis schüchterte die Dissidenten nicht ein, sondern führte in ihren Reihen zu einer neuen, grimmigen Entschlossenheit im Kampf gegen das verhasste Regime. Wenn der Staat Tote in Kauf nahm, so die Reaktion der Bürgerrechtler, dann müssen wir künftig aufs Ganze gehen – der Widerstand wurde nach dem 12. April 1981 ernsthafter, punktgenauer, illusionsloser geführt.

Doch bevor wir uns mit dem Leben und Sterben von Matthias Domaschk befassen und ihn auf seinen letzten Lebenstagen begleiten, ist ein Blick in die Welt vom April 1981 nötig. Die regnerischen Frühjahrstage stehen nicht gerade im Zeichen der Entspannung zwischen Ost und West. In Bonn ist am 8. April gerade eine Tagung der nuklearen Tagungsgruppe der Nato zu Ende gegangen, auf der die Verteidigungsminister des westlichen Bündnisses vor allem über die so genannte Nachrüstung debattierten. Bundeskanzler Helmut Schmidt hatte 1977 in einer Rede in London eine »Raketenlücke« ausgemacht. Er warnte vor militärischer Überlegenheit des Ostens. Die Nato beschloss daraufhin, sowjetischen Rüstungsplänen ihrerseits mit Rüstung zu begegnen: Sollte die UdSSR ihre Pläne nicht aufgeben, wollte man in Westdeutschland Cruise Missiles und Pershing-2-Raketen stationieren. Die Nato-Nachrüstung stieß in Westdeutschland auf heftige Kritik. Im Oktober 1981 demonstrierten Hunderttausende Menschen in Bonn gegen das Wettrüsten der Blöcke. Wenige Monate später zerfiel Schmidts sozialliberale Koalition. Zwar gab es keinen direkten Zusammenhang zwischen dem Ende dieser zwölf Jahre währenden Ära und der Rüstungspolitik. Indirekt hatte das Erstarken der Friedensbewegung aber einen großen Anteil am Machtverlust des zweiten sozialdemokratischen Bundeskanzlers, der die Republik mit kühlem Verstand im so genannten deutschen Herbst 1977 durch ihre bis dato größte Krise, den blutigen Angriff der Rote-Armee-Fraktion auf »Staat und Apparat«, manövriert hatte. Schmidt stieß in seiner eigenen Partei auf immer größeren Widerstand, sein unsentimentaler Führungsstil und seine unwirsche Reaktion auf alles, was ökologisch oder pazifistisch daherkam, brachte ihn schließlich sogar in offenen Gegensatz zum SPD-Vorsitzenden Willy Brandt.

Schmidt hatte den Kurs des »Wandels durch Annäherung« von Brandt und Bahr in seiner Kanzlerschaft beibehalten. Doch die deutsch-deutsche Annäherung trat auf der Stelle. Die SED machte keine Anstalten, eine Demokratisierung der DDR zuzulassen. Zwar stieg die Zahl der Übersiedler und

Ausreisenden von Ost nach West wieder an, aber dahinter steckte nicht Humanität, sondern schlichter Geschäftssinn. Die DDR ließ sich jeden Häftling, der in der Regel per Bus von Ost nach West gebracht wurde, vom Westen teuer mit harter D-Mark bezahlen. Manche DDR-Bürger, die einen legalen Antrag zur Ausreise gestellt hatten, wurden anschließend in Haft genommen, damit man an ihrem Abgang noch etwas verdienen konnte. Das sozialdemokratische Konzept der Entspannungspolitik war in der Krise, weil es nur offizielle Kontakte zwischen Ost und West in den Blick nahm. Um diese Kontakte nicht zu gefährden, hielt sich die offizielle Politik des Westens – nicht nur die der SPD übrigens – von den Dissidenten fern. Die westdeutschen Konservativen konnten mit den ostdeutschen Regimegegnern politisch auch nicht viel anfangen.

So waren die Oppositionellen in der DDR in den 80er Jahren ziemlich allein. Eine Transformation realsozialistischer Gesellschaften war nach Ansicht von Brandt und Bahr nur möglich, wenn die Herrschenden sich nicht gefährdet fühlten. Die Bereitschaft der sozialistischen Eliten und Herrschenden zur Veränderung war komplett ausgereizt. Vor allem in Polen hat man diese merkwürdige Distanz des Westens bis heute nicht vergessen. So ist Willy Brandt dort bis heute weniger für seinen Kniefall in Warschau im Dezember 1970 bekannt, als vielmehr dafür, dass er dem Solidarność-Führer Lech Wałęsa 1981 eine Absage erteilte, als dieser um ein Treffen in Danzig bat. Brandt wollte die polnischen Kommunisten nicht verärgern. Stattdessen brüskierte er Wałęsa – und speiste ihn mit einem Briefwechsel ab. Die Veränderungen in der DDR und in Polen gingen aber, anders als in Gorbatschows Sowjetunion, nicht von oben, sondern vom Volk aus. Die spöttische Bemerkung des ehemaligen Kanzleramtschefs Horst Ehmke im Jahre 1981, die Solidarność sei Wałęsa wohl »aus dem Ruder gelaufen«, zeigt, wie engstirnig die Architekten der Entspannungspolitik inzwischen dachten. Das Volk kam nur als Störfaktor vor, das die Agenda offizieller Gespräche durcheinander brachte. Diese ignorante Haltung erklärt dann auch, warum im Herbst 1989 alle Deutschland-Experten, die meisten von ihnen »Entspannungsfreunde«, so kalt von der Revolte im Osten erwischt wurden. Nur Willy Brandt, der 1981 bei Wałęsa falsch gelegen hatte, forcierte 1989 einen klaren Einheitskurs in der SPD. Ohne ihn hätte es in der deutschen Sozialdemokratie wohl nur wenige prominente Fürsprecher für ein Ende der Zweistaatlichkeit gegeben. Von diesem Trauerspiel der Enkel-Generation wird noch zu sprechen sein.

Nach einer Veränderung der deutsch-deutschen Gemengelage sieht es am 10. April 1981 also überhaupt nicht aus. Im Gegenteil. In Ost-Berlin laufen die Vorbereitungen zum X. Parteitag der SED auf Hochtouren. Das Treffen der Genossen birgt zwar keine Überraschungen – der Kurs von Erich Honecker wird bis ins Detail bestätigt. Die Führungsspitze der SED bleibt fast unverändert. Nur der langjährige Propagandachef Albert Norden verlässt das Gremium aus Krankheitsgründen. An seiner statt wird Günter Schabowski, Chefredakteur des ›Neuen Deutschland‹, zum Kandidaten des Politbüros gewählt. Er gilt als linientreu und hartleibig, doch ausgerechnet Schabowski wird achteinhalb Jahre später mit einer beiläufigen Bemerkung auf einer Pressekonferenz die Mauer öffnen – mehr oder weniger aus Versehen. Auf dem X. Parteitag aber bleibt nichts dem Zufall überlassen. Großen Wert hat die Stasi diesmal auf die »Absicherung« gelegt. Sogar ein Fallschirmjägerbataillon ist in Stellung gegangen, um im Zweifelsfall gegen »Terroristen« vorzugehen oder bei »unübersichtlichen Lagen« einzuschreiten. Man fürchtet in Berlin »polnische Verhältnisse«. In Polen geschehen im Frühjahr 1981 nämlich erstaunliche Dinge: Überall im Land demonstrieren Anhänger der unabhängigen Gewerkschaft Solidarność für Meinungsfreiheit und Demokratie. Die weiß-rote Flagge der polnischen Demokratiebewegung wird zum Fanal neuen Bürgermutes im sozialistischen Lager. Die SED fürchtet, dass die Funken, die die Solidarność schlägt, auch in der DDR Feuer entfachen könnten, und schreckt nun auch nicht mehr davor zurück, in ihrer Anti-Solidarność-Kampagne rassistische und polenfeindliche Ressentiments zu schüren. In der Parteipresse ist neuerdings von »polnischer Wirtschaft«

die Rede. Unter dem Codewort »Kampfkurs X« soll die Stasi außerdem spektakuläre Auftritte von Oppositionellen, vor allem von Solidarność-Sympathisanten, unter allen Umständen verhindern. Der 23-jährige Jenenser Matthias Domaschk ist so ein Fall. Er sympathisiert mit der westdeutschen Friedensbewegung – doch gegen die Stationierung sowjetischer Mittelstreckenraketen in der DDR ist er auch. Seine Meinung darf er im Gegensatz zu den Demonstranten im Westen aber nicht öffentlich kundtun.

Am 10. April 1981 fährt »Matz« Domaschk mit seinem Freund Peter Rösch, den alle »Blase« nennen, mit dem Zug von Jena nach Berlin. Die Freunde wollen zu einer Party nach Berlin, Hauptstadt der DDR. Die beiden kommen nur bis Jüterbog bei Wittenberg. Dort werden sie von Transportpolizisten aus dem Zug geholt. Rösch, der 1982 von Jena nach Berlin-Kreuzberg übersiedelte: »Wir hatten keinen Schimmer, was da los war.« Ohne es zu ahnen, sind Blase und Matz ins Fadenkreuz der Staatssicherheit geraten. Ein Spitzel hat Domaschk im März schwer belastet: Er sei ein Sympathisant der italienischen Terroristen von den Roten Brigaden und träume von Terroraktionen gegen das SED-Regime. Peter Rösch, stadtbekannter Dissident, ist der Stasi sowieso verdächtig. Die Stasi-Maschinerie in Jena kommt in Fahrt. Am Freitagnachmittag erwischt sie Blase und Matz. Am Sonntag, dem 12. April, um 14.15 Uhr hängt Matthias Domaschk in Zelle 121 der Stasi-Untersuchungshaftanstalt Gera tot am Heizungsrohr. Kurz zuvor hat er eine Verpflichtungserklärung als Inoffizieller Mitarbeiter (IM) der Stasi unterschrieben.

Was genau zwischen dem 10. und 12. April im Untersuchungsgefängnis in Gera geschah, habe ich 1993 zu recherchieren versucht. Ich machte mich zunächst auf die Suche nach dem Mann, der Domaschk verraten und seinen Namen bei der Stasi genannt hatte. IM »Klaus Steiner« lebte nach der Wende in einem kleinen Dorf bei Erfurt und meißelte die Namen von Toten in Granitblöcke. Sein Steinmetzbetrieb lief ganz gut, denn gestorben wird immer. »Steiner« war 33, als ich ihn traf. Ich klingelte an der Tür seiner Werkstatt und sagte: »Ich würde gerne über Matthias Domaschk mit Ihnen reden.« Er nickte stumm und ließ mich in die Wohnung – als hätte er schon lange darauf gewartet, dass jemand mit dieser Frage vor seinem Haus steht. »Steiner« war als Sohn eines schwarzen GIs und einer Deutschen im Westen geboren worden. Die Beziehung hielt nicht lange, seine Mutter kehrte nach der Geburt mit dem Sohn 1960 in die DDR zurück. Das Kind hat es in der thüringischen Provinz nicht leicht. »Steiner« wird gehänselt, verprügelt und seiner dunklen Hautfarbe wegen ausgegrenzt. Er wächst vaterlos auf. Die Stasi wittert ihre Chance. Als »Steiner« 17 Jahre alt ist, dient sich ein Mitarbeiter des Ministeriums für Staatssicherheit dem jungen Mann als Freund an. »Steiner« ist zu dieser Zeit in Schwierigkeiten, weil rechte Jugendliche ihm Prügel angedroht haben. Seither kümmert sich die »Firma« um den Jungen. »Steiner« berichtet regelmäßig aus der Dissidentenszene in Jena.

Das alles erzählte mir »Steiner« freimütig in der Küche seiner Werkstatt. Dass er es war, der die Stasi-Maschinerie in Gang gesetzt hat, die letztlich zum Tode von Matthias Domaschk führte, belastete ihn schwer. Es war niemand da, der ihm vergeben konnte oder wollte. Der Bericht des IM »Klaus Steiner« vom 10. März 1981 an seinen Führungsoffizier Roland Mähler ist der Anfang vom tödlichen Ende des Matthias Domaschk. »Steiner« hat Matz zufällig bei einem gemeinsamen Freund kennen gelernt, dessen Jenaer Wohnung renoviert werden musste, einem Pfarrer, der selbst zur Dissidentenszene gehört. In dem Bericht behauptet Steiner, Domaschk sei ein Sympathisant der italienischen Terroristen von den Roten Brigaden. Wörtlich habe Matz zu ihm gesagt: »Wenn ich die Möglichkeit hätte, eine solche Gruppe aufzumachen, würde ich es tun.« Als Steiners Führungsoffizier Mähler das hört, klingeln bei ihm »alle Alarmglocken«, denn Anfang der 80er Jahre ist Jena das Zentrum der Opposition. Mehr als 500 meist junge Menschen gehören zur »Szene«, der von der Stasi staatsfeindliche Umtriebe unterstellt werden. Matz ist hier sehr beliebt. Nach dem Abitur hat er eine Schlosserlehre gemacht. Studieren darf er nicht, weil er ein bekennender Anhänger Wolf Biermanns ist. Dass Matz ein Sympathisant der Roten Brigaden gewesen sein soll, daran konnte sich später keiner in seinem Freundeskreis erinnern. Er sei unter den Dissidenten »eher eine Randfigur« gewesen, sagt der evangelische Pfarrer Walter Schilling, der damals in Thüringen den Widerstand gegen das Regime maßgeblich mitorganisiert hat.

Aus der Oppositionsszene, hat Domaschk seinem Freund Peter Rösch im Frühjahr 1981 anvertraut, wolle er sich zurückziehen, sobald er und seine Freundin Kerstin verheiratet seien. Seine Zwei-Raum-Wohnung in der Jenaer Altstadt hat er liebevoll renoviert; sogar Kokosmatten für den Fußboden konnte er auftreiben. Das Paar will privatisieren: mit ein paar Platten von Janis Joplin und Büchern von Jerome D. Salinger, Tom Wolfe und Aldous Huxley. Domaschks Lebensgefährtin hat eine Freundin in einer Buchhandlung, die derlei Raritäten beschaffen kann. Matz träumt in den letzten Monaten seines Lebens eher vom stillen Glück, nicht mehr von der Revolte. Doch Mitte der 70er Jahre hat er Pläne geschmiedet gegen das Regime. Mit seiner damaligen Freundin Renate Groß ist er nach Prag gefahren, hat dort Kontakt zu Leuten von der »Charta 77« aufgenommen. Nach DDR-Rechtsprechung war das ein schweres Vergehen. Matz kennt die Methoden der Stasi, weiß, wozu Vernehmer fähig sind. 1976, kurz nach der Ausbürgerung des Liedermachers Biermann, wurden Domaschk und seine hochschwangere Freundin abgeholt und getrennt verhört. Matz hielt durch – bis aus dem Nebenzimmer plötzlich Frauenschreie kamen. »Er dachte, das wäre ich. Dabei war es ein Tonband«, berichtet Renate. Die Demütigungen der Stasi, die Angst vor Verhören, vor Prügeln in der U-Haft und vor Schikanen zu Hause hielten viele nicht aus. »Es gab eine Zeit in Jena«, erinnert sich ein Dissident, »da war Selbstmord so eine Art letzter politischer Protest.« Auch Domaschk ist von melancholischen Anfällen nicht frei. »Manchmal haben wir nächtelang geheult«, hat mir Kerstin später erzählt, »einfach so, ohne konkreten Grund. Wir haben geheult, weil alles irgendwie ziemlich beschissen war.« Auf mancher Fete gehört die Ankündigung des eigenen Freitodes schon fast zum guten Ton. Hinter solcher Drohung aber steckt pure Verzweiflung. Der scheinbar absurde Abschiedsbrief eines jungen Jenaer Musikers, der sich in den 70ern mit Gas vergiftet hat, ist auch Anfang der 80er noch vielen bekannt: »Mein Tod soll euch zeigen, wie sinnlos ein Selbstmord ist.«

Ronald Peißker, Stasi-Leutnant und Vernehmer in der Untersuchungshaftanstalt Gera, hatte sich auf ein Wochenende im Grünen gefreut. Daraus sollte nichts werden. Am Samstagabend, dem 11. April, wird der 27 Jahre alte Offizier zum Dienst zurückbeordert. Am Abend zuvor sind Domaschk und Rösch um 20.57 Uhr von Transportpolizisten in Jüterbog aus dem Zug geholt worden. Die Nacht zum Samstag verbringen sie bei der Volkspolizei, zum Frühstück gibt es Bockwurst mit Kaffee. Der Albtraum beginnt harmlos. Am nächsten Tag meldet sich die Stasi aus Gera und fordert die beiden jungen Leute an, »um tiefgründig zu prüfen, inwieweit diese Personen Demonstrativstraftaten während der Durchführung des X. Parteitages der SED in Berlin beabsichtigen«. So steht es in der Domaschk-Akte. Peißker hat Pech. Peißker muss prüfen. »Warum gerade ich«, fragte er sich. Peißker betrieb nach der Wende bei Gera einen Secondhandladen. Auch er wehrte meinen Interview-Wunsch damals nicht ab. »Das müssen wir wohl klären«, sagte er.

In Vernehmerzimmer 523 – ein Honecker-Bild an der Wand, ein Schreibtisch, zwei Stühle – saß er dem Delinquenten gegenüber. Peißker: »Ich wusste nicht, was ich rauskriegen sollte. Keiner hat uns was gesagt.« Über 12 Stunden »befragt« Peißker den Verdächtigen. Für den Diplomkriminalisten Routine, für den jungen Mann eine Tortur. »Das war ein Idealist. Ein moralischer, sensibler Mensch«, erinnerte sich Peißker. »Mir war der sympathisch. Wir haben zum Teil geredet wie Kumpels.« Am Sonntag um 12.45 Uhr verlässt Peißker das Zimmer, nachdem er mit seiner Kumpelmasche Beachtliches aus Matz herausgeholt hat. Statt seiner kommt Hauptmann Horst Köhler, der Mann fürs Grobe. Auch Horst Köhler hatte ich 1993 ausfindig gemacht. Als Einziger lehnte er es ab, über

Domaschk zu reden. Was zwischen ihm und Domaschk geschah, muss durch Akten rekonstruiert werden. Eins steht fest: Dieser Mann, der es später zum Major brachte, bearbeitete Domaschk nach der Stasi-Devise »Krümmen, rundmachen, über den Tisch ziehen«. Eine Dreiviertelstunde lang sitzt der ausgeschlafene Hauptmann dem völlig übermüdeten jungen Mann gegenüber. Domaschk hat mehr als 48 Stunden nicht mehr geschlafen und kaum etwas gegessen. Schließlich hat er keine Kraft mehr: Ausgerechnet Matthias Domaschk verpflichtet sich als Inoffizieller Mitarbeiter der Staatssicherheit.

Material, um den jungen Vater zur Mitarbeit zu pressen, besitzt Köhler genug. Matz hat unter anderem zugegeben, Kontakt zur »Charta 77« aufgenommen zu haben. Das reicht für mehrere Jahre Knast. Die verhängnisvolle Begegnung von Horst Köhler und Matthias Domaschk endet um 13.30 Uhr. Auf Anordnung des Stasi-Hauptmanns Dieter Strakerjahn soll zunächst Blase, dann Matz zurück nach Jena gebracht werden – aus Gründen der revolutionären Wachsamkeit getrennt. Matz wird in das Besucherzimmer, Zelle 121, gebracht: einen unfreundlichen, etwa zwei mal vier Meter kleinen Raum. In einer Höhe von 2,50 Meter verlaufen Heizungsrohre. »Vielleicht wäre er noch am Leben, wenn ich ihn als Ersten losgeschickt hätte«, erklärte mir Strakerjahn – auch er wollte über Domaschks Tod reden. Aber diese Anwandlung von Selbstkritik verwarf der Mann, der 1993 in einem Schlüsselshop in einem Kaufhaus einen neuen Job gefunden hatte, auch gleich wieder: »Soll ich mir jetzt Asche aufs Haupt streuen? Wir haben uns völlig rechtsstaatlich verhalten.«

Die Stasi behandelt den Fall streng geheim. Ein interner Untersuchungsbericht kommt zu dem Ergebnis, Domaschk habe sein Hemd zu einem Strick verknotet und sich damit am Heizungsrohr stranguliert. Wiederbelebungsversuche durch die Genossen Strakerjahn und Köhler seien erfolglos geblieben. In der Szene ist der tote Matz allgegenwärtig. Seine Beerdigung gerät trotz massiver Absperrmaßnahmen der Stasi zur Demonstration. Mehr als 150 Trauergäste schreien am Grab ihre Wut heraus: »Ihr sollt in unseren Tränen ersaufen.« Keine Fete, ohne dass der Name Domaschk genannt wird. Spielen Rockbands in der Stadt, dann fehlt selten der Song »für einen, der ermordet wurde«. Ein Jahr nach dem Tod von Matz geben Roland Jahn und einige andere Freunde eine Anzeige in der Lokalpresse auf: »Wir trauern um Matthias Domaschk, der im 24. Jahr aus dem Leben gerissen wurde.« Der junge Künstler Michael Blumhagen formt eine Plastik, die Oppositionelle in einer Nacht-und-Nebel-Aktion zum Friedhof bringen. Die Stasi lässt die Gedenkskulptur abtransportieren. Doch die Geheimaktion wird fotografiert, die Bilder werden in den Westen geschmuggelt und 1982 im ›Spiegel‹ veröffentlicht.

Die Stasi versucht alles, den Toten aus dem Gedächtnis der Szene zu vertreiben. Sie setzt Dutzende von Spitzeln in Bewegung, um die Version vom Selbstmord unter die Leute zu bringen. Vergebens. Sein Tod verändert die Opposition in der DDR. An Suizid will keiner seiner Freunde so recht glauben. Die bevorstehende Hochzeit passt nicht zum plötzlichen Selbstmord. Immer wieder tauchen Gerüchte auf: Ein Unfall sei passiert, schlimmer noch, die Stasi habe ihn hingerichtet. Roland Jahn: »Der Tod von Matz bedeutete für uns: Die können auch anders. Und: Es hätte jeden treffen können.« Vieles, was sich in Jena nach dem 12. April 1981 an Opposition entwickelt, hat mit diesem geheimnisumwitterten Tod zu tun. Susanne Hergert gründet mit Freunden den »Weißen Kreis«. Eine Hand voll junger Leute in weißen T-Shirts stellt sich auf dem Wochenmarkt in Jena auf und schweigt. Das bedeutet: Wir wollen ausreisen. Die Stasi reagiert panisch, kassiert über Monate jeden, der ein weißes T-Shirt trägt, sperrt an den Wochenenden die Zufahrtsstraßen nach Jena. Der Protest endet im größten Exodus seit der Biermann-Ausbürgerung. Zu hunderten verlassen Oppositionelle bis Mitte der 80er Jahre Jena und die DDR. Viele werden gegen ihren Willen aus dem Land gepresst.

Die Staatsanwaltschaft in Gera ermittelte seit dem Frühjahr 1990, unter welchen Umständen Matthias Domaschk zu Tode kam. Hinweise auf Fremdverschulden im juristischen Sinne wurden nicht gefunden. »Wir haben drei Gutachten in

Auftrag geben lassen. Alle stärken die Suizidtheorie«, erklärte mir Karl-Heinz Gasse, im Jahre 1993 Staatssekretär im thüringischen Justizministerium. Juristisch ist denen, die für den Tod von Matthias Domaschk verantwortlich sind, nicht beizukommen. Denn das, was an diesem Aprilwochenende in Gera geschah, war nach DDR-Recht nur eine »Befragung«. Rein theoretisch, sagte mir der ehemalige Stasi-Hauptmann Strakerjahn nach der Wende, »hätten die jederzeit gehen können«. Praktisch sah die Sache in der DDR im Jahre 1981 anders aus. Der Tod von Domaschk ist bis heute nicht restlos geklärt. Ich persönlich glaube zwar nicht an die Mordtheorie, der heute noch viele ehemalige Bürgerrechtler anhängen, aber ich kann verstehen, dass sie im Umlauf ist. Vor allem Domaschks Ex-Freundin Renate Elmenreich war nach der Wende davon überzeugt, dass die Stasi den Vater ihrer Tochter auf dem Gewissen hat. Um ihre Theorie zu erhärten, gab Elmenreich 1993 sogar ihren Job in Frankfurt am Main auf und kehrte zurück nach Ostdeutschland. In der Gauck-Behörde von Gera suchte sie in den Stasi-Unterlagen nach belastbarem Material. Ich glaube, dass Domaschk nicht zum Verräter an seinen Freunden werden wollte und sich deshalb umgebracht hat. Allerdings ist auch das nur eine Hypothese. Der Stasi-Mann Horst Köhler, jener Offizier, der Domaschk die Verpflichtungserklärung abgerungen hat, musste sich nie rechtfertigen oder auch nur eine Aussage zu Protokoll geben. Juristisch ist der Fall abgeschlossen. Jena war nach dem Tod von Domaschk nicht mehr dieselbe Stadt. Seine Freundin Kerstin war im Gefängnis, als sie von seinem Tod erfuhr. Sie hatte eigentlich nichts verbrochen. Sie war einfach ein paar Mal unentschuldigt nicht zur Arbeit im Krankenhaus gekommen. In der Bundesrepublik hätte sie wohl eine Abmahnung bekommen. In der DDR konnte dies Knast bedeuten: Nach Paragraf 249 des DDR-Strafgesetzbuches hatte sie sich der »Beeinträchtigung der öffentlichen Ordnung und Sicherheit durch asoziales Verhalten« schuldig gemacht. Gerade gegenüber Dissidenten, denen man sonst nichts nachweisen konnte, bediente sich der SED-Staat gerne dieses Paragrafen. Alle, die in der DDR noch immer einen fürsorglichen Sozialstaat erkennen wollen, sollten sich diesen Paragrafen und seine Anwendung in der DDR einmal genau vor Augen führen. Auch im Gulag gab es schließlich ab und zu eine warme Suppe.

Doch selbst für die »warme Suppe« fehlte in der DDR langsam das Geld. Honeckers »Einheit von Wirtschafts- und Sozialpolitik« war teuer. Das Regime brauchte Valuta – und wandte sich 1983 ausgerechnet an einen erbitterten Gegner. Völlig überraschend wurde damals bekannt, dass der bayerische Ministerpräsident Franz Josef Strauß einen Milliardenkredit an die DDR eingefädelt hatte. Strauß hatte vorher jede Annäherung an das kommunistische Ostdeutschland strikt abgelehnt. Honeckers Emissäre baten den Bayern mit dem Hinweis um Hilfe, die DDR befände sich in wirtschaftlichen Schwierigkeiten, die letztlich eine neue politische Eiszeit auslösen könnten. Er habe seinen Zielen keineswegs abgeschworen, rechtfertigte sich Strauß anschließend, er sei inzwischen nur flexibler in seinen politischen Methoden. Nachdem der Finanzdeal erfolgreich abgewickelt worden war, reiste Strauß privat in die Tschechoslowakei, Polen und in die DDR. Dort traf der Bayer mit Erich Honecker im Schloss Hubertusstock am Werbellinsee zusammen – die Begegnung schockierte manchen rechten CSUler. Die Vermittlung harter West-Mark an die DDR und Strauß' Reise hinter den Eisernen Vorhang führte so – ungewollt – zur Geburt der rechtsradikalen »Republikaner«, deren Spitzenfunktionäre oft den Milliardenkredit von Strauß nannten, wenn man sie fragte, warum sie aus der CSU ausgetreten seien und eine neue Partei gegründet hätten.

Im Jahre 1984 besuchte ich mit meiner Schwester meine Familie in Sachsen-Anhalt und Sachsen. Wir reisten in eine trostlose Republik. Meine jüngere Cousine wollte raus aus der DDR, und zwar so schnell wie möglich. Sie heiratete einen westdeutschen Ingenieur und siedelte einige Zeit später ganz legal nach Hessen über. Die Ehe hat gehalten – keineswegs selbstverständlich bei Ost-West-Lieben. Oft zerbrachen solche Beziehungen, wenn die extremen Begleitumstände verschwanden. In Berlin habe ich 1988 ein Dutzend junge Leute befragt, die ihren Partner jeweils im anderen Teil der Stadt hatten. Es war beeindruckend, wie diese Königskinder versuchten, die Mauer niedrig zu halten. Die Westler fuhren so oft wie möglich, manche reisten kurz vor 24.00 Uhr aus, um 00.05 Uhr wieder 25 Mark Eintritt zu bezahlen. Ost-West-Lieben waren eine kostspielige Sache. Eine junge Frau aus Kreuzberg filmte ihre Wohnung, ihre Straße und ihren Arbeitsplatz und schmuggelte die VHS-Videokassetten dann in den Osten, um dort ihrem Freund ihr Leben vorzuspielen. Sie wollte einfach etwas Alltag in diese gefährliche Liebschaft bringen. Von der Stasi wurden solche Beziehungen oft beargwöhnt. Der »Firma« fiel natürlich auf, wenn sich Besuche von West-Berlinern im Osten häuften. Meist schickte man dann einen Spitzel hinterher, der die Sache klären sollte. Wirkte alles unverdächtig unpolitisch, drückte die Stasi sogar mal ein Auge zu, wenn das Kontingent der Besuche erschöpft war. Die etwa 17-jährige Tochter eines ehemaligen Fluchthelfers aus Spandau hatte allerdings kein Glück: Ihr wurde von den Grenzpolizisten nach kurzer Zeit die Einreise verweigert, als sie ihren Freund besuchen wollte. Sie war verzweifelt, als sie mit mir sprach.

Die Notizen zu solchen Recherchen und die Daten der Interviewpartner bewahrte ich in der verschlossenen Schublade meines Schreibtischs in der Redaktion der ›taz‹ in der Wattstraße auf. Das ›taz‹-Haus lag nur ein paar Minuten von der Mauer entfernt. Eines Tages war der Ordner verschwunden. Aufgebrochen war nichts. Wo die sensiblen Unterlagen gelandet sind, kann ich nur vermuten. Wer sie geklaut hat, ebenfalls. Den SED-Staat haben solche Spitzeleien nicht gerettet. Das ist erstaunlich, denn Mielkes Staatssicherheitsapparat war in den 80er Jahren mit rund 92.000 hauptamtlichen und etwa doppelt so vielen inoffiziellen Mitarbeitern (IMs) bei einer Bevölkerung von 17 Millionen Menschen grandios ausgestattet. Zum Vergleich: Die Gestapo überwachte 1937 mit 7000 Mann etwa 60 Millionen Deutsche. Die Allgegenwart der Stasi im öffentlichen wie im privaten Leben ist neben der

Mauer das wohl herausragende Merkmal der DDR. Der Einsatz der »Firma« gegen das eigene Staatsvolk wurde vor allem nach der Unterzeichnung der KSZE-Akte 1975 verstärkt. Erich Mielke, seit 1955 der Chef der Stasi, ahnte, dass nun die Freiräume für Dissidenten größer geworden waren, und warnte davor, die Zügel schleifen zu lassen. Für die »Firma« gab es keine Grenzen – weder materiell, noch moralisch oder juristisch. Es gibt kaum etwas, wozu die Stasi nicht imstande war: Sie trieb »Staatsfeinde« in den Tod, entführte politische Gegner, brachte gefälschte Unterlagen in Umlauf, um den Klassenfeind zu diskreditieren. Nach der Wende sprach ich einmal mit einer etwa 55-jährigen Frau, die nach dem Studium ihrer Stasi-Akten festgestellt hatte, dass sie von ihrer Schwiegertochter, ihrem Mann und einigen Cousins und Cousinen bespitzelt worden war. Ihr Leben kam ihr vor wie eine komplette Fälschung: Big Brother ohne Kamera. Sie hatte nicht mehr die Kraft, die Sache aufzuklären und die Verräter zu stellen – wohl auch aus Angst vor weiteren grausamen Enttäuschungen.

Nach der Wende lief die Diskussion um die Stasi manchmal aus dem Ruder. Kleine Spitzel wurden an den Pranger gestellt, ihre Führungsoffiziere blieben unbehelligt. Vergessen wurde auch oft, dass die Stasi keineswegs auf eigene Rechnung arbeitete. Sie war kein Staat im Staate, sondern Schild und Schwert der SED. Ihr Handeln war von der DDR-Führung politisch gedeckt und gewollt. Der Staatssicherheitsdienst der DDR war auf seinem Gebiet wohl führend. Das halten sich seine ehemaligen Mitarbeiter noch heute zugute. Wenigstens hier hatte die DDR also Weltniveau: bei der Repression, beim Verrat, beim Bespitzeln. »Das ist unfair!«, werden nun viele Menschen einwenden, die in der DDR ein ganz normales Leben gelebt haben. Und es stimmt ja: Die wenigsten DDR-Bürger sind in Konflikt mit den Gesetzen der DDR gekommen. Die Stasi hat viele bespitzelt, aber nicht alle, nicht mal die Mehrheit der Bevölkerung. »Es war nicht alles schlecht!«, heißt es dann meist weiter. Es gab keine Arbeitslosen, die Mieten waren bezahlbar, Obdachlosigkeit und Armut hat es angeblich auch nicht gegeben.

Die meisten DDR-Bürger, meine Verwandten inklusive, waren keine Helden, keine Jahns, Biermanns, Domaschks. Vielleicht wäre ich in der DDR auch mucksmäuschenstill gewesen, wer weiß. Aber darum geht es nicht. Die DDR gründete von Anfang an auf Zwang. Sie war nicht auf dem Boden eines demokratischen Grundgesetzes aufgebaut, sondern ihre Basis war die Feuerkraft der Roten Armee. Als auf Befehl Gorbatschows die sowjetischen Bajonette gesenkt wurden, begann die Götterdämmerung im Politbüro. »In dem Moment, wo die Sowjetunion zusammenbrach, war die DDR nicht mehr überlebensfähig«, resümierte Dr. Gerhard Schürer, der ehemalige Leiter der Staatlichen Plankommission der DDR, zehn Jahre nach dem Mauerfall in einem Interview. Schürer hatte immer wieder gewarnt: vor der Verschuldung, vor dem drohenden Staatsbankrott. Doch seine nüchternen Dossiers fanden keine Gnade vor Honeckers Augen. Der Staatsratsvorsitzende reagierte regelrecht beleidigt, wenn ihn der Ökonom mit seinen deprimierenden Wirtschaftsfakten aus dem realen Alltag der volkseigenen Betriebe behelligte. Honecker habe ihm geantwortet, »wenn man diese Meinung vertritt, dann sabotiert der Genosse Gerhard Schürer die Einheit von Wirtschafts- und Sozialpolitik und damit die Beschlüsse des Parteitages«. 1988 wagte Schürer einen letzten Versuch: »Unsere Republik geht pleite!«, warnte er – wieder vergebens. Seine Vorschläge, die Krise durch Anhebung der Preise und Erhöhung der Mieten zu lösen, hatten im Politbüro keine Chance. Die DDR-Staatsspitze raste sehenden Auges in den Untergang. War das Ende der Deutschen Demokratischen Republik unvermeidlich? »Wir hätten uns höchstens noch die paar Monate halten können, als auch die UdSSR existierte. Denn wir waren doch in allen Phasen an dieses Land gebunden, wir bekamen 2/3 unseres Rohstoffbedarfs für unser Land von dort«, bilanziert Schürer nüchtern.

Genauso wichtig ist: Das Staatsvolk der DDR wollte diesen Staat mehrheitlich nie – auch wenn in den 60er Jahren nach dem Mauerbau ein kleines Wirtschaftswunder zu verzeichnen war. Selbst in den 70er Jahren hätte die SED wohl jede freie, demokratische Wahl verloren und das Ende der SED wäre immer auch das Ende der DDR gewesen. Schürer, der heute für den westdeutschen Multi-Unternehmer Dussmann arbeitet, war gegen Ende der DDR der dienstälteste Planwirtschaftler der sozialistischen Welt. Nicht ganz zu Unrecht weist er auf die schwierigen ökonomischen Startbedingungen der DDR im Vergleich zur Bundesrepublik hin: Die Reparationszahlungen Ostdeutschlands seien um ein Vielfaches höher als im Westen gewesen. Das stimmt. Trotzdem steckten nicht nur ein paar Fehler im System – das System selbst war der Fehler. Es funktionierte auch in den Ländern nicht, die keine Reparationen zu zahlen hatten. Gleichwohl war der reale Sozialismus in der DDR für Millionen Menschen Lebenswirklichkeit. Dieses Leben wird nicht falsch, nur weil es in der DDR stattgefunden hat. Es gibt eben doch ein richtiges Leben im falschen, auch wenn Theodor Adorno einst das Gegenteil behauptet hat.

Nach der Wende brach ein Streit darüber aus, ob die Geschichte der DDR Episode oder Epoche zu nennen sei. Diese Frage wird sich mit der Zeit wohl von selbst beantworten. Die Geschichte der DDR gehört als wichtiger, prägender Bestandteil zur jüngeren deutschen Geschichte. Aber sie gehört, als längere Fußnote, noch mehr zur Geschichte der Sowjetunion. Eine deutsche Möglichkeit zum realen Sozialismus hat es nie gegeben. Ulbricht wusste das – spätestens seit dem 17. Juni, als er sich hinter sowjetischen Panzern versteckte wie ein Kind hinter dem Rockzipfel seiner Mutter. Auch Ulbricht hätte den Untergang 1989/1990 nicht aufhalten können. Er wäre unter seiner Führung wohl allerdings ziemlich blutig über die Bühne gegangen. Die Versuche westdeutscher Politiker, in den 80ern mit der SED ins Geschäft zu kommen, sich bei den Machthabern in Ost-Berlin anzubiedern, erscheinen rückblickend ziemlich grotesk.»Das ist ein zutiefst redlicher Mann«, urteilt da beispielsweise im Dezember 1985 ein sozialdemokratischer Bundestagsabgeordneter in der Parteizeitung ›Vorwärts‹ über Erich Honecker. Einige Jahre später, im Juni 1989 – die Fluchtwelle aus der DDR über die ČSSR oder Ungarn hat bereits eingesetzt – erklärt derselbe Mann, inzwischen Spitzenkandidat der SPD in Niedersachsen, der ›Bild‹-Zeitung: »Nach 40 Jahren Bundesrepublik sollte man eine neue Generation in Deutschland nicht über die Chancen einer Wiedervereinigung belügen. Es gibt sie nicht.« Und selbst 1990, als Ministerpräsident, sind ihm diese komischen Ostdeutschen noch immer nicht geheuer: »Wir müssen verhindern, dass DDR-Bürger über Gebühr Leistungen in Anspruch nehmen, für die Bundesbürger Beiträge geleistet haben, also z. B. aus der Renten- und Arbeitslosenversicherung«, sagt er im Januar 1990 dem ›Express‹.

Der Mann, der in den 80er Jahren nicht trotz, sondern wegen seiner Auffassungen zur Deutschlandpolitik Karriere in der SPD gemacht hat, wurde im Herbst 1998 zum Kanzler aller Deutschen gewählt. Seine Koalition mit den Grünen kam nur deshalb zustande, weil die Überhangmandate aus Ostdeutschland dem rot-grünen Lager eine komfortable Mehrheit bescherten. So kann es gehen in der Geschichte. Ohne die deutsche Einheit wäre Gerhard Schröder wahrscheinlich nie Kanzler geworden. Deshalb noch eine Zugabe: »Die Wiedervereinigung ist eine Lebenslüge.« (›Hannoversche Allgemeine Zeitung‹, 12.3.1987) Schröders Haltung war vor allem in der SPD-Linken der 80er Jahre weit verbreitet, aber andere Parteien waren nicht frei davon. Natürlich: Damals wusste man nicht, was man heute weiß – dass die DDR Ende der 80er auf einen kolossalen Staatsbankrott zusteuerte. Ansonsten galt: Die DDR war weltweit anerkannt. Und als Erich Honecker 1987 zum Staatsbesuch auf dem Flughafen Köln/Bonn landete, wurde er nicht etwa wegen der Toten an der Mauer verhaftet, sondern mit allen Ehren empfangen. Helmut Kohl holte den Staatsgast persönlich ab und lauschte mit dem Kommunisten gemeinsam der Eisler-Hymne – die ohne Text vorgetragen wurde, versteht sich.

Dass diese Form der deutsch-deutschen Diplomatie an ihr Ende gekommen war, bemerkte übrigens als einer der Ersten ein Sozialdemokrat, der vorher ein Apologet der Entspannungspolitik gewesen war. Zur Feierstunde des Tages der deutschen Einheit im Juni 1989 rechnete der SPD-Abgeordnete Erhard Eppler in ungewöhnlich scharfer Form mit der SED ab. Zwei Jahre zuvor hatte Eppler als Vorsitzender der SPD-Grundwertekommission mit Otto Reinhold von der Akademie für Gesellschaftswissenschaften beim ZK der SED ein gemeinsames Papier über den »Streit der Ideologien und die gemeinsame Sicherheit« der Öffentlichkeit präsentiert. Dieses SPD-SED-Dialogpapier war schon seinerzeit sehr umstritten. Die Kritiker hielten die Aktion für unnötiges, peinliches Antichambrieren der SPD bei einer undemokratischen Staatspartei. Andererseits wurde der Wortlaut, in dem Meinungsfreiheit versprochen worden war, tatsächlich im ›Neuen Deutschland‹ veröffentlicht, Dissidenten bezogen sich ausdrücklich darauf. Den politischen Spielraum der Opposition in der DDR aber hatte dieses Papier kaum verbessert. Es wäre von bleibendem historischem Wert gewesen, wenn die SPD mit einigen DDR-Dissidenten ein Dialogpapier verfasst hätte. Aber auf diesen Gedanken kam damals niemand, auch nicht die CDU, die ohnehin mit der Opposition am Prenzlauer Berg keine Berührungspunkte hatte.

Umso bemerkenswerter war Epplers Rede. Er geißelte die »realitätsblinde Selbstgefälligkeit« der SED-Führung, wenn sie angstvoll meinte, sich dem »Geist des Wandels« widersetzen zu können, der Polen schon erreicht habe. Den Leitgedanken der Existenzberechtigung beider deutscher Staaten, die das gemeinsame SPD-SED-Papier an die beiderseitige Reform- und Friedensfähigkeit band, interpretierte er nun so: »Gemeint waren die Gesellschaftssysteme, nicht die einzelnen Staaten. Ich bin aber bereit, dies auch auf die beiden deutschen Staaten zu beziehen. Was die Existenzberechtigung angeht, möchte ich heute hinzufügen: Keine Seite kann die andere daran hindern, sich selbst zu Grunde zu richten.« Eppler bekannte sich zum Selbstbestimmungsrecht der Deutschen in der DDR. Die Ostdeutschen sollten sich nach seinem Willen ganz im Sinne der freiheitlich-demokratischen Tradition nun »in die inneren Angelegenheiten ihres eigenen Landes einmischen können, und zwar nicht so, wie es die SED für zuträglich hält, auch nicht so, wie uns das gefiele, sondern so, wie sie es selbst für richtig und nötig halten«. Für seine klugen, fast seherischen Worte erhielt Eppler Beifall vom ganzen Hause. Ein halbes Jahr später machten die Ostdeutschen tatsächlich, was sie wollten.

Nie waren Ost- und Westdeutschland weiter voneinander entfernt als in den 80er Jahren. Bundesrepublik und DDR unterschieden sich nicht nur in ihren politischen Grundfesten. Während sich Westdeutschland seit den 60er Jahren immer mehr zu einer Einwanderungsgesellschaft entwickelt hatte, in der nun neben Deutschen auch Türken, Griechen, Italiener und viele andere Ausländer lebten, war die DDR zuletzt eine fast panische Auswanderungsgesellschaft. In Westdeutschland hatten sich 1989 über fünf Millionen Ausländer niedergelassen – ihre Anwesenheit hatte die Bundesrepublik, trotz aller Integrationsprobleme, verändert. Das Land wurde weltoffener, toleranter, gelassener – und irgendwann hielt man Tiramisu für eine schwäbische Spezialität. Auch in der DDR lebten Ausländer – im Dezember 1989 zählte man dort knapp 200.000 Nichtdeutsche. Die meisten waren als Vertragsarbeiter in die DDR gekommen, die größte Gruppe waren Vietnamesen, die oft in der Textilindustrie beschäftigt wurden. Aber sie lebten mehr oder weniger in Ghettos. Ein Kontakt zur deutschen Arbeiterklasse fand kaum statt, die Partei hielt das für nicht opportun. Während ich Ende der 70er Jahre mit einem Murat, einer Francesca und einer Elenitza in einer norddeutschen Kleinstadt am Gymnasium englische Vokabeln paukte und deutsche Klassiker las, waren Kinder von ausländischen Arbeitern in der DDR nicht vorgesehen. Eine Vietnamesin, die in der DDR schwanger wurde, hatte die Wahl zwischen Abtreibung oder Rückkehr in die Heimat. So viel zum Thema sozialistischer Humanismus.

Die bundesrepublikanische Gesellschaft brachte inzwischen ureigene politische Formationen hervor, die selbst in Europa zunächst ziemlich einmalig waren: Die Grün-Alternativen, ein deutsches Nachkriegsprodukt, das ohne die Revolte von 1968 nicht denkbar wäre. In gesellschaftlicher Hinsicht war die bundesweite Gründung der Grünen im Januar 1980

Teil eines ideologischen Rückzugsgefechts der 68er, die dieses Manöver freilich stets als moralischen Frontalangriff verkauften. Lange hielt sich die These, Grüne seien irgendwie bessere Menschen. Inzwischen ahnt man: Das ist nur ein Gerücht. Seit ihrem ersten Auftreten sind die Grünen im Wesentlichen damit beschäftigt, Forderungen, die sie gestern noch aufgestellt haben, zurückzuziehen, abzuwickeln oder verträglich zu recyceln. Heute reüssiert die Partei eigentlich in der politischen Mitte, und es ist ihr Verdienst, sich selbst und fast eine ganze Generation resozialisiert zu haben. »Wir haben diese Republik gründlich zivilisiert!«, behauptete die grüne Abgeordnete Antje Vollmer im August des Wendejahres 1990 – in Wahrheit war es so, dass erst Adenauers Republik mit der viel geschmähten Westbindung die Voraussetzung für deutsche Demokratie schuf – und damit auch die Voraussetzung für das Raumgreifen der 68er und ihrer Nachfahren, die das demokratisch verbriefte Recht auf Irrtum ebenfalls kräftig in Anspruch nahmen. Das Beste an der westdeutschen Friedens- und Alternativbewegung bestand nicht etwa in ihren zum Teil ziemlich weltfremden Forderungen. Das Beste, was diese Bewegung hervorbrachte, war von ihr gar nicht beabsichtigt gewesen: Sie fand Nachahmer im Osten. In der DDR erhielt das als großes Abenteuer verkaufte, aber im Grunde harmlose Mittelstandsgeplänkel der Grünen und ihrer Anhänger eine ungeahnte politische Brisanz. Die westliche grün-alternative Kultur lieferte eine Vorlage für viele DDR-Dissidenten der 80er Jahre und wurde dort kulturpolitisch voll durchgearbeitet. »Die natürlichen Verbündeten der SED waren die Sowjetkommunisten«, erinnert sich Tom Sello, ein Bürgerrechtler, der in der Ost-Berliner Umweltbibliothek – einem Zentrum der Opposition – tätig war. Heute arbeitet er im Matthias-Domaschk-Archiv am Prenzlauer Berg und beschäftigt sich vor allem mit der Geschichte der DDR-Dissidenten – also auch seiner eigenen. »Unsere natürlichen Verbündeten im Westen waren die Autonomen und Alternativen – dachten wir jedenfalls«, resümiert Sello heute. Dass diese Verbündeten von ihren Brüdern und Schwestern im Osten gar nicht so viel wissen wollten wie umgekehrt, dämmerte Sello erst nach der Wende.

Es gab auch Ausnahmen: Als die Grünen Gert Bastian und Petra Kelly im Oktober 1983 Erich Honecker besuchten, trug die kleine, mutige Bundestagsabgeordnete ein T-Shirt mit der Aufschrift »Schwerter zu Pflugscharen«. Anschließend unterzeichnete sie mit Honecker einen »persönlichen Friedensvertrag«, in dem sich der Despot freundlich zu einseitiger Abrüstung verpflichtete. Daran gehalten hat er sich natürlich nicht. Die Zustände in der Nationalen Volksarmee waren autoritär, Zivildienst gab es nicht, und wenn Honecker von Aufrüstung sprach, waren nur die westlichen Raketen gemeint. Schon im Mai hatte Kelly mit anderen auf dem Alexanderplatz Transparente für den Frieden entrollt, die ihr freilich schnell wieder von Stasi-Beamten abgenommen worden waren. Vielleicht war ihr Agieren zwischen Ost und West naiv, aber immerhin hat sie sich getraut, etwas zu tun. Je mehr sich Kelly frustriert aus der aktiven Arbeit der Grünen zurückzog, desto weniger war Deutschlandpolitik in der Öko-Partei ein Thema. Bald setzten sich auch hier die Realisten durch, die lieber Bahrs ausgebranntem Konzept des Wandels durch Annäherung folgten als Kellys deutsch-deutschem Anarchismus. Die sensible Petra Kelly, Galionsfigur der frühen Grünen, flüchtete vor den Zumutungen der Basisdemokratie, die sie selbst heraufbeschworen hatte. Dieselbe Basis, die ihr zujubelte, wurde grün vor Neid, als Kelly um eine Sekretärin bat. Diese Bitte wurde auf einem Parteitag kalt abgelehnt. Nach außen leuchteten die Grünen, nach innen verzehrte sich die Partei oft vor Eifer, Puritanismus und Missgunst.

Die Forderungen der Grün-Alternativen entfalteten im Osten trotzdem ihre Wirkung – und warfen wichtige Fragen auf. Selbstbestimmung schwappte da als schillerndschönes Stichwort über die Mauer. Aber wie sollte das gehen in einem Staat, der fast alles vorschrieb und reglementierte? »Alternative Lebensformen«, echote es auf dem Prenzlauer Berg – in einem Arbeiter und Bauernstaat, einem Land, dem Planwirtschaft über alles ging? »Frieden und Abrüstung«, klang es von hüben – ausgerechnet in der DDR, wo es keinen Zivildienst gab und in deren Armee noch immer der preußische Stechschritt geübt wurde? »Ökologie!«, schmetterte es aus dem Westen – doch so kaputt wie die Bäume im Erzgebirge und so dreckig wie die Elbe hinter Leuna/Buna waren weder der Harz noch der Rhein. »Basisdemokratie!«, forderten die Grünen, kaum dass sie 1983 mit 5,6 Prozent im Bundestag angekommen waren – in der DDR kannte man nur Wahlergebnisse jenseits der 98 Prozent. Vor allem in den 80er Jahren wurden die Wahlergebnisse im Auftrag der SED gefälscht, dass sich die Balken in den Wahllokalen bogen. So gesehen hatte die westdeutsche Alternativbewegung tatsächlich einen objektiven, wenn auch unfreiwilligen Impetus auf die deutsch-deutsche Geschichte. Die Kritik der Friedensbewegung an der Nato-Nachrüstung wirkte ebenfalls doppeldeutsch. Aktionen ostdeutscher Friedensgruppen gegen sowjetische SS 20-Raketen waren für die SED sehr gefährlich, weil sie das Meinungsmonopol der Partei infrage stellten. Im Westen änderten auch Sitzblockaden vor Kasernen nichts am Lauf der Dinge. Die Nato-Raketen wurden stationiert. Vielleicht war das sogar ganz gut so. Im Rückblick muss wohl die Frage erlaubt sein, ob Helmut Schmidts kompromissloses Beharren auf der Nachrüstung und Helmut Kohls Standhaftigkeit in dieser Frage letztlich nicht mehr zur Demokratisierung des Sowjetimperiums beigetragen hat, als alle SED-SPD-Dialogpapiere und Delegationsbesuche in der DDR zusammen, die nach ihm verfasst oder gemacht worden sind.

Die Stationierung der Nato-Mittelstreckenraketen führte zu einem Strategiewechsel im Kreml. Den Sowjetherrschern wurde klar, dass sie den Rüstungswettlauf mit dem Westen aus finanziellen Gründen nicht mehr gewinnen konnten. Sie verfolgten stattdessen einen politisch flexibleren Kurs. Plötzlich regierte in Moskau kein störrischer Politgreis mehr, sondern ein Mann in den besten Jahren, der von Glasnost und Perestroika, von Demokratie und Menschenrechten sprach – und so sympathisch uneitel war, dass er sogar seinen Blutschwamm auf der Stirn nicht retuschieren ließ: Michail Gorbatschow, der letzte Präsident der Sowjetunion. Gemeinsam mit dem US-Präsidenten Ronald Reagan beendete er in der zweiten Hälfte der 80er Jahre das Zeitalter des Kalten Krieges – und gab letztlich das entscheidende Okay zur deutschen Einheit. Doch während in der Sowjetunion, die der DDR stets als Vorbild im Klassenkampf gedient hatte, nun plötzlich demokratische Experimente gewagt wurden, behielt Honecker seinen dogmatischen Kurs bei. Die SED war bis in den Herbst 1989 hinein politisch so lebendig wie der Friedhof in Berlin-Friedrichsfelde, auf dem die Partei der Arbeiterklasse ihre Spitzenfunktionäre neben den Gräbern von Rosa Luxemburg und Karl Liebknecht beerdigte. Das Ende war unausweichlich, gemerkt haben das freilich nur ganz wenige. Die Feiern zum 40. Jahrestag der Republik gerieten noch einmal zum eindrucksvollen Spektakel. Tatsächlich war die Lage im Lande desperat. Zehntausende flohen seit Monaten über Ungarn und die Tschechoslowakei in den Westen. Schließlich machte Honecker auch Richtung sozialistischer Bruderstaaten die Grenzen dicht. Wer die Mauer oder Grenzanlagen überwinden wollte, riskierte sein Leben. Das letzte Opfer an der Berliner Mauer hieß Chris Gueffroy. Der junge Mann hatte im Februar genau gehört, wie Honecker beteuerte, es gebe keinen Schießbefehl. Es gab ihn doch. Gueffroy wurde von einer MP-Salve auf dem Weg von Treptow nach Neukölln regelrecht zersiebt. Der Grenzsoldat schoss dem jungen Kellner in den Rücken.

Nichts deutete auf einen deutschen Perestroika-Kurs der SED hin. Im Gegenteil. Im Sommer 1989 drohte Egon Krenz seinem Volk unverhohlen mit dem Hinweis auf China, wo die demokratische Revolte der Studenten gerade auf dem Platz des Himmlischen Friedens mit Panzern erstickt worden war. Doch in Leipzig und Berlin wollten sich Bürgerrechtler und Oppositionelle nicht weiter das Recht auf ein eigenes Leben verbieten lassen. Sie beschlossen, dass das beste Mittel gegen Diktaturen der Einsatz demokratischer Methoden ist – und demonstrierten in aller Öffentlichkeit für Reisefreiheit, Volksherrschaft und Menschenrechte. Im September gründeten die Berliner Malerin Bärbel Bohley und der Arzt und

Molekularbiologe Jens Reich das »Neue Forum«, eine oppositionelle Plattform, der sich bis zum Ende des Jahres 10.000 Menschen als Mitglieder anschlossen. 200.000 Ostdeutsche unterzeichneten den Gründungsaufruf. Im Oktober konstituierte sich in Schwante bei Berlin die »SDP« – die Sozialdemokratische Partei der DDR, mit der die SPD im Westen zunächst herzlich wenig zu tun haben wollte.

Aber der Lauf der Dinge war nicht mehr aufzuhalten. Zu Beginn schlug der SED-Staat noch zurück, sperrte die Demonstranten hinter Gitter. Doch im Oktober marschierten in Leipzig am Montag nach dem Gottesdienst in der Nikolaikirche bereits Tausende. Von Woche zu Woche strömten mehr Menschen auf die Straße. Die SED verzichtete darauf, einen zweiten 17. Juni zu provozieren – nicht so sehr aus humanen Erwägungen, wie ihre Führer anschließend behaupteten, sondern weil sie wussten, dass die Sowjets ein gewaltsames Eingreifen missbilligten und der Partei nicht mehr zu Hilfe eilen würden. Ob im Herbst 1989 wirklich eine Revolution stattgefunden hat in der DDR, mag man diskutieren. Eine mutige Revolte war es allemal. Die DDR brach zusammen, weil der Druck der Straße auf die Herrschenden unerträglich wurde, und weil die Sowjets das Interesse an diesem halben Deutschland verloren hatten. Die Auslandsschulden in harten Devisen waren bereits höher als das Guthaben der DDR. Bei mehr als 400 westlichen Banken hatte die DDR Schulden. Das Politbüro betrieb nichts weiter als Konkursverschleppung. Das Gutachten kam nicht bis zu Honecker. Als sich die SED im Herbst 1989 die wirtschaftliche Lage bewusst machte, war es bereits zehn nach zwölf. Selbst wenn sich in der DDR nach dem erzwungenen Rücktritt von Erich Honecker am 18. Oktober eine gesellschaftliche Mehrheit für einen »Dritten Weg« oder einen demokratischen Sozialismus gefunden hätte, wäre die DDR nicht überlebensfähig gewesen.

Aber eine gesellschaftliche Mehrheit für weitere sozialistische Experimente, wie sie sich mancher Bürgerrechtler noch im Herbst 1989 gewünscht hatte, existierte nicht. Im Gegenteil. Aus dem Kampfruf »Wir sind das Volk!« wurde schnell

»Wir sind ein Volk« und dann die unmissverständliche Ankündigung: »Kommt die D-Mark nicht zu uns, kommen wir zu ihr!« Der SED entglitt binnen weniger Monate das Heft des Handelns. Ohne den brüderlichen Schutz der Roten Armee waren die Kommunisten dem prowestlichen Volk hilflos ausgeliefert. Daran änderten auch letzte Rettungsversuche linker Intellektueller wie Sarah Kirsch nichts mehr, die im November 1989 noch »für unser Land« demonstrierten. Nach der versehentlichen Öffnung der Mauer in der Nacht vom 9. auf den 10. November gab es kein Halten mehr, die Institutionen der DDR schwanden in rasendem Tempo dahin. Dieselben Grenzer, die einen am Übergang Friedrichstraße im Frühjahr 1989 noch mit scharfem Blick gemustert und in schneidendem Ton ausgefragt hatten, akzeptierten ein Jahr später Euroscheckkarten als Ausweisdokument. Kaum hielten Meinungsfreiheit und Marktwirtschaft nach den ersten freien Volkskammerwahlen im März 1990 ihren Einzug, war der reale Sozialismus am Ende. Er implodierte förmlich. Was übrig blieb, wurde mit deutscher Gründlichkeit abgewickelt. DDR-Regierung und Bundesregierung verhandelten über einen Einigungsvertrag. Den Ton des Dokuments gab freilich der Westen an. Die DDR hatte wenig, was sie an politischem oder wirtschaftlichem Gewicht in die Waagschale werfen konnte. Die Vorbereitung auf die Einheit folgte dem Nachkriegsmuster: Erst die Länder, dann das Land. Aus den 15 Bezirken wurden fünf Bundesländer; Karl-Marx-Stadt durfte wieder Chemnitz heißen, aus Marxwalde wurde wieder Neuhardenberg. Am 3. Oktober, einem strahlend schönen Tag, war alles vorbei. Die DDR verschwand für immer von der politischen Landkarte.

Wir hatten großes Glück – auch mit Helmut Kohl. Er wollte die Einheit und er kannte das diplomatische Geschäft. Die Ostdeutschen waren für Kohl keine lästigen Bittsteller wie für gewisse sozialdemokratische Ministerpräsidenten, sondern Landsleute mit einem grundgesetzlich garantierten Anspruch auf einen bundesdeutschen Pass. Lafontaine, der damals wichtigste Mann in der SPD, betonte hingegen die Probleme, die

die deutsche Einheit mit sich bringen würde. Er signalisierte den Ostdeutschen, sie wären in der Bundesrepublik nicht willkommen. Der Saarländer begriff ebenso wenig wie Gerhard Schröder, was sich eigentlich gerade wirklich vor ihren Augen im Osten abspielte. Vielleicht wollten die beiden so genannten Brandt-Enkel gar nicht genau wissen, dass gerade ein Epochenumbruch stattfand. Schließlich hatten sie sich in der alten BRD ja ganz wohl gefühlt und sahen keinen Grund für irgendwelche Veränderungen. Brandt aber verstand die historische Dimension sehr gut und sprach einen Tag nach dem Fall der Mauer am Schöneberger Rathaus in Berlin seinen inzwischen tausendfach zitierten Satz: »Jetzt wächst zusammen, was zusammengehört.« Der Regierende Bürgermeister von Berlin, Walter Momper, hatte wenige Stunden zuvor angesichts jubelnder und sich in die Arme fallender Berliner zurückhaltender reagiert: Es gehe heute nicht um eine Wiedervereinigung, sondern um ein »Wiedersehen«. Das Volk sah die Sache anders.

Orchestriert und dirigiert wurde das von Brandt apostrophierte Zusammenwachsen der beiden Deutschländer vom Christdemokraten Helmut Kohl, dem der Sozialdemokrat am Ende seines Lebens zumindest in der Deutschlandpolitik näher stand als dem Spitzenkandidaten seiner Partei. Kohl genoss das Vertrauen der europäischen Staatsführer, was die Zwei-plus-vier-Verhandlungen, an denen die Siegermächte und die beiden Deutschländer teilnahmen, erheblich erleichterte. Die Versuche der britischen Premierministerin Margret Thatcher und des französischen Staatspräsidenten François Mitterrand, die Einheit entweder zu verhindern oder doch zu verlangsamen, konnte der Pfälzer auch deshalb kontern, weil man ihm deutsche Großmannsucht nicht unterstellte. Man schätzte diesen Kanzler als überzeugten Europäer. Seine internationalen Verhandlungen zur deutschen Einheit waren eine diplomatische Glanzleistung. Vom Mauerfall bis zur deutschen Einheit verging nicht einmal ein Jahr. Die letzten Soldaten der Roten Armee verließen am 31. August 1994 ihre Kasernen in Ostdeutschland.

Heute besucht eine Generation von Schülern die Oberstufe, die keine eigene Erinnerung mehr an das geteilte Deutschland oder die Diktatur in der DDR hat. Doch die Mauer teilt uns immer noch. Manchmal scheint es so, als würde sich die DDR im Rückblick neu zusammensetzen. Vieles erscheint ihren ehemaligen Bürgern plötzlich nur noch halb so schlimm, manches sogar besser. Ich glaube, dass sich die viel zitierte »DDR-Identität« erst als Reaktion auf die neudeutsche Wirklichkeit nach der Wende herausgebildet hat. Jedenfalls habe ich als Kind, Jugendlicher und junger Erwachsener nie von dieser ominösen »DDR-Identität« gehört, wenn ich Verwandte oder Freunde im Osten besucht habe. Wahr ist: Auch in der DDR haben die Menschen ein ganz normales Leben gelebt, mit Hochzeiten und Todesfall, mit Kleingartenanlage und Ostseeurlaub. Dennoch ging es den Menschen in der Bundesrepublik nach 1949 in fast jeder Hinsicht besser als den Deutschen in der DDR. Auch ihre Lebenserwartung lag über die Jahrzehnte immer deutlich niedriger als bei den Westdeutschen.

Trotzdem wurde den Ex-DDR-Bürgern nach der Wende 1989 wesentlich mehr abverlangt als ihren Landsleuten im Westen. Städte wie Görlitz oder Leipzig wurden buchstäblich auf den Kopf gestellt, selbst die deutsche Sprache und die Verkehrsregeln haben sich verändert, von den neuen Gesetzen und Lebensregeln, die jeder Ostdeutsche lernen musste, ganz zu schweigen. In Städten wie Prien am Chiemsee, Freiburg oder Stuttgart ist seit dem 3. Oktober 1990 fast alles beim Alten geblieben. Die Wiedervereinigung ist dort für manche Bewohner bis heute nichts als ein fernes Gerücht, und würde nicht ab und zu ein sächsischer Kellner oder eine Friseurin aus Brandenburg durchs Bild laufen, wäre der Fall der Mauer dort nur ein wirrer Traum geblieben. Viele meiner ostdeutschen Freunde beneiden die Westdeutschen für deren stetiges, behütetes Leben, das sich dahin zieht wie ein langer, ruhiger Fluss. Die Ruhelosigkeit, die manchen Ostdeutschen auszeichnet, kenne ich als Kind von Flüchtlingseltern selbst ganz gut. Doch denjenigen Westlern, die bis heute nicht wissen, wo Dresden liegt oder wie Jüterbog geschrieben wird, ist mit der deutschen Teilung und der Vereinigung nicht nur ein deutsches Drama, sondern eben auch ein großes deutsches Abenteuer entgangen. Dieses Abenteuer, das in einer Revolte gegen die Herrschenden und mit dem Zusammenbruch eines Staates endete, war in der deutschen Geschichte einmalig. Allein die Fluchtgeschichten sind atemberaubend: Von Ost nach West flohen Hunderttausende, manche im umgebauten Benzintank von Autos oder im Kofferraum, sie segelten über die Ostsee ins Ungewisse, sie schwebten in selbst gebauten Heißluftballons mit dem Wind nach Westen. Dazu gehörte ein verzweifelter Mut, der bis heute im Westen kaum anerkannt und respektiert worden ist. Von diesen Heldentaten ist nicht viel übrig, außer einem Panoptikum am Checkpoint Charly. Immerhin gibt es eine schöne Novelle von F. C. Delius, ›Spaziergang nach Syrakus‹, der von eben diesem Abenteuer erzählt. Auch wenn sich 15 Jahre nach der Vereinigung beider deutscher Staaten im inzwischen demokratisch verfassten Ostdeutschland rasend viel verändert und verbessert hat, kann von gleichen Lebensverhältnissen in Ost und West noch lange keine Rede sein. Die Integration der DDR in die Bundesrepublik gelingt vor allem auf dem Territorium der alten BRD. Dorthin wandern noch immer hunderttausende Ostdeutsche ab, weil sie ihre Zukunftschancen in Bayern oder Baden-Württemberg für besser halten als in Mecklenburg oder Sachsen-Anhalt. Der Treck von Ost nach West, der sich gegen Ende des Zweiten Weltkriegs in Bewegung setzte, ist inzwischen in der vierten Generation unterwegs. Ein Ende ist nicht abzusehen.

Vom Arbeiter- und Bauernstaat blieb nicht viel übrig: der grüne Pfeil zum Rechtsabbiegen, das spitzbärtige Sandmännchen – und das Ampelmännchen, das irgendwie kompakter und entschlossener wirkt als sein westlicher Kollege. Selbst die PDS ist trotz ihres (n)ostalgischen Programms ein Produkt des neuen Deutschland: Meinungsstreit, faire Wahlen und demokratischen Wettbewerb hat es in der SED erst gegeben, als die Sache mit dem Sozialismus längst gelaufen war. Anders ausgedrückt: Ohne Konrad Adenauers weise Voraussicht, dass die deutsche Einheit in europäischer Freiheit vollendet werden müsse, wäre Gregor Gysi nie Talkshow-König geworden.

Inzwischen sind viele Bücher darüber geschrieben worden, warum die Wiedervereinigung ein Fehlschlag gewesen sein soll und warum Ost und West sich nicht verstehen. Solche Urteile stoßen auf dankbare Kundschaft. Falsch sind sie trotzdem. Leider kann man Deutschland einig Zeterland nicht zurück in die Zeit der Teilung beamen – als in Bitterfeld wegen der Chemie die Wäsche nach dem Aufhängen dreckiger war als vorher, als an der Mauer scharf geschossen wurde, als Leipzigs Innenstadt zerfiel und ein Witz ein Ticket für Bautzen sein konnte.

Bei der Vereinigung 1990 wurden Fehler gemacht und Chancen verpasst. Es vergeht kaum ein Tag im neuen Deutschland, an dem sie nicht beklagt werden. Leider gab es damals keine Bedienungsanleitung für die Wiederherstellung einer geteilten Nation. Mir kommt diese gesamtdeutsche Jammerei über die Probleme der Einheit oft unglaublich kleinlich vor. Es klagen übrigens vor allem die besonders laut, die vor der Wende ganz genau wussten, warum es zur Zweistaatlichkeit Deutschlands keine realistische Alternative gab. Fakt ist: Vor etwas mehr als 15 Jahren existierte noch eine Diktatur auf deutschem Boden. Der Traum vom vereinten, demokratischen Europa war die Grundlage für das deutsche Happy-End. Wer die Osterweiterung der EU beklagt, sollte sich beizeiten daran erinnern, dass es ohne den Mut der Polen keinen Mauerfall gegeben hätte. Was wir aus unserem neuen Deutschland machen, liegt nur an uns. Es ist niemand anderes mehr da, den wir verantwortlich machen können, wenn etwas schief geht: keine Amis, keine Russen. Vielleicht macht genau diese Tatsache dem einen oder anderen Angst. Friedrich Hölderlin, der deutsche Frühromantiker, hatte für Zauderer und Zaghafte die richtige Antwort parat:

Komm! ins Offene, Freund!
zwar glänzt ein Weniges heute
Nur herunter und eng schließet der Himmel uns ein.
Weder die Berge sind noch aufgegangen des Waldes
Gipfel nach Wunsch und leer ruht von Gesange die Luft.

Trüb ists heut, es schlummern die Gäng'
und die Gassen und fast will
Mir es scheinen, es sei, als in der bleiernen Zeit.
Dennoch gelinget der Wunsch,
Rechtgläubige zweifeln an Einer
Stunde nicht und der Lust bleibe geweihet der Tag.
Denn nicht wenig erfreut,
was wir vom Himmel gewonnen,
Wenn ers weigert und doch gönnet den Kindern zuletzt.
Nur daß solcher Reden
und auch der Schritt' und der Mühe
Wert der Gewinn und ganz wahr das Ergötzliche sei.
Darum hoff ich sogar, es werde, wenn das Gewünschte
Wir beginnen und erst unsere Zunge gelöst,
Und gefunden das Wort, und aufgegangen das Herz ist,
Und von trunkener Stirn' höher Besinnen entspringt,
Mit der unsern zugleich des Himmels Blüte beginnen,
Und dem offenen Blick offen der Leuchtende sein.

Zeittafel

14.8.1949 Die Wahl zum ersten Deutschen Bundestag findet statt. Bei einer Wahlbeteiligung von 75,5 % unterliegt die SPD (29,2 %) der CDU/CSU (31 %). Die FDP kommt auf 11,9 %. Da die Fünf-Prozent-Klausel als Hürde für kleinere Parteien zu diesem Zeitpunkt noch nicht eingeführt worden ist, schaffen es auch die BP (Bayernpartei), DKP/ DRP (Deutsche Konservative Partei/Deutsche Reichspartei), DP (Deutsche Partei), Zentrum, EVD (Europäische Volksbewegung Deutschlands), KPD (Kommunistische Partei Deutschlands), Parteilose, RSF (Radikal Soziale Freiheitspartei), RWVP (Rheinisch-Westfälische Volkspartei), SSW (Südschleswigscher Wählerverband) sowie die WAV (Wirtschaftliche Aufbauvereinigung) in das Parlament.

21.8.1949 Die Union einigt sich auf Konrad Adenauer für den Posten des Bundeskanzlers und Theodor Heuss (FDP) für den des Bundespräsidenten. Eine Koalition mit der SPD wird nicht in Betracht gezogen.

12.9.1949 Die Bundesversammlung ernennt Theodor Heuss zum Bundespräsidenten.

15.9.1949 Der erste deutsche Bundestag wählt Konrad Adenauer zum Bundeskanzler der BRD.

21.9.1949 Die Alliierten Hohen Kommissare empfangen auf dem Petersberg Bundeskanzler Adenauer sowie einige seiner Kabinettsmitglieder. Das Besatzungsstatut tritt in Kraft.

7.10.1949 Gründung der Deutschen Demokratischen Republik (DDR). Nichtanerkennung seitens BRD sowie der Alliierten Hohen Kommissare, da keine freien Wahlen stattgefunden haben.

11.10.1949 Wilhelm Pieck wird durch die Volkskammer zum ersten Präsidenten der DDR gewählt.

12.10.1949 Otto Grotewohl wird Ministerpräsident der DDR.

Januar 1951 Das Demontageprogramm wird durch die Alliierte Hohe Kommission beendet.

18.4.1951 Das Ruhrstatut sowie die Ruhrbehörde werden durch den Schuman-Plan von der so genannten »Montanunion« abgelöst: Die BRD schließt zusammen mit Italien, Frankreich und den Benelux-Staaten (Belgien, Niederlande, Luxemburg) den Vertrag über die Gründung der Europäischen Gemeinschaft für Kohle und Stahl (EGKS).

10.3.1952 In der ersten so genannten »Stalin-Note« unterbreitet die Sowjetunion den drei Westalliierten den Vorschlag, einer Wiedervereinigung in den Grenzen der »Potsdamer Konferenz« sowie einer Bewaffnung Deutschlands im Falle des Abzuges sämtlicher ausländischer Truppen und anschließender Neutralität der BRD zuzustimmen.

25.3.1952 Die Westmächte sowie Konrad Adenauer reagieren ablehnend auf die »Stalin-Note«, da sie eine freie gesamtdeutsche Wahl zur Voraussetzung für einen Frieden machen und keine ernsthaften Absichten Josef Stalins in dieser sowie den folgenden Noten der Sowjetunion vermuten.
17.6.1953 Volksaufstand in der DDR.
6.9.1953 Die zweiten Bundestagswahlen gewinnt ebenfalls die CDU/CSU. Adenauer bleibt Bundeskanzler.
4.7.1954 Deutschland gewinnt im WM-Finale in Bern gegen Ungarn mit 3:2 und wird Fußballweltmeister.
Okt. 1954 Auf vier Konferenzen in Paris wird der Status der BRD neu verhandelt. Die »Pariser Verträge«, die am 5. Mai 1955 in Kraft treten, beenden das Besatzungsregime und bekräftigen den Alleinvertretungsanspruch der BRD. Außerdem tritt die Bundesrepublik der NATO bei und die Westeuropäische Union (WEU) wird gegründet. Durch das »Saarstatut« bindet sich das Saarland wirtschaftlich an Frankreich, während es politisch selbstständig bleibt.
14.5.1955 Als Gegengewicht zur NATO wird der »Warschauer Pakt« gegründet.
22.9.1955 Die nach Walter Hallstein, Staatssekretär im Auswärtigen Amt, benannte Hallstein-Doktrin tritt in Kraft: Falls ein Land diplomatische Beziehungen zur DDR aufnimmt, wird dies als »unfreundlicher Akt« gewertet und gegebenenfalls wurden die diplomatischen Kontakte zu dieser Nation abgebrochen.
20.1.1956 Die ersten 1500 Freiwilligen der neugegründeten Bundeswehr werden vereidigt.
27.1.1956 Beitritt der DDR zum Warschauer Pakt.
23.10.1956 Der Aufstand in Ungarn wird durch das Militär der Sowjetunion brutal niedergeschlagen.
1.1.1957 Das Saarland tritt gänzlich der BRD bei.
25.3.1957 In den »Römischen Verträgen« beschließen Italien, Frankreich, die Benelux-Staaten sowie die BRD die Gründung der Europäischen Wirtschaftsgemeinschaft (EWG) und der Europäischen Atomgemeinschaft (EURATOM).
15.9.1957 Die Wahlen zum dritten Deutschen Bundestag finden statt. Die Union erreicht mit ihrem Wahlspruch »Keine Experimente« die absolute Mehrheit der Stimmen (50,2 %). Die SPD kommt auf 31,8 %.
4.10.1957 Die Sowjetunion löst durch die Positionierung des ersten Satelliten den »Sputnik-Schock« in den USA aus.
10.11.1958 Chruschtschow fordert den Abzug der Westmächte aus Berlin. Es kommt zur so genannten »Berlin-Krise«.
27.11.1958 Im Chruschtschow-Ultimatum wird den Alliierten sechs Monate zur Schaffung einer entmilitarisierten »freien Stadt West-Berlin« gegeben. Andernfalls sollen die sowjetischen Berlin-Rechte an die DDR übergeben werden.
Sept. 1959 In Camp David revidiert Chruschtschow das Berlin-Ultimatum

und bespricht mit Präsident Eisenhower die friedliche Koexistenz der Ost- und Westmächte. Es wird vom »Geist von Camp David« gesprochen.
25.7.1961 Präsident John F. Kennedy gibt in einer Fernsehansprache bekannt, dass er entschlossen sei, die Anwesenheit westlicher Truppen in West-Berlin, den unbehinderten Zugang von und nach Berlin sowie die Freiheit und Lebensfähigkeit der Stadt zu erhalten.
3.–5.8.1961 Mitglieder des Warschauer Paktes geben inoffiziell ihre Zustimmung zur Abriegelung der Wege nach West-Berlin durch die DDR.
13.8.1961 Der Bau der Berliner Mauer beginnt, streng bewacht von Volkspolizei und Nationaler Volksarmee. Auch die Grenzen zur BRD außerhalb Berlins werden gesperrt.
17.8.1961 Die Westmächte protestieren gegen den Mauerbau bei der sowjetischen Regierung, da dieser gegen den Vier-Mächte-Status von Berlin verstößt.
17.9.1961 Bei der Bundestagswahl verliert die CDU/CSU die absolute Mehrheit und muss mit der FDP koalieren, die den Rücktritt von Bundeskanzler Konrad Adenauer nach der Hälfte der Legislaturperiode durchsetzt.
22.1.1963 In Paris wird zwischen Adenauer und de Gaulle der Elysée-Vertrag (Deutsch-Französischer Freundschaftsvertrag) geschlossen. Er soll die deutsch-französische Zusammenarbeit stärken.
Juni 1963 John F. Kennedy besucht die BRD. In West-Berlin hält er eine Rede vor dem Schöneberger Rathaus mit dem bekannten Satz: »Alle freien Menschen, wo immer sie leben, sind Bürger Berlins, und deshalb bin ich als freier Mann stolz darauf, sagen zu können: ›Ich bin ein Berliner!‹«
15.7.1963 Der SPD-Politiker Egon Bahr, Sprecher des Presse- und Informationsamtes des Landes Berlin und enger Vertrauter des damaligen Regierenden Bürgermeisters von Berlin, Willy Brandt, hält seine »Tutzinger Rede« über eine neue Konzeption der Ostpolitik: »Wandel durch Annäherung«.
15.10.1963 Rücktritt Adenauers nach 14 Jahren Amtszeit. Nachfolger im Kanzleramt wird am 16.10.1963 der bisherige Bundeswirtschaftsminister und »Vater des Wirtschaftswunders«, Ludwig Erhard (CDU).
17.12.1963 Das erste Passierscheinabkommen tritt in Kraft. West-Berliner werden über Weihnachten und Neujahr zu Verwandtenbesuchen über die Grenze nach Ost-Berlin gelassen. Es sollen weitere Passierscheinabkommen folgen.
24.9.1964 Willi Stoph wird Vorsitzender des Ministerrats der DDR.
19.9.1965 Auch bei den fünften Bundestagswahlen scheitert die SPD (39,3 %) an der CDU/CSU (47,6 %). Die FDP erhält 9,5 % der Stimmen.
20.10.1965 Ludwig Erhard wird als Bundeskanzler bestätigt.
Dez. 1965 Das Zentralkomitee der SED (Sozialistische Einheitspartei Deutschlands) beschließt auf einer Tagung ein härteres Vorgehen im Bereich der Kulturpolitik. Künstler wie Stefan Heym oder Wolf Biermann sind betroffen.

27.10.1966 Die Koalition aus CDU/CSU und FDP wird durch einen Mehrheitsbeschluss der FDP-Fraktion vorzeitig beendet, nachdem es in der Steuerpolitik wiederholt zu Auseinandersetzungen gekommen ist. Alle vier Bundesminister der FDP treten zurück. Auch erneute Verhandlungen scheitern.
30.11.1966 Rücktritt des Bundeskanzlers Ludwig Erhard.
1.12.1966 Wahl des baden-württembergischen Ministerpräsidenten Kurt Georg Kiesinger zum neuen Bundeskanzler. Die CDU/CSU bildet daraufhin mit der SPD eine »Große Koalition«. Willy Brandt wird zum Vizekanzler und Außenminister ernannt.
31.1.1967 Da die BRD die diplomatischen Beziehungen zu Rumänien wieder aufnimmt, die sie im Zuge der Hallstein-Doktrin abgebrochen hatte, verabschiedet sie sich praktisch von diesem außenpolitischen Leitfaden.
12.4.1967 In einer Regierungserklärung äußert sich Kurt Georg Kiesinger über die Deutschlandfrage. Er schlägt ein geregeltes Nebeneinander vor und will sich für engere Kontakte in den Bereichen Wirtschaft, Technik und Verkehr einsetzen.
10.5.1967 Willi Stoph, Ministerpräsident der DDR, wendet sich in einem Brief an Bundeskanzler Kiesinger. Dieser beantwortet das Schreiben und stimmt Verhandlungen beider deutscher Regierungen zur »Normalisierung der Beziehungen« zu.
2.6.1967 Während des Staatsbesuchs des iranischen Schahs Resa Pahlevi kommt es in West-Berlin zu Anti-Schah-Demonstrationen. Dabei wird der Student Benno Ohnesorg von einem Polizisten erschossen.
1.7.1967 Durch die Fusion von EGKS, EWG und EURATOM entsteht die Europäische Gemeinschaft (EG).
26.9.1967 Der Regierende Bürgermeister von Berlin Heinrich Albertz gibt aufgrund der Studentenunruhen seinen Rücktritt bekannt.
31.1.1968 Auch zu Jugoslawien nimmt die BRD die diplomatischen Beziehungen wieder auf, die 1957 aufgrund der Hallstein-Doktrin abgebrochen wurden.
5.3.1968 Gustav Heinemann wird zum dritten Bundespräsidenten gewählt.
2.4.1968 Andreas Baader, Gudrun Ensslin, Horst Söhnlein und Thorwald Proll verüben aus Protest gegen politische und gesellschaftliche Verhältnisse in der BRD Brandanschläge auf zwei Frankfurter Kaufhäuser. Sie werden kurz darauf festgenommen. Durch diese terroristische Aktion spalten sie sich von der APO ab.
6.4.1968 Neue Verfassung der DDR, die nun als »sozialistischer Staat deutscher Nation« bezeichnet wird.
11.4.1968 Rudi Dutschke, Vorsitzender des »Sozialistischen Deutschen Studentenbundes« (SDS), wird bei einem Attentat lebensgefährlich verletzt. Von der Studentenbewegung wird dies dem Axel-Springer-Verlag angerechnet. Erneute Demonstrationen und Protestaktionen, die als »Osterunruhen« bezeichnet werden, sind die Folge.

30.5.1968 Nach einer heftigen öffentlichen Auseinandersetzung werden die Notstandsgesetze verabschiedet, die im Verteidigungsfall bei inneren Unruhen und Naturkatastrophen die Befugnisse des Bundes erheblich ausweiten und das Brief-, Post- und Fernmeldegeheimnis einschränken.

20./21.8.1968 Der so genannte »Prager Frühling«, die demokratischen Reformbestrebungen der Kommunistischen Partei in der Tschechoslowakischen Sozialistischen Republik (ČSSR), werden durch militärische Gewalt des Warschauer Paktes niedergeschlagen. Auch Truppen der Nationalen Volksarmee der DDR sind beteiligt, als führende Reformer in Staat und Partei festgenommen und in die Sowjetunion überführt werden.

28.10.1968 Außenminister Willy Brandt revidiert praktisch den Alleinvertretungsanspruch der BRD für das geteilte Deutschland, indem er die Existenz der DDR als zweiten deutschen Staat anzuerkennen gewillt ist und sich bereit erklärt zuzustimmen, dass beide Regierungen sich als gleichberechtigte Partner begegnen.

8.5.1969 Als erstes nichtkommunistisches Land nimmt Kambodscha diplomatische Beziehungen zur DDR auf. Es folgen weitere Staaten: Irak, Sudan, Syrien, Jemen und Ägypten. 1969 wird so zum »Anerkennungsjahr« für die DDR.

28.9.1969 Nach drei Jahren Großer Koalition wird der sechste Deutsche Bundestag gewählt. Die CDU/CSU hat zwar prozentual die meisten Stimmen (46,1 %), SPD (42,7 %) und FDP (5,8 %) entschließen sich dennoch dazu, gemeinsam die neue Regierung zu bilden.

20.10.1969 Der bisherige Außenminister Willy Brandt wird vom Deutschen Bundestag zum neuen Bundeskanzler gewählt. Außenminister und Vizekanzler wird der FDP-Politiker Walter Scheel.

28.10.1969 Bundeskanzler Willy Brandt kündigt in seiner Regierungserklärung ein umfangreiches innenpolitisches Reformprogramm an (»Mehr Demokratie wagen«) und unterbreitet sein außenpolitisches Konzept, das von zwei deutschen Staaten innerhalb einer deutschen Nation ausgeht. Er signalisiert damit die Bereitschaft der Regierung zu gleichberechtigten Verhandlungen mit der DDR.

8.12.1969 Die BRD und die Sowjetunion beginnen Sondierungsgespräche, in denen sie einen Gewaltverzicht sowie eine Verbesserung des deutsch-sowjetischen Verhältnisses beratschlagen.

22.1.1970 Bundeskanzler Willy Brandt unterbreitet auch Willi Stoph, dem Vorsitzenden des Ministerrats der DDR, den Vorschlag, Verhandlungen über einen Gewaltverzicht aufzunehmen. Sowohl der Staatssekretär im Bundeskanzleramt, Egon Bahr, als auch Bundesaußenminister Walter Scheel reisen in den folgenden Monaten des Öfteren nach Moskau und Warschau, um mit den dortigen Regierungen Gespräche über eine Annäherung der Staaten mit der BRD zu führen.

12.8.1970 Unterzeichnung des Moskauer Vertrages: BRD und UdSSR einigen sich auf Gewaltverzicht sowie Anerkennung der bestehenden europäischen Grenzen.

September 1970 Der steckbrieflich gesuchten Journalistin Ulrike Meinhof gelingt es, durch ihre Berufung auf Stasi-Chef Erich Mielke die Grenzbehörden der DDR davon zu überzeugen, sie trotz Vorlage von gefälschten Papieren durchreisen zu lassen. In den folgenden Jahren nutzt die RAF (»Rote-Armee-Fraktion«) die DDR als Flucht-, später auch als Rückzugsraum. Die Reisebewegungen der Terroristen erfolgten zunächst über den Ostberliner Flughafen Schönefeld.

7.12.1970 Nach seinem berühmten Kniefall vor dem Mahnmal für die Opfer des Aufstands im Warschauer Ghetto unterzeichnet Willy Brandt zusammen mit dem polnischen Ministerpräsidenten Jozef Cyrankiewicz sowie den Außenministern beider Länder den Warschauer Vertrag, um die Beziehungen zwischen der BRD und Polen zu normalisieren. Beide Staaten verpflichten sich darin, die Oder-Neiße-Linie als Grenze zu akzeptieren.

3.5.1971 Rücktritt Ulbrichts als 1. Sekretär der SED. Sein Nachfolger wird Erich Honecker.

3.9.1971 Das »Viermächteabkommen über Berlin« wird von den USA, Großbritannien, Frankreich sowie der Sowjetunion unterzeichnet. Die Bundesregierung hat bereits im Jahr zuvor bei der Unterzeichnung des Moskauer Vertrages darauf hingewiesen, dass dieser nur im Falle einer erfolgreichen Verhandlung über den Berlin-Status ratifiziert werden würde. Dies ist nun mit der Einigung der Alliierten über den ungehinderten Transitverkehr von und nach West-Berlin zu Wasser, auf Schienen und auf Straßen geschehen.

10.12.1971 Willy Brandt erhält für seine Ostpolitik in Oslo den Friedensnobelpreis.

17.12.1971 Zwischen BRD und DDR wird das vorher ausgehandelte Abkommen über den Transitverkehr von und nach West-Berlin durch die Unterzeichnung der Staatssekretäre Egon Bahr und Michael Kohl gültig.

23.4.1972 Durch den Übertritt des FDP-Abgeordneten Wilhelm Helms zur CDU verliert die sozialliberale Koalition die absolute Mehrheit im Bundestag.

27.4.1972 Die CDU/CSU führt zum ersten Mal in der Geschichte der Bundesrepublik Deutschland ein konstruktives Misstrauensvotum gegen den Bundeskanzler durch. Gegenkandidat der Union ist Rainer Barzel. Das Misstrauensvotum scheitert jedoch, Willy Brandt bleibt im Amt.

17.5.1972 Nach schwierigen und teils heftig geführten Debatten innerhalb der CDU/CSU entschließen sich die Abgeordneten der Union dazu, sich bei der Abstimmung über die Ratifizierung der Ostverträge ihrer Stimme zu enthalten. Somit erlangen sowohl der Moskauer als auch der Warschauer Vertrag ihre volle Gültigkeit.

26.5.1972 In Ost-Berlin wird von den Staatssekretären Egon Bahr und Michael Kohl ein Verkehrsvertrag unterzeichnet.

1.6.1972 Die untergetauchten Terroristen der RAF, Andreas Baader, Holger Meins und Jan-Carl Raspe werden nach einem Schusswechsel mit der

Polizei verhaftet. Dem vorangegangen waren mehrere Bombenanschläge in verschiedenen deutschen Städten, unter anderem gegen den Springer-Verlag in Hamburg und das US-Hauptquartier in Heidelberg. Außerdem werden den Angeklagten mehrere Banküberfälle zur Finanzierung von Waffen, Wohnungen, Autos und gefälschten Papieren zur Last gelegt.

3.6.1972 Mit dem Vier-Mächte-Schlussprotokoll zum Abkommen über Berlin treten die Ostverträge in Kraft.

5./6.9.1972 Bei den Olympischen Spielen in München verüben arabische Terroristen unter dem Namen »Schwarzer September« ein Attentat auf die israelische Mannschaft. Im Verlauf der Geiselnahme und beim Befreiungsversuch der Polizei sterben elf Israelis, ein Polizist und fünf Terroristen.

20.9.1972 Bundeskanzler Brandt stellt die Vertrauensfrage mit der Absicht, nach dem einkalkulierten Scheitern der Abstimmung die Auflösung des Bundestags und Neuwahlen zu erreichen.

19.11.1972 Die vorgezogenen Bundestagswahlen finden statt. Zum ersten Mal in der Geschichte der Bundesrepublik erlangt die SPD die meisten Stimmen (45,8 %). Die CDU/CSU liegt mit 44,9 % knapp dahinter, die FDP erreicht 8,4 % der Stimmen. Willy Brandt bleibt Kanzler und Walter Scheel Außenminister, da die sozialliberale Koalition fortgesetzt wird.

Dez. 1972 Zwanzig Staaten nehmen zur DDR diplomatische Beziehungen auf, darunter befinden sich Österreich, die Schweiz, Schweden und Belgien. Im Verlauf des darauf folgenden Jahres folgen weitere Länder wie Frankreich und Großbritannien.

21.12.1972 BRD und DDR schließen einen Grundlagenvertrag ab. Die Staatssekretäre Egon Bahr und Michael Kohl unterzeichnen das Vertragswerk, in dem die Anerkennung der Vier-Mächte-Verantwortung, die Unverletzlichkeit der bestehenden Grenzen, die Beschränkung der Hoheitsgewalt auf das jeweilige Staatsgebiet, der innerdeutsche Handel, der Austausch »ständiger Vertreter« sowie der Antrag beider Staaten auf UNO-Mitgliedschaft geregelt werden.

1.6.1973 Der frühere CDU-Abgeordnete Julius Steiner gibt öffentlich zu, bei der Abstimmung zum konstruktiven Misstrauensvotum 1972 absichtlich gegen Rainer Barzel gestimmt zu haben, da er dafür vom Geschäftsführer der SPD-Bundestagsfraktion Karl Wienand Geld erhalten habe. Wienand streitet dies jedoch ab. Der einberufene Untersuchungsausschuss kann die Steiner-Wienand-Affäre aber nicht gänzlich lösen. Erst 1993 wird bekannt, dass Wienand über Jahre hinweg der DDR als Informant gedient hat.

18.9.1973 Aufnahme beider deutscher Staaten in die UNO.

3.10.1973 Willi Stoph wird Vorsitzender des DDR-Staatsrates.

11.12.1973 Der Prager Vertrag (Deutsch-Tschechoslowakischer Vertrag) zur Normalisierung der Beziehungen zwischen der BRD und der Tschechoslowakei wird unterzeichnet, diplomatischer Austausch wieder aufgenommen.

25.4.1974 Günter Guillaume, der persönliche Referent von Bundeskanzler Willy Brandt, wird aufgrund des Verdachtes der Spionage für die DDR festgenommen.

6.5.1974 Wegen der Spionageaffäre um Günter Guillaume erklärt Willy Brandt seinen Rücktritt als Bundeskanzler.

15.5.1974 Walter Scheel wird von der Bundesversammlung zum Bundespräsidenten gewählt. Er tritt die Nachfolge Gustav Heinemanns an.

15.5.1974 Der bisherige Finanzminister Helmut Schmidt wird vom Deutschen Bundestag zum neuen Bundeskanzler gewählt.

22.6.1974 In Hamburg kommt es zur direkten Begegnung der Mannschaften der BRD und der DDR im Rahmen der Fußball-Weltmeisterschaft. Durch ein Tor des Spielers Jürgen Sparwasser in der 77. Minute kann das Team der DDR das Spiel für sich entscheiden. Die Spieler der BRD werden kurz darauf Weltmeister. Jürgen Sparwasser setzt sich 1988 bei einer offiziellen Reise in den Westen ab – und bleibt in der Bundesrepublik.

1.7.1974 Walter Scheel wird Bundespräsident.

4.9.1974 Auch die USA nehmen nun diplomatische Beziehungen zur DDR auf.

7.10.1974 Änderung der DDR-Verfassung (der Begriff »deutsche Nation« wird getilgt).

9.11.1974 Der inhaftierte Terrorist Holger Meins stirbt trotz Zwangsernährung an den Folgen eines Hungerstreiks. Anschläge und Proteste sind die Folge.

10.11.1974 Nächstes prominentes Opfer des Terrorismus ist der Präsident des Berliner Kammergerichts, Günther von Drenkmann.

29.11.1974 Horst Mahler und Ulrike Meinhof stehen wegen versuchten Mordes in Berlin vor Gericht. Sie hatten versucht, Andreas Baader mit Gewalt aus der Haft zu befreien. Das Urteil lautet 14 Jahre für Horst Mahler und acht Jahre für Ulrike Meinhof.

27.2.1975 Peter Lorenz, der Vorsitzende der West-Berliner CDU, wird von der terroristischen Vereinigung »Bewegung 2. Juni« als Geisel genommen. Diese erzwingt die Freilassung von fünf inhaftierten Terroristen, die in den Südjemen ausgeflogen werden.

24.4.1975 Das »Kommando Holger Meins« überfällt in Stockholm die deutsche Botschaft, kann jedoch die Bundesregierung nicht dazu bewegen, auf ihre Forderungen einzugehen.

7.10.1975 Die DDR begeht ihren 26. Gründungstag erstmals als Nationalfeiertag. Zwischen ihr und der Sowjetunion wird ein Vertragswerk über Freundschaft, Zusammenarbeit und gegenseitige Hilfe geschlossen, das eine Laufzeit von 25 Jahren aufweist.

Nov. 1975 Walter Scheel reist als erster Bundespräsident in die Sowjetunion.

15.12.1975 Der Informant der DDR, »Günter Guillaume«, wird zu 13 Jahren Haft verurteilt, seine Ehefrau muss für acht Jahre ins Gefängnis. 1981 wurden beide in die DDR abgeschoben.

16.12.1975 Der ›Spiegel‹-Korrespondent Jörg Mettke wird wegen eines regimekritischen Artikels über die Zwangsadoption von Kindern, deren Eltern in die BRD geflüchtet sind, wegen »grober Verleumdung« aus der DDR ausgewiesen.
9.5.1976 Im Gefängnis wird Ulrike Meinhof in ihrer Zelle tot aufgefunden (Selbstmord). Es kommt erneut zu Demonstrationen und Protestaktionen.
24.7.1976 Die Beziehungen zwischen der BRD und der DDR sind gespannt aufgrund von Zwischenfällen an der deutsch-deutschen Grenze, bei denen Soldaten der DDR teilweise von ihren Schusswaffen Gebrauch machten.
3.10.1976 Bei der achten Bundestagswahl erhält die CDU/CSU mit 48,6 % den größten Anteil der abgegebenen Stimmen. Die SPD liegt mit 42,2 % an zweiter Stelle, gefolgt von der FDP mit 7,9 %.
29.10.1976 Erich Honecker wird Staatsratsvorsitzender.
13.11.1976 Der ostdeutsche Liedermacher Wolf Biermann gibt in Köln auf Einladung der IG Metall ein mehrstündiges Konzert, in dem er »die verdorbenen Greise« des SED-Politbüros scharf kritisiert.
16.11.1976 Biermann wird während seiner Tournee in der BRD von den Herrschenden in der DDR ausgebürgert.
15.12.1976 SPD und FDP beschließen, auch weiterhin zu koalieren. Bundeskanzler Helmut Schmidt wird in seinem Amt vom Bundestag bestätigt.
7.4.1977 RAF-Terroristen ermorden in Karlsruhe den Generalbundesanwalt Siegfried Buback sowie dessen Fahrer.
28.4.1977 Andreas Baader, Gudrun Ensslin und Jan-Carl Raspe werden zu lebenslanger Haft verurteilt.
30.7.1977 Terroristen versuchen Jürgen Ponto, den Vorstandsvorsitzenden der Dresdner Bank, aus seinem Haus zu entführen. Dabei wird er getötet.
23.8.1977 Wegen seines Buches ›Die Alternative‹ wird der Regimekritiker Rudolf Bahro in der DDR festgenommen. Nachdem er 1978 zu acht Jahren Haft verurteilt wurde, erfolgte 1979 seine Ausbürgerung und Ausreise.
27.8.1977 Auch Jürgen Fuchs, Gerulf Pannach, Christian Kunert, Hellmuth Nitsche und Karl-Heinz Nitsche werden aus der Haft entlassen und abgeschoben.
5.9.1977 Der Präsident der Bundesvereinigung der Deutschen Arbeitgeberverbände (BDA), Hanns-Martin Schleyer, wird von Terroristen der RAF entführt. Sie wollen mit dieser Aktion erreichen, dass elf Häftlinge der Baader-Meinhof-Gruppe, darunter auch Andreas Baader, freigelassen werden. Schleyers Fahrer sowie drei Sicherheitsbeamte werden dabei erschossen.
13.10.1977 Die Lufthansa-Maschine »Landshut« wird auf ihrem Flug von Mallorca nach Frankfurt am Main von arabischen Terroristen entführt. Auch sie fordern die Freilassung der Häftlinge um Baader.
18.10.1977 Eine Spezialeinheit des Bundesgrenzschutzes stürmt die entführte Lufthansamaschine in Mogadischu. Dadurch können alle Geiseln

gerettet werden. Kurz darauf begehen die Häftlinge Andreas Baader, Jan-Carl Raspe und Gudrun Ensslin in ihren Zellen Selbstmord.

19.10.1977 Der Leichnam von Hanns-Martin Schleyer wird in Frankreich in einem Kofferraum gefunden. Es beginnt eine Großfahndung.

11.5.1978 Die Terroristen Brigitte Mohnhaupt, Rolf Clemens Wagner, Peter Boock und Sieglinde Hofmann werden in Jugoslawien von der Polizei festgenommen.

7.8.1978 Auf Drängen seiner Parteikollegen tritt der baden-württembergische Ministerpräsident Hans Filbinger (CDU) zurück, nachdem Gerüchte über seine Rolle als Jurist im NS-Regime bekannt geworden sind. Sein Nachfolger wird Lothar Späth (ebenfalls CDU).

17./18.3.1979 Die politische Vereinigung »Die Grünen« wird von Parteien, Bürgerinitiativen und Umweltschutzorganisationen in Frankfurt am Main gegründet.

7.10.1979 Zum ersten Mal erlangen »Die Grünen« Mandate in einem Landesparlament. Bei den Bürgerschaftswahlen in Bremen kommen sie auf 6,8 % der Zweitstimmen.

12.12.1979 NATO-Doppelbeschluss.

13.1.1980 »Die Grünen« konstituieren sich als Bundespartei auf einem Kongress in Karlsruhe.

30.1.1980 Da die Sowjetunion in Afghanistan einmarschiert ist, sagt Bundeskanzler Helmut Schmidt ein Treffen mit Staats- und Parteichef Erich Honecker ab.

5.10.1980 Bei den neunten Bundestagswahlen erlangt wiederum die CDU/CSU mit 44,5 % die meisten Stimmen. Dennoch setzt die SPD (42,9 %) die Koalition mit der FDP (10,6 %) unter Kanzler Helmut Schmidt fort.

12.4.1981 Der 23-jährige DDR-Dissident Matthias Domaschk kommt in Stasi-Untersuchungshaft in Gera unter bis heute nicht restlos geklärten Umständen ums Leben.

16./17.5.1981 Kanzler Helmut Schmidt macht sein politisches Schicksal von der Zustimmung der SPD zum NATO-Doppelbeschluss vom Dezember 1979 abhängig, der die Stationierung von amerikanischen Mittelstreckenraketen in Europa vorsieht.

31.8.1981 Auf einen Brief von Helmut Schmidt vom 24.7.1981 antwortet Erich Honecker und stimmt zu, dass trotz der schwierigen internationalen Situation ein konstruktiver Dialog zwischen den beiden deutschen Staaten notwendig ist.

10.10.1981 Wegen des NATO-Doppelbeschlusses findet in Bonn eine Massendemonstration mit 250.000 Teilnehmern statt.

11.–13.12.1981 Bundeskanzler Helmut Schmidt reist in die DDR, um Erich Honecker einen Besuch abzustatten. Die Gespräche finden am Werbellinsee und am Döllnsee statt.

5.2.1982 Um sich des Rückhaltes der Parlamentsmehrheit zu versichern, stellt Bundeskanzler Helmut Schmidt im Bundestag die Vertrauensfrage.

Alle Abgeordneten sowohl der SPD als auch der FDP sprechen ihm das Vertrauen aus.

9.9.1982 In seinem Bericht zur Lage der Nation fordert Helmut Schmidt von der FDP, dass sie sich uneingeschränkt zur Koalition bekennt.

17.9.1982 Die anhaltende Diskussion um den NATO-Doppelbeschluss sowie die langwierige Wirtschafts- und Beschäftigungskrise machen der Koalition zu schaffen. Bei den Beratungen zum Bundeshaushalt für 1983 schlägt der Wirtschaftsminister, Otto Graf Lambsdorff (FDP), ein Sparkonzept zur Überwindung der Krise vor, das sich eher an den Vorstellungen der Union orientiert. Der Bruch mit der SPD ist nicht mehr abzuwenden, die vier FDP-Minister Genscher, Baum, Lambsdorff und Ertl treten zurück.

20.9.1982 FDP und CDU/CSU halten Gespräche über eine mögliche Koalition ab. Dabei ist der FDP-Politiker Hans-Dietrich Genscher Verfechter eines Bündnisses mit der CDU/CSU. Da Kanzler Helmut Schmidt lediglich eine Minderheitenregierung führt, planen die neuen Koalitionspartner ein konstruktives Misstrauensvotum gegen ihn.

25.9.1982 Viele FDP-Politiker üben Kritik an den Absichten ihrer Partei, ohne Wählerauftrag den Koalitionspartner zu wechseln. Der Generalsekretär der FDP, Günter Verheugen, tritt deshalb vier Tage später von seinem Amt zurück.

1.10.1982 Durch ein konstruktives Misstrauensvotum wird Helmut Schmidt gestürzt und Helmut Kohl (CDU) wird zum Nachfolger gewählt. Er ist der sechste Bundeskanzler der BRD.

13.10.1982 In seiner Regierungserklärung verteidigt Helmut Kohl den NATO-Doppelbeschluss und macht gleichzeitig deutlich, dass er die Entspannungspolitik der sozial-liberalen Regierung fortsetzen will.

17.12.1982 Helmut Kohl stellt im Deutschen Bundestag die Vertrauensfrage. Da sich die Abgeordneten der CDU/CSU wie vereinbart der Stimme enthalten, ist der Weg frei für vorgezogene Bundestagswahlen.

6.3.1983 Bei den Wahlen zum zehnten Deutschen Bundestag erhält die SPD (38,2 %) deutlich weniger Stimmen als die CDU/CSU (48,8 %). Die FDP erhält 6,9 % der Stimmen. Zum ersten Mal ziehen »Die Grünen« mit 5,6 % in den Bundestag ein.

28.9.1983 An der deutsch-deutschen Grenze wird der Abbau von Selbstschussanlagen durch die DDR begonnen. Der Schießbefehl bleibt in Kraft.

22.11.1983 Gegen den Einspruch von SPD und »Grünen« beschließt der Deutsche Bundestag, auch weiterhin am NATO-Doppelbeschluss festzuhalten.

31.12.1984 Die Bevölkerung der DDR ist zunehmend mit den politischen, gesellschaftlichen und wirtschaftlichen Bedingungen unzufrieden. Dies spiegelt sich auch in der Zahl der Ausreiseanträge wider. Über das gesamte Jahr 1984 hinweg wird 35.000 DDR-Bürgern die Ausreise in die BRD genehmigt.

15.1.1985 Von den insgesamt 350 DDR-Bürgern, die sich zeitweilig in die Botschaft der BRD in Prag geflüchtet hatten, kehren nun, nachdem ihnen

Straffreiheit und die Bearbeitung ihrer Ausreiseanträge versprochen wurde, die letzten sechs in die DDR zurück.

1.2.1985 In Gauting bei München erschießen Terroristen den Vorstandsvorsitzenden der Motoren- und Turbinen-Union, Ernst Zimmermann.

1.–6.5.1985 Staatsbesuch von US-Präsident Ronald Reagan.

August 1985 In Moskau finden die Weltjugendfestspiele statt. Aus diesem Anlass fordern 35 junge DDR-Bürger in einem Protestbrief Meinungs- und Versammlungsfreiheit.

1.11.1985 Die Räumungsarbeiten an den Minenfeldern der innerdeutschen Grenze sind abgeschlossen.

26.4.1986 Im Kernkraftwerk von Tschernobyl kommt es zu einer Reaktorkatastrophe, bei der große Mengen radioaktiver Stoffe freigesetzt werden. In der Sowjetunion, aber auch in den betroffenen Nachbarstaaten wird das Ausmaß der Katastrophe lange heruntergespielt. Tausende sterben in den kommenden Jahren an den Folgen der Verstrahlung.

Mai 1986 Am Bauzaun der Wiederaufbereitungsanlage in Wackersdorf kommt es zu schweren Auseinandersetzungen zwischen Demonstranten und der Polizei. Dabei werden 300 Menschen verletzt.

9.7.1986 Durch einen Anschlag des RAF-Kommandos »Mara Ca gol« werden in Straßlach bei München der Siemens-Manager Karl-Heinz Beckurts und sein Fahrer Eckhard Groppler getötet.

10.10.1986 Der Leiter der politischen Abteilung im Auswärtigen Amt, Gerold von Braunmühl, wird in Bonn von Mitgliedern der RAF erschossen.

4.1.1987 Bundeskanzler Helmut Kohl bezeichnet auf dem Deutschlandtreffen der CDU in Dortmund die DDR als Regime, das »2000 politische Gefangene in Gefängnissen und Konzentrationslagern hält«. Daraufhin legt der Ständige Vertreter der DDR in Bonn offiziellen Protest ein, da Kohl die Bezeichnung »Konzentrationslager« gewählt hatte.

25.1.1987 Bei der elften Bundestagswahl bleibt die CDU/CSU trotz ihres schlechtesten Ergebnisses seit 1949 (44,3 %) zusammen mit der FDP (9,1 %) in der Regierungsverantwortung. SPD (37 %) und »Grüne« (8,3 %) bleiben in der Opposition.

9.6.1987 In einer Protestaktion fordern rund 3000 Menschen in Ost-Berlin trotz der Anwesenheit der Polizei den Abriss der Mauer sowie Freiheit der Bürger.

17.7.1987 Am 38. Jahrestag der Gründung der DDR wird die Todesstrafe abgeschafft.

27.8.1987 Die Medien in Ost und West melden die Veröffentlichung eines gemeinsamen Papiers von SPD und SED. Es trägt den Titel: ›Der Streit der Ideologien und die gemeinsame Sicherheit‹ und geht als »Dialogpapier« in die deutsch-deutsche Geschichte ein. Erstmals hatten DDR-Staatspartei und westdeutsche Sozialdemokratie Dissens und Konsens formuliert, vor allem aber sich wechselseitig ein Existenzrecht zugesprochen. »Wir (…) stimmen darin überein, dass Friede in unserer Zeit nicht mehr gegeneinander errüstet, sondern nur noch miteinander vereinbart und organisiert werden kann«. Der politische Nutzen des Papiers ist bis heute umstritten.

7.–11.9.1987 Erich Honecker besucht die Bundesrepublik. Es ist das erste Mal in der Geschichte der beiden deutschen Staaten, dass sich ein Staats- und Parteichef der DDR in der BRD aufhält.

12.9.1987 Der ›Spiegel‹ wirft dem schleswig-holsteinischen Ministerpräsidenten Uwe Barschel (CDU) vor, den Spitzenkandidaten der SPD für die kommenden Landtagswahlen, Björn Engholm, bespitzeln zu lassen. Barschel weist die Anschuldigungen jedoch strikt zurück.

25.9.1987 Uwe Barschel tritt wegen des enormen Drucks der FDP sowie der Öffentlichkeit zurück. Am 11.10.1987 wird er aufgrund einer Medikamentenvergiftung in einem Hotel in Genf tot aufgefunden.

25.2.1988 Das sowjetische Militär beginnt mit dem Abzug der Mittelstreckenraketen in Bischofswalde, nachdem sich der Parteichef der UdSSR Michail Gorbatschow und US-Präsident Ronald Reagan im Dezember 1987 über den Vertrag zur Beseitigung dieser Waffen geeinigt haben.

15.8.1988 Die DDR beginnt den Austausch diplomatischer Beziehungen mit der Europäischen Gemeinschaft.

1.10.1988 Michail Gorbatschow wird zum Vorsitzenden des Obersten Sowjets gewählt.

11.1.1989 Eine Gruppe von DDR-Bürgern besetzt die ständige Vertretung der Bundesrepublik in Ost-Berlin und erreicht die zügige Abwicklung ihrer Ausreiseanträge.

6.2.1989 Grenzsoldaten der DDR erschießen den 20-jährigen Ost-Berliner Chris Gueffroy bei dem Versuch nach West-Berlin zu flüchten.

2.5.1989 Ungarn beginnt mit dem Abbau der Sperranlagen an der ungarisch-österreichischen Grenze.

25.5.1989 Michail Gorbatschow wird zum Staatspräsidenten der Sowjetunion gewählt.

12.–15.6.1989 Michail Gorbatschow reist zu einem Staatsbesuch nach Bonn und wird von den Menschen bejubelt. In einer Erklärung räumt er ein, dass die Möglichkeit einer Beseitigung der Berliner Mauer bestehe.

7.7.1989 Beim ersten Gipfeltreffen der Ostblock-Staaten seit 1968 in Bukarest revidiert Gorbatschow, um die Einheit des Sozialismus in den Ostblock-Ländern nicht zu gefährden, die Breschnew-Doktrin, nach der kein sozialistischer Staat im Einflussbereich der UdSSR sich selbstständig reformieren darf.

8.8.1989 Wegen Überfüllung muss die Ständige Vertretung der BRD in der DDR vorübergehend schließen. 130 DDR-Bürger besetzen das Gebäude, um eine Ausreisegenehmigung zu erhalten.

14.8.1989 Auch die Botschaft der BRD in Budapest muss schließen, da hier 180 DDR-Bürger ihre Ausreise erzwingen wollen. Über die so genannte »Grüne Grenze« zwischen Ungarn und Österreich versuchen viele in den Westen zu gelangen.

19.8.1989 Beim »Paneuropäischen Picknick« flüchten etwa 700 DDR-Bürger bei Sopron von Ungarn in den Westen. Kurz darauf wird ein Flüchtling von ungarischen Soldaten erschossen.

22.8.1989 In Prag schließt nun ebenfalls die bundesrepublikanische Botschaft wegen Überfüllung. Die Zahl der Flüchtlinge steigt ununterbrochen an, in Ungarn befinden sich bald mehr als 3500 Ausreisewillige in den Auffanglagern.

4.9.1989 Bei einer Demonstration in Leipzig fordern etwa 1000 Menschen vor der Nikolaikirche die Reisefreiheit für DDR-Bürger. Dies gilt als die erste »Montagsdemonstration«, die ab dann regelmäßig stattfand.

10./11.9.1989 Durch die Revidierung eines seit 1969 mit der DDR bestehenden Abkommens ist es Ungarn möglich, alle Flüchtlinge in den Westen ausreisen zu lassen.

19.9.1989 Das Neue Forum (NF) stellt einen Antrag auf Zulassung als »politische Vereinigung«. Das DDR-Innenministerium lehnt ihn zwei Tage später ab mit der Begründung, das NF sei »staatsfeindlich« und »illegal«. Als die Behörden durch Demonstrationen zusätzlich unter Druck geraten, tolerieren sie zunächst das NF und lassen es schließlich als politische Vereinigung zu. Von allen Oppositionsgruppen erhält das NF den stärksten Zulauf.

25.9.1989 In Leipzig demonstrieren circa 5000 Bürger.

30.9.1989 Auf dem Balkon der Prager Botschaft sagt der bundesdeutsche Außenminister Hans-Dietrich Genscher allen Flüchtlingen in Prag und Warschau die freie Reise in die BRD zu.

1.10.1989 Für 6000 Flüchtlinge aus Prag und 800 aus Warschau beginnt die Ausreise in Sonderzügen der DDR-Reichsbahn.

1./2.10.1989 In Prag kommt es erneut zu Menschenansammlungen vor der bundesdeutschen Botschaft. Rund 7600 Flüchtlinge warten auf ihre Ausreisegenehmigung. Alle Versuche der tschechoslowakischen Polizei, dies zu verhindern, scheitern.

2.10.1989 In Leipzig findet die bisher größte Massendemonstration mit 20.000 Teilnehmern statt, die jedoch gewaltsam von der Polizei zerschlagen wird.

3.10.1989 Die DDR gewährt den Prager Flüchtlingen die Ausreise in den Westen.

5.10.1989 Auch den 633 DDR-Bürgern, die sich in der Warschauer Botschaft der BRD eingefunden haben, wird eine Ausreisegenehmigung erteilt.

7.10.1989 Michail Gorbatschow nimmt an den Feierlichkeiten der DDR zum 40. Jahrestag der Staatsgründung teil und weist mit den berühmten Worten »Wer zu spät kommt, den bestraft das Leben« auf die Notwendigkeit von Reformen hin. In mehreren Städten der DDR kommt es zu Protestaktionen und Demonstrationen, bei denen sich die Menschen für Meinungsfreiheit und Reformen einsetzen. Die Polizei versucht die Versammlungen aufzulösen, dabei werden über 1000 DDR-Bürger verhaftet. In Schwante formiert sich die Sozialdemokratische Partei in der DDR (SDP).

9.10.1989 Eine weitere Demonstration von 50.000–70.000 Teilnehmern in Leipzig wird erstmals von der DDR-Führung geduldet. Das Motto ist: »Wir sind das Volk – Keine Gewalt«. Es kommt zu keinen nennenswerten Zusammenstößen zwischen Demonstranten und der Polizei.
16.10.1989 Die bisher größte Demonstration findet statt: 120.000 Bürger nehmen an ihr teil.
18.10.1989 Egon Krenz wird neuer Generalsekretär der SED und löst somit Erich Honecker ab.
21.10.1989 In Ost-Berlin, Plauen, Dresden, Potsdam und Karl-Marx-Stadt finden weitere Proteste statt.
24.10.1989 Egon Krenz wird nun von der Volkskammer auch zum Vorsitzenden des Staatsrats sowie des Nationalen Verteidigungsrates gewählt.
3.11.1989 Weitere 4500 Flüchtlinge, die in der Botschaft der BRD in Prag auf ihre Ausreise gewartet haben, dürfen in den Westen einreisen.
4.11.1989 Bei einem Protest gegen das Machtmonopol der SED und für demokratische Reformen versammeln sich über 500.000 DDR-Bürger in Ost-Berlin. In den nächsten Monaten sollen noch zahlreiche Demonstrationen folgen, bei denen der Ruf nach Wiedervereinigung zunehmend lauter wird.
7./8.11.1989 Rücktritt des Ministerrats mit dem Vorsitzenden Willi Stoph und des gesamten Politbüros.
9.11.1989 Günter Schabowski, Politbüromitglied, verliest auf einer vom Fernsehen übertragenen Pressekonferenz eine Erklärung zur neuen, ab sofort gültigen, Ausreiseregelung. Darin heißt es, dass jeder DDR-Bürger von nun an auch ohne bestimmte Voraussetzungen in den Westen ausreisen dürfe. Kurz darauf werden an der innerdeutschen Grenze die Schlagbäume geöffnet und Tausende von Ost-Berlinern strömen in den Westteil der Stadt.
10.11.1989 Millionen von DDR-Bürgern reisen in die Bundesrepublik ein. Helmut Kohl spricht am Abend vor dem Schöneberger Rathaus in West-Berlin. Neben Außenminister Genscher und dem Regierenden Bürgermeister von Berlin, Momper, hält auch Willy Brandt, nun Ehrenvorsitzender der SPD, eine Rede, in der er den Satz prägt: »Jetzt wächst zusammen, was zusammengehört.«
13.11.1989 Hans Modrow wird neuer Vorsitzender des Ministerrats der DDR und Günther Maleuda, Vorsitzender der Demokratischen Bauernpartei (DBD), tritt das Amt des Präsidenten der Volkskammer an.
30.11.1989 Bei einem Anschlag der RAF kommt der Vorstandssprecher der Deutschen Bank, Alfred Herrhausen, in Bad Homburg ums Leben.
1.12.1989 Die Volkskammer streicht den Führungsanspruch der SED aus der Verfassung.
3.12.1989 Das Zentralkomitee der SED unter Egon Krenz tritt zurück.
6.12.1989 Egon Krenz wird auch als Staatsratsvorsitzender abgelöst und Manfred Gerlach als sein Nachfolger bestimmt.
7.12.1989 Als neue informelle Gremien entstehen in der DDR »Runde

Tische«, an denen gleichberechtigt Teilnehmer der oppositionellen Kräfte den Vertretern der alten Macht gegenübersitzen. Sie nehmen auch ohne demokratisches Mandat legislative und exekutive Aufgaben wahr. Am 7.12. wird in Ost-Berlin der Zentrale Runde Tisch etabliert.

21.1.1990 Viele ehemalige Führungsmitglieder der SED, darunter auch Egon Krenz, werden aus der Partei ausgeschlossen.

1.2.1990 Im Stufenplan seiner »Konzeption für den Weg zur deutschen Einheit« sieht Ministerpräsident Modrow die Schritte »Vertragsgemeinschaft« – »Konföderation« – »Übertragung der Souveränitätsrechte« vor.

5.2.1990 Die »Regierung der Nationalen Verantwortung« bildet sich.

10.2.1990 Bundeskanzler Helmut Kohl und Außenminister Hans-Dietrich Genscher erhalten in Moskau von Michail Gorbatschow die Zusage, dass sich die Sowjetunion einer deutschen Einigung nicht entgegen stellen werde.

8.3.1990 109.000 »inoffizielle« Mitarbeiter des Staatssicherheitsdienstes werden vom Ministerrat der DDR von ihren Verpflichtungen entbunden.

15.3.1990 Der Volksdeputiertenkongress ernennt in Moskau Michail Gorbatschow zum ersten Präsidenten der Sowjetunion. In seiner Antrittsrede kündigt er einschneidende Wirtschaftsreformen an.

18.3.1990 In der DDR finden die ersten freien Wahlen zur Volkskammer statt. Die CDU geht als Siegerin aus der Wahl hervor (40,8 %) und verfehlt zusammen mit der im Wahlbündnis »Allianz für Deutschland« mit ihr verbundenen Deutschen Sozialen Union (DSU) und dem Demokratischen Aufbruch (DA) nur knapp die absolute Mehrheit. Bei einer Wahlbeteiligung von 93,22 % gewinnt die SPD 21,84 % der Stimmen, die Liberalen (»Bund Freier Demokraten«) gewinnen 5,3 % der Stimmen für sich. Der SED-Nachfolgepartei PDS schenken 16,3 % der Wähler ihr Vertrauen.

12.4.1990 Die erste frei gewählte Volkskammer der DDR ernennt den CDU-Vorsitzenden Lothar de Maizière zum Ministerpräsidenten. Die »Allianz für Deutschland« koaliert mit der SPD sowie den Liberalen.

18.5.1990 Der Staatsvertrag über die Währungs-, Wirtschafts- und Sozialunion zwischen der BRD und der DDR wird durch die beiden Finanzminister Theo Waigel und Walter Romberg unterzeichnet. Auch Bundeskanzler Helmut Kohl und DDR-Ministerpräsident Lothar de Maizière sind dabei anwesend. Am 21.6. 1990 wird der Vertrag vom Deutschen Bundestag sowie der Volkskammer der DDR verabschiedet, am 1.7.1990 tritt er in Kraft.

7.6.1990 Die RAF-Terroristin Susanne Albrecht, die seit zehn Jahren mit Hilfe des Staatssicherheitsdienstes unerkannt in der DDR gelebt hat, wird von der Polizei verhaftet. Es folgen weitere Fahndungserfolge, bei denen mehrere RAF-Mitglieder, die in der DDR untergetaucht waren, festgenommen werden.

13.6.1990 In Berlin wird damit begonnen, die Mauer abzureißen. Lediglich an vier Stellen soll sie noch sichtbar bleiben, um als Mahnmal zu dienen.

16.7.1990 Michail Gorbatschow lädt Helmut Kohl auf seine Jagdhütte in den Kaukasus ein. Der Durchbruch zur deutschen Vereinigung wird erzielt einschließlich des Verbleibs Deutschlands in der NATO.
24.7.1990 Wegen Uneinigkeit über den Modus der gesamtdeutschen Wahlen treten die Liberalen aus der DDR-Regierungskoalition aus.
19.8.1990 Da nun auch die SPD aus der Koalition mit der »Allianz für Deutschland« austritt, verliert Ministerpräsident Lothar de Maizière die Regierungsmehrheit. Am Tag darauf übernimmt er zusätzlich das Amt des Außenministers.
22.8.1990 Das Wahlgesetz, das ein gemeinsames Wahlgebiet sowie ein einheitliches Wahlrecht festlegt, wird von der Volkskammer mit der erforderlichen Mehrheit verabschiedet. In der darauf folgenden Nacht kommen die Parlamentarier überein, dass die DDR am 3.10.1990 nach Artikel 23 des Grundgesetzes der Bundesrepublik beitreten soll.
23.10.1990 Auch das Parlament der BRD verabschiedet nun das Wahlgesetz für die Wahlen zum zwölften Deutschen Bundestag am 2.12.1990.
31.8.1990 Bundesinnenminister Wolfgang Schäuble und DDR-Staatssekretär Günther Krause unterzeichnen in Ost-Berlin den Vertrag über die Herstellung der Einheit Deutschlands. Der Einigungsvertrag umfasst 45 Artikel und drei Anlagen. Mit ihm wird das Grundgesetz in einigen Punkten geändert und in der bisherigen DDR zum 3. Oktober 1990 in Kraft gesetzt. Art. 1 beinhaltet, dass die fünf Länder Mecklenburg-Vorpommern, Brandenburg, Sachsen-Anhalt, Sachsen und Thüringen Länder der Bundesrepublik werden. Der 3. Oktober wird zum neuen Nationalfeiertag erklärt.
12.9.1990 Die Außenminister der vier Alliierten sowie beider deutscher Staaten schließen mit der Unterzeichnung des »Vertrags über die abschließende Regelung in Bezug auf Deutschland« in Moskau die so genannten »Zwei-plus-Vier-Gespräche« ab. Durch Aussetzen der alliierten Hoheitsrechte erhält das vereinte Deutschland ab dem 3.10.1990 seine volle Souveränität zurück.
20.9.1990 Der Einigungsvertrag wird von beiden deutschen Parlamenten verabschiedet. Einen Tag darauf stimmt auch der Bundesrat zu und am 24.9.1990 wird der Vertrag von Bundespräsident Richard von Weizsäcker unterzeichnet.
27.9.1990 Die beiden sozialdemokratischen Parteien Deutschlands vereinigen sich. Vorsitzender wird Hans-Jochen Vogel.
29.9.1990 Da das Bundesverfassungsgericht das Wahlgesetz als verfassungswidrig ablehnt, muss der Deutsche Bundestag in seiner ersten Sitzung nach der Wiedervereinigung am 5.10.1990 ein neues Gesetz zu den kommenden gesamtdeutschen Wahlen verabschieden. Darin wird die Fünf-Prozent-Klausel getrennt für Ost- und Westdeutschland angewendet.
1./2.10.1990 Die zwei christdemokratischen Parteien Deutschlands schließen sich unter dem Vorsitzenden Helmuth Kohl zusammen. Lothar de Maizière wird sein Stellvertreter.

3.10.1990 Die DDR tritt der Bundesrepublik Deutschland und damit dem Geltungsbereich des deutschen Grundgesetzes bei. Berlin ist nicht länger eine geteilte Stadt.

4.10.1990 Im Reichstagsgebäude in Berlin konstituiert sich der Deutsche Bundestag als gesamtdeutsches Parlament. Unter den 633 Palamentariern befinden sich 144 Delegierte der ehemaligen DDR-Volkskammer.

2.12.1990 Das deutsche Volk wählt zum ersten Mal seit 1933 ein gemeinsames Parlament. Im zwölften Deutschen Bundestag ist die CDU/CSU mit 43,8 % vertreten, die SPD mit 33,5 %. Die FDP erreicht 11 % der abgegebenen Stimmen. Nur aufgrund der Einteilung Deutschlands in zwei getrennte Wahlgebiete erhalten Bündnis 90/Die Grünen und die PDS Mandate im Parlament. Im Westen scheitern beide an der Fünf-Prozent-Hürde, im Osten kommen sie immerhin auf 6 % beziehungsweise 11,1 %. Helmut Kohl, der erneut vom Deutschen Bundestag zum Kanzler gewählt wurde, benennt in seiner Regierungserklärung die geistige, kulturelle, wirtschaftliche und soziale Einheit Deutschlands sowie die Angleichung der Lebensverhältnisse für die Menschen als wesentliche Ziele des neuen Kabinetts.

20.6.1991 Der Deutsche Bundestag bestimmt Berlin zum neuen Regierungssitz.

20.12.1991 Mit dem Stasi-Unterlagen-Gesetz wird die Bundesbehörde für die Unterlagen des Staatssicherheitsdienstes der ehemaligen DDR errichtet.

31.8.1994 Die letzten russischen Soldaten werden offiziell verabschiedet.

8.9.1994 Die Streitkräfte der Westalliierten ziehen sich offiziell aus dem vereinten Deutschland zurück.

Personenregister

Adenauer, Konrad 39, 47–53, 55 ff., 62, 66 ff., 70–73, 75–85, 87, 89, 91 f., 94, 100, 104, 119 ff., 123 f., 143, 184, 192
Adorno, Theodor 180
Agee, James 29
Ahlers, Conrad 121
Albers, Hans 63
Arendt, Erich 160
Arendt, Hannah 122
Auerbach, Thomas 163
Augstein, Rudolf 75, 81, 121

Baader, Andreas 136
Bachmann, Josef 139 ff.
Bahr, Egon 58, 144 f., 166 f., 185
Bahr, Emil 126 ff.
Bahro, Rudolf 138, 163
Barus, Milo 127 ff.
Bastian, Gert 185
Becher, Johannes R. 60–63, 74, 87 f.
Becker, Hans Detlev 121
Becker, Jurek 160 f.
Beckmann, Hans Fritz 63
Berija, Lawrenti Pawlowitsch 90, 106
Berthold, Erika 138
Beyer, Frank 160
Biermann, Wolfgang 103 f., 123, 126, 137, 155–163, 171, 179
Bisky, Lothar 125
Blumhagen, Michael 174
Bohley, Bärbel 138, 163, 187
Böttcher, Jürgen 160
Boveri, Margret 37
Brandt, Willy 52, 58, 119 f., 132, 135 f., 138, 142–146, 150 ff., 166 ff., 190

Brasch, Thomas 137 f.
Braun, Eva 21
Braun, Volker 160
Brecht, Bertolt 103 f., 124
Breschnew, Leonid 146
Bühl, Hans 17
Bühl, Manfred 16 ff.
Bühl, Mathilde 16 ff.

Camus, Albert 73
Chamberlain, Neville 13
Chopin, Frédéric 100
Chruschtschow, Nikita 106, 108, 111 f., 129
Churchill, Winston 15, 32, 34 f., 39
Clausewitz, Carl v. 137
Coppola, Francis Ford 81
Cremer, Fritz 160

Daladier, Edouard 13
Dehler, Thomas 70
Delius, Friedrich Christian 192
Dollfuß, Engelbert 14
Domaschk, Matthias 164 ff., 169–175, 179
Domröse, Angelika 160
Dönhoff, Marion Gräfin 146
Dorn, Erna 102
Dubček, Alexander 137
Dutschke, Gretchen 139
Dutschke, Rudi 130–134, 137, 139 ff.

Ebert, Friedrich 42, 65
Ehmke, Horst 152, 167
Eichmann, Adolf 122, 135
Eisler, Hanns 60 f., 63 f.
Elmenreich, Renate 175

213

Elser, Johann Georg 10 f., 13, 15–19
Engel, Johannes 121
Engels, Friedrich 109
Ensslin, Gudrun 136
Enzensberger, Hans Magnus 25, 30 f., 33
Eppler, Erhard 182 f.
Erhard, Ludwig 71, 78
Esche, Eberhard 160

Feininger, Lyonel 22
Fest, Joachim 69
Feuchtwanger, Lion 164 f.
Fischer, Joschka 85
Flade, Hermann Joseph 54
Fontane, Theodor 79
Frank, Bruno 75
Frank, Horst 117
Frei, Norbert 49 f.
Fried, Erich 141
Frisch, Max 30 f., 34
Fuchs, Jürgen 138
Fühmann, Franz 160

Gagarin, Juri 110
Gasse, Karl-Heinz 175
Gaulle, Charles de 35
Gellhorn, Martha 27, 122 f.
Genscher, Hans-Dietrich 124, 143
Gilsenbach, Reimar 160
Giordano, Ralph 32
Globke, Hans 58
Goebbels, Joseph 24, 51, 80
Goethe, Wolfgang Johann v. 22–25, 34, 44
Gomułka, Władysław 90
Gorbatschow, Michail 167, 179, 186
Göring, Hermann 29, 34, 80
Gottschalk, Hans 19
Graml, Hermann 82
Gretschko, Andrej 97 f.
Groß, Renate 171
Grotewohl, Otto 60, 91, 93

Gueffroy, Chris 118, 187
Guillaume, Günter 151 f.
Gumpert, Ulrich 160
Gysi, Gregor 192

Hacks, Peter 126
Haffner, Sebastian 15
Hagen, Eva-Maria 160 f.
Havemann, Robert 93, 103 f., 163
Haydn, Joseph 63, 65
Held, Wolfgang 26 f.
Hemingway, Ernest 27
Hergert, Susanne 174
Hermlin, Stephan 88, 102, 104, 160
Herrnstadt, Rudolf 91
Heß, Rudolf 29
Heuss, Theodor 66 ff., 70 f.
Heym, Stefan 159 ff.
Himmler, Heinrich 11
Hindenburg, Paul v. 8
Hitler, Adolf 7 ff., 11 ff., 17 ff., 21 ff., 31, 36, 48 ff., 65, 69, 71, 80, 103 f., 159, 165
Hodscha, Enver 135
Hoffmann von Fallersleben, August Heinrich 62, 64 f., 68
Hoffmann, Jutta 160
Hölderlin, Friedrich 193
Holzweißig, Gunter 155
Honecker, Erich 18, 36, 43, 63, 78, 88, 104, 113–118, 120, 124, 129, 134, 143, 145 f., 159 f., 168, 175, 179, 180 f., 185, 187 f.
Huxley, Aldous 171

Jacobi, Claus 121
Jahn, Roland 163 f., 174, 179
Jakobs, Karl-Heinz 160
Jelinek, Elfriede 126
Johnson, Uwe 64
Joplin, Janis 171

Kaiser, Jakob 94
Kandinsky, Wassily 22

Kant, Hermann 161
Kasner, Horst 123
Kelly, Petra 185
Kennedy, John F. 111, 119
Kiesinger, Kurt Georg 132, 135 f., 143
Kirsch, Sarah 160, 189
Kisch, Egon Erwin 22
Klarsfeld, Beate 134 f.
Klee, Paul 22
Kohl, Helmut 84, 117, 181, 186, 189 f.
Köhler, Horst 172 f., 175
Kraushaar, Wolfgang 136
Krawczyk, Stephan 163
Krenz, Egon 187
Kreuder, Peter 63 f.
Krug, Manfred 160 f.
Kunert, Günther 160
Kunze, Reiner 157, 159

Lafontaine, Oskar 189
Lakomy, Reinhard 160
Lehmann, Otto 92
Lemmer, Ernst 116
Lenin, Wladimir 13, 109 f.
Lessing, Gotthold Ephraim 34
Liebknecht, Karl 187
Loth, Wilfried, 82
Luxemburg, Rosa 187

Mahler, Horst 135
Mähler, Roland 170
Maizière, Lothar de 63
Malenkow, Georgi Maximilianowitsch 91
Mann, Erika 29
Mann, Thomas 29, 44
Mao Tse Tung 135
Marx, Karl 109 f., 127, 160
Meinhof, Ulrike 136
Mende, Erich 116
Merkel, Angela 123
Merseburger, Peter 44, 120
Merz, Oliver 69

Mielke, Erich 134, 148, 155, 177 f.
Mispelhorn, Werner 117
Mitterrand, François 190
Momper, Walter 190
Müller, Heiner 149, 160
Müller-Stahl, Armin 160
Münzer, Thomas 95
Mussolini, Benito 14, 23

Naumann, Werner 51
Niemöller, Martin 17 f.
Nietzsche, Friedrich 22 f., 65
Norden, Albert 168

Oberländer, Theodor 57 f., 92
Ohnesorg, Benno 139
Ollenhauer, Erich 70, 81, 84, 94

Pannach, Gerulf 160
Patton, George 20
Peißker, Ronald 172
Pieck, Wilhelm 60 f., 87, 140, 147
Piłsudksi, Josef 14 f.
Pinkerneil, Beate 161 f.
Pol Pot 135
Poppe, Gerd u. Ulrike 138
Pötzl, Norbert 113
Presley, Elvis 73

Rabehl, Bernd 133
Rahn, Helmut 69
Rathenow, Lutz 163
Reagan, Ronald 187
Reich, Jens 138, 188
Reichel, Käthe 160
Reinhold, Otto 182
Reuter, Ernst 66, 100
Reutter, Hermann 66
Riefenstahl, Leni 12
Roosevelt, Franklin D. 32
Rösch, Peter 169, 171 f.
Rupp, Rainer 151
Rydz-Śmigły, Edward 14

Salinger, Jerome D. 171
Sartre, Jean-Paul 73
Schabowski, Günter 168
Scheel, Walter 144 f.
Schernikau, Ronald M. 125 f.
Schiller, Friedrich 22, 34
Schilling, Walter 171
Schlafke, Horst 93
Schmidt, Helmut 121, 142 f., 152, 166, 186
Schneider, Rolf 160, 162
Schnitzler, Karl Eduard v. 70 f., 154
Schoppe, Thomas 160
Schröder, Gerhard (SPD) 69, 181, 190
Schröder, Gerhard (CDU) 70
Schröder, Richard 154
Schröder, Rudolf Alexander 66
Schultz, Paul 117
Schumacher, Kurt 58, 75, 81
Schürer, Gerhard 179 f.
Schwander, Rudi 99 ff.
Schwarz, Hans-Peter 80 f.
Schwierzina, Tino 151
Selbmann, Fritz 93
Sello, Tom 184 f.
Semler, Christian 133
Semprún, Jorge 24, 27, 29, 42–45
Sendsitzky, Werner 98–101
Shepard, Alan 111
Simon, Annette 137 f.
Sollmann, Wilhelm 81
Solschenizyn, Aleksander 154
Sparwasser, Jürgen 110
Stalin, Josef 8, 14, 18, 32, 35, 38 f., 55, 61, 75 f., 81 ff., 85, 87, 89 f., 106
Stauffenberg, Claus Schenk Graf v. 19
Steiner, Klaus 169 f.
Stoph, Willi 145
Strakerjahn, Dieter 173, 175
Strauß, Franz Josef 120 f., 143, 176
Streicher, Julius 29

Teufel, Erwin 79 f.
Thalbach, Katharina 160
Thatcher, Margret 190
Thate, Hilmar 160
Truman, Harry 32, 35, 39
Tucholsky, Kurt 65

Ulbricht, Walter 18, 41 f., 47 f., 50, 52, 61, 70, 73, 75–78, 85–93, 96, 105 f., 108–116, 120, 123 f., 134, 140, 142, 144, 146 f., 180

Voigt, Fritz 161 f.
Vollmer, Antje 184

Wagner, Richard 22
Wałęsa, Lech 167 f.
Walter, Fritz 71
Weber, Hedwig 102
Wehner, Herbert 87
Wettig, Gerhard 82
Widmann, Arno 134, 137
Winkler, Heinrich August 40, 83
Winzen, Otto 87
Wolf, Christa 160
Wolf, Gerhard 160
Wolf, Hans-Jürgen 117
Wolf, Markus 124, 151
Wolfe, Tom 171

Young, Neil 164

Zahl, Peter-Paul 19
Zimmermann, Herbert 69

Literatur und Textnachweise

Literatur
Peter Bender, Episode oder Epoche? Zur Geschichte des geteilten Deutschland, München, 1996
Hans Magnus Enzensberger, Europa in Trümmern. Augenzeugenberichte aus den Jahren 1944 bis 1948, Frankfurt 1990
Mario Frank, Walter Ulbricht. Eine deutsche Biographie, Berlin, 2001
Martha Gellhorn, The view from the ground, London 1989
Sebastian Haffner, Anmerkungen zu Hitler, München 1978
Wilfried Halder, Deutsche Teilung. Vorgeschichte und Anfangsjahre der doppelten Staatsgründung, Zürich 2002
Dierk Hoffmann, Die DDR unter Ulbricht. Gewaltsame Neuordnung und gescheiterte Modernisierung, Zürich, 2003
Walter Kempowski, Alkor. Tagebuch 1989, München 2001
Hubertus Knabe, 17. Juni 1953. Ein deutscher Aufstand, Berlin 2004
Mark Mazower, Der dunkle Kontinent, Europa im 20. Jahrhundert, Frankfurt 2000
Peter Merseburger, Willy Brandt, 1913 – 1992, Visionär und Realist, München 2002
Norbert F. Pötzl, Erich Honecker. Eine deutsche Biographie, München 2002
Heinrich August Winkler, Der lange Weg nach Westen, München
Steffen Radlmaier (Hrsg.), Der Nürnberger Lernprozess. Von Kriegsverbrechern und Starreportern, Frankfurt 2001
Jorge Semprun, Schreiben oder Leben, Frankfurt 1995
Hagen Schulze, Staat und Nation in der europäischen Geschichte, München 1999
Heribert Schwan, Erich Mielke. Der Mann, der die Stasi war, München 1997
Hans Peter Schwarz, Anmerkungen zu Adenauer, München, 2004

Textnachweise
Rudolf Alexander Schröder: ›Land des Glaubens, deutsches Land‹, aus: Gesammelte Werke © Suhrkamp Verlag, Frankfurt a. Main
Johannes R. Becher: ›An Stalin, Auferstanden aus Ruinen‹, aus: Johannes R. Becher, Gesammelte Werke, 18 Bde (Hrsg. v. Johannes-R.-Becher-Archiv der Akademie der Künste zu Berlin); Bd. 6: Gedichte 1949–1958 © Aufbau-Verlag Berlin und Weimar 1973
Hans Fritz Beckmann: ›Goodbye Johnny‹ © Internationale Musikverlage Hans Sikorski

Die Karten sind entnommen aus:
dtv-Atlas Weltgeschichte. Band 2: Von der Französischen Revolution bis zur Gegenwart (dtv 3002)

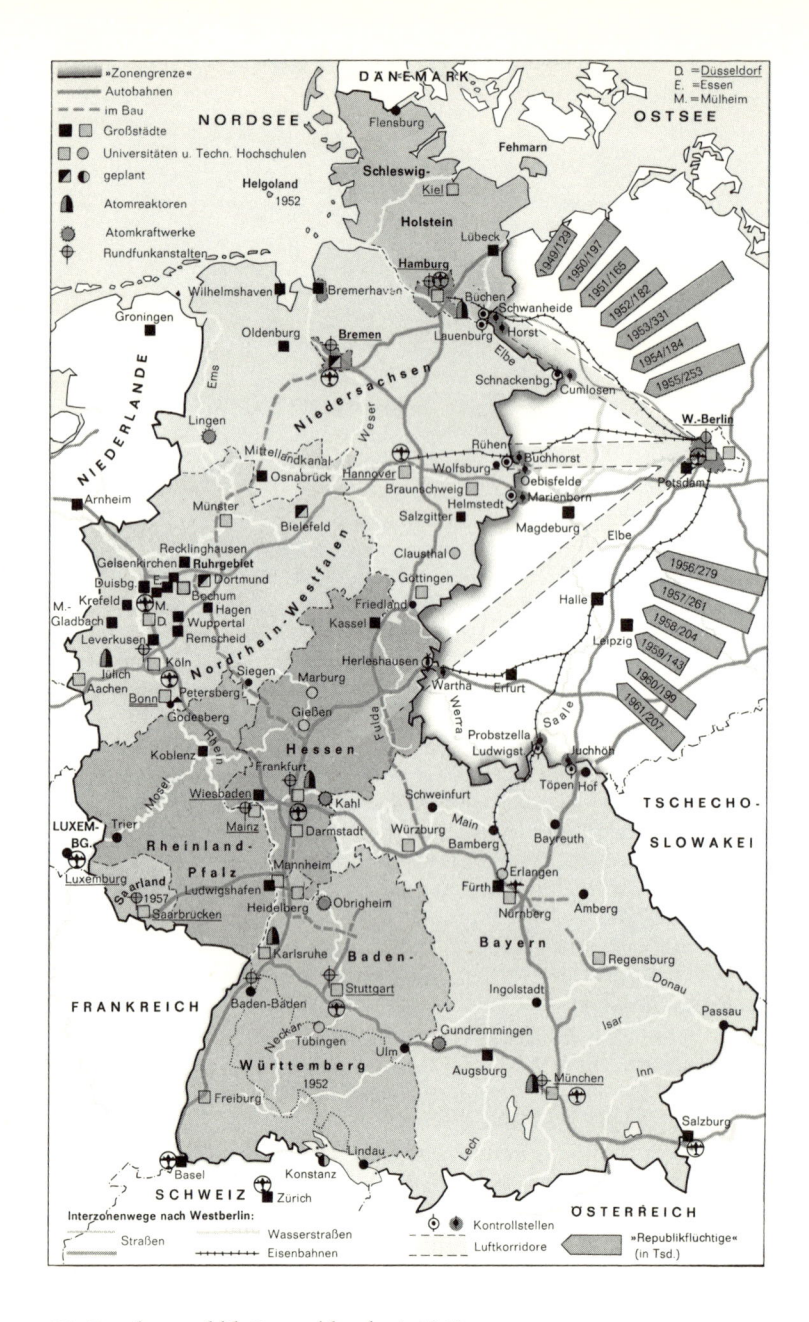

Die Bundesrepublik Deutschland seit 1949

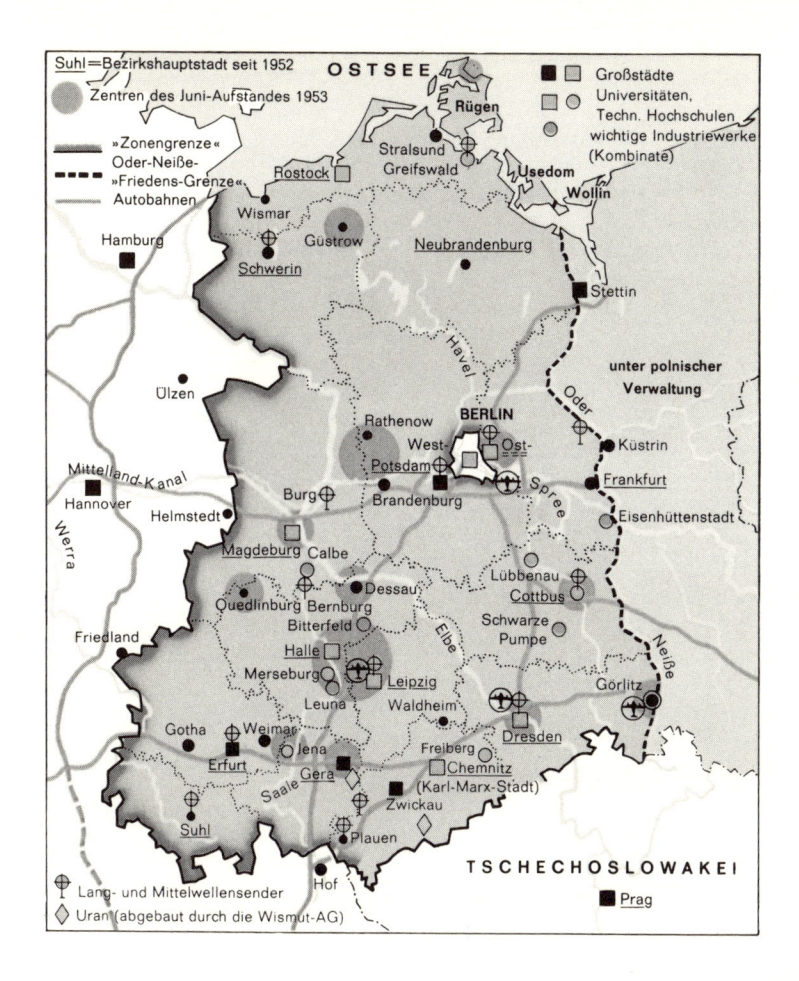

Die Deutsche Demokratische Republik seit 1952